Dello stesso autore in edizione Garzanti:

Una finestra vistalago
La signorina Tecla Manzi
Un amore di zitella
La figlia del podestà
Il procuratore
Olive comprese
Il segreto di Ortelia
La modista
Dopo lunga e penosa malattia
Almeno il cappello
Pianoforte vendesi
La mamma del sole
Il meccanico Landru
La leggenda del morto contento
Zia Antonia sapeva di menta
Regalo di nozze
Un bel sogno d'amore
Di Ilde ce n'è una sola
Quattro sberle benedette
Furto di luna (solo ebook)
Parola di cadavere (solo ebook)
Il rumore del Natale (solo ebook)
Seguendo la stella (solo ebook)
Addio bocce (solo ebook)

ANDREA VITALI

GALEOTTO FU IL COLLIER

Garzanti

Prima edizione: marzo 2012
Prima ristampa: marzo 2012
Seconda ristampa: aprile 2012
Terza ristampa: aprile 2012
Quarta ristampa: giugno 2012
Nuova edizione: febbraio 2013
Prima ristampa: giugno 2013
Seconda ristampa: luglio 2013
Terza ristampa: aprile 2014

Pubblicato in accordo con Factotum Agency, Milano

ISBN 978-88-11-68464-0

Printed in Italy

www.garzantilibri.it

GALEOTTO FU IL COLLIER

1.

Davidone Perpenna aveva una faccia colore della roccia, un naso enorme, la mascella prognatica. Era una faccia che sembrava buona per il circo equestre o per fare lo scalatore. Invece amava l'acqua e gli mancava un mese ad avere quindici anni di manutenzione e custodia del molo di Menaggio. Conosceva il lago come le sue tasche.

Quindi, a quelli, glielo aveva detto di lasciar perdere: non si andava in giro in barca, di notte e per di più ubriachi.

Le donne soprattutto, cinque e tutte di buone tette, gli avevano riso in faccia. Gli uomini, invece, quattro, avevano tentennato. Poi però, a scanso di figure, erano saltati anche loro sulla barca.

E via, partiti!

Il Davidone li aveva guardati fino a quando il buio misto di acqua e notte li aveva nascosti alla sua cataratta.

Uè, s'era detto avviandosi verso il caffè Darsena, goloso di un'anisetta, lui aveva la coscienza tranquilla, li aveva avvisati. Non era colpa sua se in Svizzera avevano aperto i cancelli dei manicomi. Perché i nove sulla barca erano svizzeri, e in questo non c'era niente di male, anzi!, ma erano suonati come campane.

Chiedere alla stazione dei carabinieri di Menaggio per avere conferma. Da quando, un paio di settimane prima, la compagnia era calata dalle parti di Cadenabbia, addio pace. Già un paio di volte i caramba avevano dovuto correre. La prima quando, sotto gli occhi esterrefatti di passanti e bagnanti castigatissimi, nelle prime ore di un pomeriggio si erano buttati in acqua completamente nudi, la seconda quando, nella piazzola antistante il caffè Imbarco, sul lungolago di Cadenabbia, avevano intonato cori di montagna ben oltre la mezzanotte. L'avevano scampata solo perché erano turisti, svizzeri e ricchi. Ma i carabinieri, il maresciallo Carissimi in testa, avevano dovuto chiudere tutti e due gli occhi. E quelli avevano inteso che la loro vacanza fosse una specie di zona franca, dentro la quale tutto era permesso.

Cosa diavolo s'erano messi in testa di andare a fare a Bellano quella sera, solo il diavolo lo sapeva.

«C'è la festa del Circolo», rispose, pur senza essere interrogato, il padrone del caffè. Conosceva bene il Davidone, non gli avrebbe mai fatto una domanda direttamente, troppo abituato a stare e a parlare da solo.

Festa della sezione bellanese del Circolo della Vela di Como. Cena con ballo a seguire. Era scritto sul «Gagliardetto» di quel giorno, 27 luglio 1930.

2.

Lidio Cerevelli, socio ordinario, fu il primo ad andare a vedere cosa stesse succedendo fuori, in piazza Verdi, davanti al portone d'accesso alla sala mensa del cotonificio Cantoni che la direzione dello stesso aveva gentilmente concesso per la serata di festa del circolo. Erano più o meno le nove della sera. Da una decina di minuti grida e rumori di pugni al portone rimbombavano nella sala dove la maggior parte dei soci era ancora alle prese con l'antipasto. A un certo punto il presidente cavalier Agnisio Penna, settant'anni, gottoso, aveva fatto la mossa di prendere il bastone e andare a vedere.

«Lasciate», aveva detto allora il Cerevelli, «vado io», con la speranza che fosse scoppiata una qualsiasi rivoluzione così da poter lasciare all'istante la compagnia di artritici vicino ai quali era seduto.

Era il più giovane di tutti, su una barca a vela non era mai salito né ci teneva a farlo, temendo il lago e il suo instabile umore. Aveva la tessera del Circolo della Vela così come aveva quelle della Società Filodrammatica, del Gruppo Escursionisti, del Corpo Musicale, della Polisportiva Virtus, quella del Partito naturalmente, e di varie altre associazioni: tutte per volontà materna. La stessa volontà che gli aveva imposto di partecipare al banchetto.

«Rappresentanza», aveva detto la donna: non fosse stato per la sua colite che proprio in quei giorni s'era risvegliata avrebbe partecipato pure lei. «Fondamentale per il tuo futuro.»

Rientrò nel salone cinque minuti più tardi, latore di un'ambasciata, lo sguardo lustro per quanto, pur nella penombra della sera estiva, era riuscito a vedere dei generosi seni delle cinque svizzere che erano al portone.

Il presidente cavalier Agnisio, udito il Cerevelli, chiamò a sé il vicepresidente Percottola e il segretario Ruminati. Li mise a parte della novità, ne ascoltò il parere. Alla fine, su ogni altra considerazione, prevalse il dovere dell'ospitalità.

«Ospiti stranieri», comunicò ai convitati, «chiedono di condividere il nostro momento di festa.»

Di lì a poco i nove vennero ammessi alla tavolata, con buona pace dei mugugni degli invitati più riottosi.

Fu così che Lidio Cerevelli conobbe la svizzera, di Zurigo, Helga Ritter. Tra le cinque, al momento, era la più ubriaca. Gli si appese al braccio per farsi condurre e si sedette accanto a lui. Da lì in avanti il giovanotto non fece altro che pescare con gli occhi nella fenomenale scollatura della ragazza. Il primo piatto, un risottino in verità scotto, gli passò sotto il naso senza che se ne accorgesse. Tentava una qualche conversazione con la ragazza mentre questa non smetteva di versarsi del vino, preferendo il bianco. Del secondo, un tris di lago, agone, lavarello e luccio marinato, Lidio pizzicò quest'ultimo. Mica male. Ne avrebbe mangiato di più se, a un certo punto, l'ingresso in sala dei musicisti che dovevano allietare il dopocena non avesse provocato in Helga un'entusiastica reazione. Batté le mani e poi, bisbigliandogli in un orecchio, gli chiese di dare l'avvio alle danze con lei. Il Cerevelli deglutì: per dare maggiore forza alla sua richiesta la ragazza, con la punta della lingua, gli aveva lasciato un'umida traccia sul padiglione.

«Dopo», rispose con fatica.

Il programma era legge, la musica doveva cominciare dopo il dessert.

Helga allora, protetta dalla tovaglia, allungò una mano sulla coscia del giovane e risalì sino al cavallo.

«Devo chiedere», disse lui, le orecchie in temperatura.

Pure a quella seconda richiesta il cavalier Agnisio disse sì – piacevano anche a lui le tette –, e senza chiedere parere. Così che quando l'orchestrina attaccò in anticipo sul programma, il vicepresidente Percottola, che da tempo ambiva soffiare la poltrona al tofoso cavaliere, si alzò e se ne andò in segno di protesta. Nessuno lo seguì. Ma una vera e propria diaspora si verificò quando, a dessert servito e consumato, due dei quattro maschi, dopo aver brevemente confabulato con gli orchestrali facendo anche scivolare qualcosa, sicuramente soldi, nelle tasche di uno, si fecero consegnare un saxofono e una fisarmonica per mettersi a suonare ritmi forsennati. Stizzita se ne andò per prima certa Fiorella Vastità, sedicente cantante lirica, cameriera presso l'hotel Meridiana, cui era stato promesso, pur vagamente, uno spazio tra una mazurca e un valzerino per dare fiato alle proprie corde vocali. Seguì l'intero gruppo Introzzi, ingegnere, moglie e le due cognate zitelle. Subito dopo fu la volta dello scrivano di pretura De Mascenti a cui fecero seguito le signorine Ficcadenti, dell'omonima premiata ditta; il professore, di disegno e in pensione, Parolati e la signora Serrarola col marito tenuto per il braccio poiché, essendo afflitto da invincibile tremore, tendeva a sbandare e a scuotere la testa come se fosse perennemente in disaccordo con tutto e tutti. Quasi la metà se ne andò, sotto gli occhi divertiti del presidente Agnisio che li mandò, uno per uno, mentalmente a dar via il culo: il vorticare delle tette delle cinque, che s'erano messe a ballare, meritava qualunque sacrificio. La ginnastica del ballo permise a Helga di bruciare buona parte del vino bevuto. Ma la scaldò. D'un tratto disse al Cerevelli, il quale aveva perduto il conto del tempo, che avvertiva la necessità di un bicchiere di aria fresca.

«Mi accompagni?»
«Dovunque», fu la risposta spontanea di Lidio.
Uscirono. Si incamminarono verso i giardini di Puncia. Di fronte al lago, alla sua superficie appena mossa da un'onda che svaniva in sottovoce sulla riva, alla ragazza balenò l'idea: fare il bagno. C'era pure una luna quasi piena!
Il Cerevelli inorridì.
«Anche tu», disse Helga.
"Fossi matto!"
Il tempo di formulare il pensiero e la ragazza aveva raggiunto la riva, s'era tolta camicetta e gonna e, poiché sotto non indossava indumenti di sorta, s'era buttata nel lago completamente nuda.
Lidio si sentì ingaggiato.
Poteva perdere la sfida, la faccia, lei, le sue tette, quelle chiappe che aveva visto rilucere come due mezze patate novelle?
Helga continuava a chiamarlo: «Livio!» ma poco importava. Il Cerevelli si spogliò. Si tenne addosso solo le mutande a mezza gamba e si pucciò nell'acqua. Due bracciate, badando bene a stare dove toccava. La attese lì, a mezzo metro dalla riva e uscirono assieme come, volò alto il Cerevelli, due antiche divinità.
«Freddo, però», commentò lui.
Aveva la pelle d'oca. Helga invece no.
«Ti scaldo io», disse lei.
E, trac!, quello che non aveva immaginato capitò.
Una ciulata da brivido. Come se il mondo non esistesse, nessuno potesse sorprenderli, chiamare i carabinieri, far scoppiare uno scandalo…
Dopo, estasiato, le braccia aperte, lo sguardo rivolto verso il cielo fondo, il Cerevelli rifletté che quella sera la vita gli aveva offerto un aperitivo: decidesse lui se voleva continuare con quel menu.
Bon!

Intanto, presso la sala mensa del cotonificio, non c'era più nessuno, festa finita, buio. Pure gli amici della svizzera…

«Raus!»

Lidio sacramentò, la ragazza invece rise.

«Dormire da te», disse.

Sì, magari…

«Impossibile», rispose con un gesto di stizza.

«Warum?»

Perché? Sposato?

«Macché sposato!»

Peggio, viveva ancora con la mamma.

3.

Leone Cerevelli, padre di Lidio e fondatore dell'omonima impresa edile, era morto nel 1920, cadendo da un'impalcatura. All'epoca il ragazzo aveva diciotto anni ed era impegnato con la maturità classica cui era giunto dopo ben diciassette esami di riparazione, un record anche per il severissimo liceo Manzoni di Lecco. Nonostante ciò Leone non aveva mai voluto rinunciare all'idea di un figlio ingegnere che desse lustro all'impresa e aveva sborsato fior di quattrini in ripetizioni private.

La sua repentina scomparsa aveva consentito al figlio di superare agevolmente la maturità. La commissione d'esame l'aveva giudicato con clemenza, tenendo conto della luttuosa circostanza, e l'aveva promosso con una risicata sufficienza. In condizioni normali il Cerevelli sarebbe stato il primo dei bocciati.

L'impresa aveva mantenuto nome e cognome del fondatore, ma era passata nelle mani della fresca vedova, la signora Lirica Benfatti.

Al momento della morte di Leone, Lirica aveva cinquantadue anni e non s'era mai impicciata di affari. Le era toccato farlo, chiamando a raccolta caparbietà e intelligenza, doti che non le facevano difetto, e Lidio s'era trovato a fare i conti con un genitore ancora più duro e determinato del padre. Se si era illuso di poter fare la vita del giovin signore aveva dovuto disilludersi in fretta, sua madre non gli aveva lasciato scampo.

S'era detta d'accordo con lui circa l'inutilità di proseguire gli studi: anche a marito vivo non era mai stata dell'idea, pur se non aveva mai voluto contrastare la volontà del consorte. Adesso però le cose erano cambiate.

A Lidio necessitava un lavoro. Poteva quindi fare di testa sua oppure accettare quello che lei gli offriva quale titolare e padrona a tutti gli effetti dell'impresa.

Al giovanotto erano cascate le braccia.

La madre non s'era lasciata impietosire. Si rendeva conto della fortuna che aveva?, aveva chiesto al figlio.

Gli avrebbe dato uno stipendio mentre lui frequentava capimastro e cantieri per imparare i trucchi del mestiere: così si sarebbe preparato, meglio che all'università, a gestire con criterio l'impresa che sarebbe stata sua al momento giusto.

«Quando?» aveva chiesto il giovanotto.

«Quando lo dirò io», era stata la risposta della donna.

Gli aveva concesso uno stipendio che corrispondeva a quello di un operaio, 200 lire.

E gli aveva consigliato di spacciarsi per geometra: i muratori non avrebbero fatto differenza tra un diploma o l'altro. Ma presentarsi in cantiere vantando una maturità classica non le sembrava un esordio tra i più felici nel mondo dell'edilizia.

I primi tempi erano stati duri, per Lirica soprattutto. Durissimi. Mesi d'insonnie, paure. Di studio anche, per impadronirsi di una materia che le era totalmente estranea. Le era capitato molte volte di trovarsi nel bel mezzo della notte con gli occhi sbarrati, svegliata da sogni o più spesso incubi di fallimenti, malaffare, crolli di case e galera. Era perfino arrivata ad accarezzare l'idea di liquidare tutto. La prima asta pubblica, vinta nel 1922, quand'era riuscita ad aggiudicarsi i lavori di ristrutturazione e manutenzione del lavatoio comunale, aveva segnato una svolta. Come affare non era stato granché. Giocando al ribasso, Lirica aveva esagerato e fatti i conti ne era venuta fuori in pari. Ma da quella prima vittoria aveva tratto un ottimismo che l'aveva rigenerata e da allora in avanti s'era sentita sempre più sicura.

Nel frattempo, avvicinandosi alla maggiore età, Lidio s'era fatto l'idea che quel traguardo avrebbe coinciso col suo ingresso da padrone, contitolare, nell'impresa.

Così, la sera del 23 marzo 1923, quando sua madre gli aveva detto di aver in serbo per lui una sorpresa, rivelandogli poi che consisteva in un aumento dello stipendio – da 200 lire passava a 270, equivalenti a quelle di un impiegato –, Lidio non aveva nemmeno avuto la forza di protestare: sua madre, aveva compreso, si era innamorata di quel lavoro e non avrebbe mollato la presa facilmente. Dal giorno seguente però aveva cominciato ad avviare discorsi, avanzare richieste di sempre maggiore indipendenza. Voleva dire la sua anche lui sulle aste e sulle offerte. Lirica ribatteva con la tattica del bastone e della carota.

Una carota era stata la concessione di un ufficio sito in via Manzoni che Lidio aveva cominciato a reclamare agli inizi del 1927 e che sua madre gli aveva accordato a metà del 1928. Concessione calcolata, poiché la donna sapeva bene che prima o poi avrebbe dovuto mollare il timone. Era colpa sua se, ogni volta che ci pensava, trovava ottime ragioni per rinviare il momento?

Padrone dell'ufficio, Lidio aveva iniziato a sentirsi molto più libero. Vi ospitava occasionalmente un geometra, vero quest'ultimo. Il geometra Piercarlo Vitali era stato uomo di fiducia di suo padre, e aveva cominciato a trattarvi affari e transazioni. In breve Lidio era giunto a sentirsi pronto per fare di più, non gli mancavano né la lingua né le virtù del buon mediatore. Ma ogni volta che il giovanotto se ne usciva con qualche pretesa sua madre ribatteva dicendo di non ritenerlo ancora pronto per fare il padrone e concludeva il discorso con una frase che si era stampata nella mente di Lidio.

«Ricordati che il titolare sono io.»

Al che Lidio non poteva fare a meno di immaginare come avrebbe potuto essere la situazione se allora, dieci anni prima, fosse stata sua madre anziché il povero Leone a cadere malamente da un ponteggio.

Non era proprio il caso di portarsi a casa la prorompente Helga: sua madre ne avrebbe fatto uno scandalo e a pagarne le conseguenze sarebbe stato solo lui.

4.

«Ti accompagno io», decise il Cerevelli.

Helga gli spiegò che lei e la compagnia di squinternati stavano passando le vacanze in una villa di proprietà del padre di uno dei quattro maschi: villa Sunferrelt, sulla montagna alle spalle di Cadenabbia.

Per mantenere la promessa, Lidio dovette svegliare il Vesini che aveva la macchina pubblica. Erano le tre del mattino. Il taxista, per nulla sfiorato dal pensiero di vestirsi e mettersi al volante, chiese dapprima al Cerevelli se aveva il permesso di guida.

«Certo che ce l'ho», mentì Lidio. Una macchina però la sapeva guidare, e tanto bastava.

Il Vesini gli lanciò le chiavi dell'automezzo accompagnando il gesto con un sommesso vadavialcù. Per tutto il tratto di strada tra Bellano e Colico Helga non fece altro che giocare col cambio. Non quello della macchina però. Così, poco dopo il ponte del Passo, imboccata la statale Regina, Lidio decise di fermarsi, tirarsi fuori strada e sperimentare quanto fosse complesso ma eccitante fare certe cose in automobile.

Finito il secondo atto Helga si assopì. Il Cerevelli guidò tranquillamente sino all'ingresso di Cadenabbia dove, non sapendo da che parte andare, dovette svegliarla. Ogni metro della strada per raggiungere la villa si stampò con millimetrica precisione nella mente del Cerevelli. Il giovane fece l'intero tragitto di ritorno fischiettando come un fringuello e col finestrino abbassato per godersi i profumi della lieve notte estiva.

Tre giorni dopo, nel primo pomeriggio, si ripresentò al cancello della villa. Lo ricevette un rubizzo custode cui il Cerevelli chiese della signorina Helga.

«E chi è che l'è?» ribatté quello.

Lidio rimase di stucco: che avesse sbagliato villa? Ma era impossibile, aveva stampato in testa ogni metro della strada fatta tre sere prima. Glielo disse.

«Ma sì, ma sì!» gridò il custode. «Ma chi lo sa chi è che l'è!» ribadì. «Io so solo una roba. Che dentro lì», e col dito, senza girarsi, indicò la villa alle sue spalle, «c'è quattro maschi e cinque femmine, màt come cavài! Inn sempre in gir biòt e tra di loro parlèn tudèsc! Cosa volete che ne sappia io chi è la Helga e chi non è. Mi vedi di gran tèt, e usèi! E ciàp! I vardi, e lor giò a rìt! Ma, ostia, sont un om anca mì!»

Lidio abbozzò.

Il custode, cambiando registro di voce, gli suggerì come comportarsi.

«Ch'el faga inscì. Ghè convèe..., ci conviene entrare nel salone e vosà "signorina Helga". Verùn ghe respondarà. A idea mia la ga de vès quela coi tèt che paren du michèt.»

Il Cerevelli seguì il consiglio. Dieci minuti più tardi era di nuovo tra le braccia della svizzera che davvero girava nuda per casa e l'aveva salutato dicendo: «Ciao pisellone!».

Fu un pomeriggio da sogno per il sedicente geometra, dimentico che per lui quello era giorno lavorativo.

A ricordarglielo e a chiedergli conto di quelle ore passate chissà dove provvide, quella stessa sera, sua madre.

La risposta che Lidio le diede, vaga, vaghissima, la lasciò del tutto insoddisfatta. Forse, pensò, aveva ragione il signor prevosto.

5.

Glielo aveva detto più volte. Anche pochi giorni prima, durante la mensile e inutile confessione. Inutile perché, avendo niente o poco più da confidare al sacerdote, l'incontro tra i due si trasformava sempre in una specie di chiacchierata tra vecchi amici nel corso della quale Lirica parlava dei suoi problemi e il prevosto le dava saggi consigli. Come quello di decidersi a mollare il timone dell'impresa.

Doveva farlo, secondo il prevosto, per il bene suo, che così si sarebbe goduta serenamente la vecchiaia, e per quello di Lidio, che ormai andava verso i trent'anni.

Cosa voleva farne, sennò, continuando a tenerlo così, a bagnomaria! Un cicisbeo sempre attaccato alla gonnella della mamma?

«Avete ragione», ribatteva sempre Lirica.

Ma attenzione!

All'estremo opposto c'era il rischio che Lidio diventasse una canna al vento, senza una famiglia sua!

Certo, approvava sempre, a sua volta, il signor prevosto. La famiglia. L'ovile nel quale tutte le pecorelle, comprese quelle smarrite e poi ritrovate, si pascevano di pace e serenità. Ci voleva una buona moglie. E non mancavano in paese ragazze che avrebbero fatto la felicità di chiunque.

«Affrontate con lui l'argomento», era il consiglio finale del sacerdote, «perché il tempo passa e non aspetta nessuno.»

Parole sante! Grazie alle quali Lirica aveva fatto profonde riflessioni sulla futura moglie di suo figlio. Che doveva essere a modo.

Quando pensava alla donna giusta per Lidio, Lirica arrivava sempre al punto in cui le sembrava di stare davanti allo specchio: somigliava, in tutto e per tutto, a lei.

Bisognava decidersi, rifletté quella sera una volta a letto, passare all'azione, parlare, affrontare l'argomento. Prima di chiudere gli occhi e dormire, Lirica fece voto a san Leone che di lì a due sere avrebbe messo sul tavolo l'argomento. E così fu.

6.

Nella cucina di casa entravano voci di bambini che, giù in contrada, giocavano chi alla lippa e chi a nascondersi. Lirica, fedele al voto, si attaccò proprio a quelle voci infantili per avviare il discorso, parlando di futuro, figli, nipoti, eredità.

«Vuoi dire che diventerò padrone solo dopo essermi sposato?» chiese il giovanotto.

Abile.

«È un passo che prima o poi fanno tutti», rispose sua madre.

«Ma…»

«Ci sono molte brave ragazze che non aspettano altro che diventare brave mogli», aggiunse lei.

«Sì, però…»

Niente da fare, sua madre era intenzionata a non lasciarlo nemmeno respirare.

«E tra di loro c'è sicuramente quella che fa per te.» Tutto stava nel conoscerle onde poter fare la giusta scelta!

«Lascia fare alla tua mamma», concluse Lirica davanti alla bocca spalancata del figlio.

Il quale, spiazzato da ciò che sua madre aveva detto e soprattutto lasciato intendere, presagì che quello era solo l'inizio di un'offensiva che non avrebbe conosciuto requie, un attacco in piena regola sferrato contro un nemico preso alla sprovvista, disarmato.

"Ocristo!" gli venne da pensare.

Più invocazione che moccolo.

7.

Occhiaie.

Zero appetito.

Spiegazioni vaghe, mezze frasi incomprensibili.

Rientri, a volte, sul far dell'alba.

A lei, cui non sfuggiva nemmeno il numero di chiodi usati nei cantieri, poteva sfuggire il brusco cambiamento che, nel volgere di pochi giorni, aveva trasformato suo figlio? Il quale, oltre ad avere le occhiaie, mangiare niente e spiegare ancora meno, latitava sui cantieri e disertava l'ufficio in via Manzoni. Sapeva, non era nata ieri, aveva i suoi bravi informatori.

Poteva essere che Lidio avesse imboccato una cattiva strada? Nel caso, quale?

«Stringete i tempi», consigliò il prevosto.

Lirica seguì il consiglio.

La seconda e la terza domenica di agosto impose al figlio due colazioni alle quali invitò altrettante conoscenti con figlie in età da marito.

Lidio non oppose resistenza, anestetizzato dalla musica che la Helga gli aveva suonato le sere precedenti. Ormai la svizzera gli era entrata nel sangue, ne sentiva il profumo e la voce ovunque, poco importava che girasse nuda per le stanze della villa, baciasse sulla bocca amici e amiche o sculettasse sotto gli occhi del custode che, a quella vista, si metteva le mani nei capelli, diventava rosso come un gallo e sacramentava.

Una donna, ecco cos'era Helga!

Quelle che invece sua madre aveva invitato a pranzo non erano altro che cadaveri. E dei cadaveri dovevano avere gli stessi slanci e passioni.

Se il Cerevelli tuttavia poteva illudersi di andare avanti così, blandendo la madre con un'ineccepibile cortesia a tavola per poi sfogarsi tra le tette della Helga, dovette a un certo punto disilludersi.

Ci pensò il tempo a richiamarlo alla realtà, quello che, come diceva il signor prevosto, non aspetta nessuno.

8.

L'ultima domenica di agosto Lirica sparò la terza bordata. Per l'occasione rinunciò all'idea di una moglie dei paesi tuoi, aveva fretta di concludere: in settimana infatti il Vesini – quello della macchina pubblica –, non trovando Lidio in ufficio, era andato da lei per farsi saldare l'affitto dell'auto.

Ma se suo figlio non aveva il permesso di guida?

Lirica si strozzò in gola l'obiezione. Meglio non alimentare chiacchiere, tacere, soprattutto con un bozzo come il Vesini.

Piuttosto, aveva chiesto, sapeva dove suo figlio se ne andasse con la macchina?

Il Vesini aveva risposto con le stesse parole di Lidio: in giro, qua e là, in fin dei conti era estate, per starsene chiuso in casa c'era l'inverno. Però s'era permesso di consigliarne l'acquisto di una, visto l'andazzo attuale.

Lirica aveva saldato il conto senza batter ciglio, ma aveva cominciato a sentire la terra scottare. Così aveva invitato a pranzo la famiglia Ferletti, milanesi con la puzza sotto il naso che, tra i tanti soprammobili, avevano una figlia in età da marito. Si chiamava Estasiata, era maestra. Tutt'altro che brutta, dovette ammettere tra sé Lidio. Ma una bellezza che, si capiva, sarebbe andata a morire nella miseria degli obbiettivi che l'Estasiata si era data per la vita: una famigliola, figli quanti ne avesse voluti il cielo, il focolare e quelle balle lì.

Il Cerevelli l'ascoltò educatamente, constatandone il pallore e il pudore e cercando anche di calcolare quante volte il piccolo seno della maestrina potesse stare dentro quello smisurato della sua Helga.

Poi, quando gli ospiti partirono, li imitò. Col Vesini era d'accordo per le quattro.

Un'ora più tardi il tempo gli presentò il conto nei panni della stessa Helga. Panni veri. Per la prima volta la ragazza lo accolse completamente vestita.

«Divertimento finito», gli disse baciandolo castamente su una guancia.

La vacanza era terminata, l'indomani partenza. Nell'aria c'era odore di bagagli già fatti. Possibile che tutto finisse così?, si chiese il Cerevelli.

La proposta gli salì alle labbra senza bisogno di pensarci.

«Sposami!»

Helga lo guardò. Poi liberò una risata che a Lidio diede la malinconia dei giorni appena passati. E un po' di stizza.

Che cazzo c'era da ridere? Credeva che stesse scherzando?

La ragazza lo invitò a sedere: doveva spiegargli infatti che era fidanzata.

Fidanzata?!

Proprio. E si sarebbe anche sposata.

Lidio impallidì. Helga gli mise una mano sul ginocchio.

«Ascolta», disse.

Il suo promesso era più vecchio di lei. Pure brutto. Ma ricco.

«Io non voglia di lavorare», spiegò. «Io ride, diverte e scopa.»

Le orecchie del Cerevelli si infiammarono.

«Tu ricco, testone?» chiese Helga scompigliandogli i capelli con una tenera carezza.

Nello sguardo della svizzera a Lidio parve di vedere una speranza: che rispondesse sì.

Calcolò. Poteva dirsi ricco?

Sì.

Potenzialmente sì.

«Sì», rispose.

Ma gli serviva un po' di tempo per...

Non era facile spiegare. La mamma, l'eredità, l'impresa edile...

Insomma, un po' di tempo per entrare in possesso di ciò che in effetti era suo.

«Quanto tempo?» tagliò corto Helga.

Nuovamente Lidio calcolò.

Un annetto. Detto così non sembrava tanto.

«Un anno?» soppesò Helga, il pensiero rivolto a quello brutto, vecchio e ricco.

Andava bene.

Si scambiarono un interminabile bacio, poi gli indirizzi.

Sul cancello della villa Lidio guardò lungamente la sponda opposta.

«A noi», mormorò, pensando a sua madre.

E al diavolo la colite che si sarebbe risvegliata.

9.

«Infatti», confermò il professor Cerretti, primario medico dell'ospedale Umberto I al cui pizzetto triangolare, che dava a ogni sua parola la vernice della Verità, Lirica ricorreva per i mali del corpo così come al prevosto per quelli dell'anima.

Andava così bene dopo l'ultima crisuccia, commentò il pizzetto.

Invece adesso aveva una corda al posto dell'intestino, gonfia di groppi. E bolle, gorgoglii… sembrava di ascoltare un ruscello in piena.

Cos'era successo?, si informò il professore.

S'era forse dimenticata di seguire la dieta che le aveva dato?

Magari fosse solo quello, fu la risposta di Lirica.

La dieta comunque no, chiarì la donna: sempre seguita, ligia, come un comandamento.

Ma come avrebbe reagìto – e la scusasse se lo tirava in ballo in faccende di famiglia – se suo figlio si fosse incapricciato, al punto di volerla sposare, di una svizzera?

Anzi, di una svizzerotta!

10.

Lidio era partito in tromba la sera di domenica, la testa bassa, non era più tempo di tentennamenti. Artiglieria pesante.

Se per dargli quello che in fondo gli spettava, sua madre aveva bisogno che si sposasse, ecco, la moglie l'aveva bella e trovata, nome, cognome, provenienza!

A Lirica, sotto quel fuoco, erano venute meno le parole per un po'.

Per prime, poi, le erano uscite quelle.

Una moglie svizzera? Anzi, svizzerotta?

E piano piano s'era ripigliata.

«Capisco tante cose adesso», aveva detto.

Ecco come suo figlio aveva trascorso l'estate, a farsi imbesuire da una svizzera. Che di certo non era una signora. Lo fosse stata gli avrebbe quantomeno chiesto di esserle presentata.

Evidentemente le buone maniere le facevano difetto.

Non certo le doti di arpia, di maga Circe. Le aveva circuito il figlio.

Le prove? Erano lì, bastava guardarlo.

Magro, le occhiaie, nervoso e svanito. Uno straccetto.

E voleva sposare una capace di trasformare nel giro di un mese un baldo giovanotto in una lumaca senza guscio?

«Siamo matti?»

Se quella pensava di aver trovato l'America, si sbagliava!

Moglie e buoi dei paesi tuoi!

E se il proverbio non era sufficiente a rendere il suo pensiero, Lirica aveva riesumato la vecchia frase. Talmente vecchia e chiara che più non si poteva.

«Ricordati che il titolare sono io!»

All'invettiva della madre Lidio aveva ribattuto con una sola parola.

«Vedremo!»

Poi s'era alzato da tavola, era uscito rientrando, con grande sbattimento di porte, ben oltre la mezzanotte. E non s'era nemmeno degnato di passare da lei per augurarle la buonanotte, sorta di rito sino alla sera prima, qualunque fosse l'ora.

«Figuratevi quindi, professore, la mia colite!»

11.

Il professor Cerretti diagnosticò, il pizzetto parlò per lui.

Riguardo la colite, niente di nuovo. Dieta, tranquillità! E blandi sedativi, il biancospino soprattutto.

Per l'altra faccenda invece..., se gli era consentito dire, riteneva che bisognasse agire con l'autorità piuttosto che con il ricatto.

«L'autorità di un padre», chiarì.

«Purtroppo...» esalò Lirica.

«Lo so, lo so», mormorò il Cerretti partecipe. «Se non un padre un... un chi per esso.»

«Un chi?»

«Qualcuno, intendo dire, che possa esercitare un'autorità pari a quella di un padre. Che so, uno zio.»

Lirica singultò.

«Lasciate perdere.»

Lo zio c'era. Suo fratello Arrigo.

«Un sifilitico», e aveva detto tutto.

«Potrei, se consentite, io...» azzardò il professore.

Lirica finse di non aver capito.

Due parole col ragazzo le avrebbe scambiate volentieri, sempre che permettesse.

«Voi, professore?» sbalordì Lirica.

Poteva essere suo padre, per età. E certi casi, umani, come quello che la donna gli aveva appena sottoposto, avevano il potere di coinvolgerlo.

«Sarà perché mi sento particolarmente affezionato alle nuove generazioni», commentò commosso. «E anche per sentire meno la lontananza del mio, di figlio.»

Non disse, non era il caso, che di lì a qualche giorno gli sarebbe capitata in casa l'unica nipote, Eufemia: figlia di sua sorella, Sofronia, insegnante di filosofia in quel di Bari e lì morta due settimane prima di un colpo secco. Figlia di sua sorella e dell'unico uomo che era riuscito, per tre anni dopodiché era fuggito in Brasile, a sopportare il pessimo carattere della donna. Eufemia, dopo la morte della madre, s'era rivolta a lui.

Poteva rifiutarsi di darle ospitalità? Negarsi ad aiutare l'unica parente che aveva al mondo?

Però, che la ragazza non si illudesse di aver trovato, come la svizzerotta, l'America, lì da lui. Aveva ventidue anni, forse ventitré. In ogni caso era matura per andare sposa.

«Quindi», concluse il professore.

Da tempo meditava di ristrutturare il terzo piano della palazzina, pressoché disabitato. E nessuno gli impediva di affidare tali lavori all'impresa Cerevelli. Con la scusa del lavoro avrebbe avvicinato il giovanotto e, senza insospettirlo, se lo sarebbe studiato per bene.

«Ditegli che sarei felice di averlo ospite venerdì prossimo», comunicò il Cerretti.

«A cena?» chiese conferma Lirica.

Certo, a cena, con dopocena musicale.

12.

Era forse framassone il professor Cerretti?

La voce correva, sussurrata. Sospetto nutrito da parecchi.

Dal maresciallo Ernesto Maccadò, per esempio. Al quale però la cosa faceva un baffo, per la ragione che la massoneria era invisa al regime mussoliniano. Faceva orecchie da mercante: ogni cosa che dava noia al Duce e alla sua cricca gli metteva allegria.

Pure il prevosto dubitava. Aveva ben presente il Codice di diritto canonico promulgato nel maggio 1917 da papa Benedetto XV nel quale, canoni 684 e 2335, veniva ribadita la scomunica dei massoni. Ma ci volevano prove, e lui non ne aveva. Così aveva sempre comunicato il professore le volte in cui questi, anziché presso la cappelletta dell'ospedale, andava a sentir messa in prepositurale.

Due, tanto per dire.

Ma anche il podestà, il veterinario Decorati, il medico condotto dottor Lesti e, a scalare, certi ben informati da retrobottega rimuginavano lo stesso pensiero.

Insomma, parecchi lo pensavano, nessuno però osava dirlo.

Così come nessuno osava dirgli che, come violinista, era un cane.

Dava concerti, a casa sua. Una, due volte al mese: cena con dopocena musicale.

Sempre sette invitati, si diceva, e maschi. I quali, se

sopportavano senza batter ciglio le sue carminative esibizioni con l'archetto in mano (i pezzi erano sempre quelli, la *Sonata n. 2 per violino solo* di Bach e, secondo l'uzzolo, un paio dei *36 studi melodici e facilissimi* di Dancla), era perché avevano il loro bel tornaconto.

Gli esempi non mancavano.

Adelio Negri, segretario del Partito sino al 1928, anno in cui era morto cadendo da una pianta di fichi, era stato ospite fisso alla tavola del professore ed era diventato segretario per ordine diretto della Federazione quando per logica la carica sarebbe dovuta andare a Fiumino Denti, ardito della prima guerra mondiale nel corso della quale aveva perduto un occhio e unico, autentico sansepolcrista bellanese, anche se per caso. Il 23 marzo 1919 s'era infatti trovato a Milano attratto dalla equivoca pubblicità di un sedicente oculista indiano che garantiva di aver inventato occhi che permettevano di vedere grazie a un segretissimo sistema di lenti incorporate. L'imbroglione riceveva in un sotterraneo poco distante dal covo fascista di via Paolo da Canobbio e il Denti, dopo aver schivato la truffa, s'era trovato in mezzo alla scarna folla dei primi fascisti, s'era fermato ad ascoltare e, lasciatosi convincere dalle argomentazioni di quelli, s'era iscritto al fascio.

L'ingegner Giovanni Scattini aveva infilato le gambe sotto la tavola del professore nel luglio del 1926 ed era stato misteriosamente esentato da una regola che sino ad allora la direzione del cotonificio aveva applicato con rigore: i giovani ingegneri come lo Scattini giungevano a Bellano per fare un apprendistato di circa sei mesi e poi partivano a farsi le ossa presso le sedi più disagiate. Arrivato a Bellano con quella prospettiva, lo Scattini c'era invece rimasto a dispetto anche di uno stile di vita francamente riprovevole.

Il farmacista Adone Previtali, altro ospite fisso del Cerretti, aveva visto svanire come d'incanto il pericolo che l'amministrazione comunale, cedendo alle insistenze della cittadinanza, autorizzasse l'apertura di una seconda farmacia: comunale però, in grado di soddisfare in tempi brevi le richieste di farmaci, galenici e quant'altro, per ottenere i quali nella farmacia Previtali era spesso necessario aspettare più giorni a causa dell'indolenza del titolare.

E ancora.

Il notaio Carmine Anfuso era giunto a Bellano con le pezze al culo nel 1927 e con le stesse pezze s'era predisposto a emigrare per altri lidi quasi due anni più tardi quando il collega Spartaco Amoroso, che sino ad allora non l'aveva nemmeno salutato, dopo una cena a casa del professore se l'era preso in studio, avviandolo alla conoscenza della sua vasta e ricca clientela. Ne aveva addirittura fatto il suo delfino cui, agli inizi del 1929, aveva lasciato definitivamente il posto.

Infine, per dirla tutta, anche il caso, pur se di segno esattamente contrario, di Avano Degiurati, direttore della Banca del Mandamento di Bellano, lasciava pensare che il Cerretti maneggiasse segrete leve e che se uno amava il quieto vivere avrebbe fatto bene a non entrare in contrasto con lui. E soprattutto a stare alla larga dalla sua giovane mogliettina, Olga Vram.

La Olghina.

13.

Una cretina senza pari l'Olghina, un'oca giuliva, una cascata, una valanga, un vulcano di parole e risate.

Ma va'? Come mai? Perché?

Un vaso vuoto. Fuori, però, perfetta.

Se l'Olghina fosse stata capace di tacere dieci minuti, si poteva godere la certezza di essere davanti a un miracolo. Facendola, il Padreterno s'era dimenticato il cervello. A titolo di risarcimento, l'aveva dotata di un dono raro: l'Olghina sapeva essere come la volevi.

Avevi bisogno di un angelo custode? Il suo sguardo, il candore della pelle, l'eleganza dei movimenti ne facevano un affresco da santuario.

Lo stesso sguardo, lo stesso candore, gli stessi movimenti cambiavano di segno sotto le lenzuola. Allora gli occhi erano spie di lussuria, i gesti quelli indolenti di una tigre prima dell'attacco.

Per questo il professor Cerretti l'aveva sposata, in seconde nozze, senza badare ai trent'anni, lui cinquantacinque lei venticinque, che li separavano. Senza tener conto, anche, che l'Olghina, prima di diventare sua moglie, era stata la serva di casa per un lustro, essendo entrata a servizio all'età di anni venti.

Né, e soprattutto, il professore aveva tenuto conto di ciò che, al suo capezzale, la moglie di primo letto, Oliviera, colta, brutta e sempre incazzata, gli aveva fatto promettere: che non si sarebbe mai più risposato e che da quel giorno in avanti non avrebbe avuto altro pensiero che l'educazione del loro unico figlio, Salvonio.

Ginocchioni, il professore aveva promesso, incrociando le dita dei piedi.

Un mese più tardi il Salvonio partiva alla volta della Casa dei Salesiani di Treviglio dove, a dire del professore, il ragazzo avrebbe potuto godere di tutte quelle attenzioni che lui purtroppo, stante gli impegni della professione, non sarebbe stato in grado di dargli.

Quindi, sei mesi più tardi, un tempo onesto per il lutto, il Cerretti, sfoderando un sorriso contenuto, aveva impalmato Olga Vram concedendo agli ultimi voleri della defunta Oliviera una sobria cerimonia, riservata a pochi intimi e celebrata presso la cappelletta dell'ospedale Umberto I di Bellano, del quale era primario chirurgo e direttore sanitario.

Alle cenette musicali l'Olghina non prendeva parte. Per l'occasione il professore non voleva donne tra i piedi. In quelle serate la sua bella mogliettina tornava a fare la serva. A lei mica dispiaceva, gli invitati di suo marito erano perlopiù in età e noiosi. In genere tirava l'ora di andare a dormire ascoltando la radio, in cucina: le piacevano particolarmente i notiziari del *Giornale radio* che ascoltava attaccata al chiliofono, il monumentale radiofonografo prodotto dalla ditta Marelli, anche durante la giornata, senza capire granché, imparandoli tuttavia a memoria così che nel corso dell'ultima edizione delle 23,45 si sovrapponeva alla voce dell'annunciatrice ripetendone pari pari le parole e immaginandosi al posto suo.

Ci aveva pensato il Degiurati a movimentarle la vita. Avano Degiurati, uno dei pochi che potesse raccontare, a ragion veduta, quanto fossero stagne le sue tette. E che poi s'era beccato l'ira funesta del professore.

Era successo nell'ottobre del 1929.

La vendetta, s'intende, perché la storia delle tette andava avanti già da un bel po'.

14.

A frequentare la tavola del professore Avano Degiurati aveva cominciato verso la fine del 1927 quando era già da un paio di anni direttore della Banca del Mandamento di Bellano. La banca, fondata nel 1924, era cresciuta in maniera sorprendente sotto la sua direzione, mettendo a tacere le voci di coloro che ne avevano criticato la nomina, vaniloquendo attorno al fatto che la madre del Degiurati fosse morta di cretinismo tiroideo.

La prima cena in casa Cerretti era filata via liscia. Chiacchiere, pettegolezzi, qualche confidenza, domande. I convitati avevano lasciato spazio al nuovo ospite che aveva dimostrato di essere uomo di mondo, avveduto e attento. Di sé Avano aveva raccontato quanto bastava. Evidentemente, in quella circostanza, professore e soci se l'erano studiato. Altre cene erano seguite. Infine, certo di avere a che fare con una persona affidabile, il Cerretti aveva messo da parte l'accademia ed era passato a proposte più concrete. Era successo nel marzo 1928. A cena, naturalmente. Ma con ospiti diversi dai soliti.

Il professore, parlando a nome di tutti («Tanti», aveva detto, «oltre ai presenti»), aveva chiesto al Degiurati se avesse avuto piacere che tutti loro diventassero clienti della sua banca.

Il giovane non s'era scomposto, benché solitamente fosse suo il compito di procacciarsi nuovi clienti.

Perché quell'inversione di ruoli?

Aveva taciuto la domanda. S'era invece affrettato a rispondere che non avrebbe mai sperato in una simile fortuna.

«Lorsignori nelle rispettive banche non si trovano bene?» aveva buttato lì.

La domanda, arguta, era piaciuta al Cerretti, l'aveva trovata concepita con scaltrezza. La sua forma, ineccepibile nella cortesia, nascondeva una sostanza forte.

«Non si tratta di questo», aveva risposto il professore.

Quanto, aveva aggiunto uno degli ospiti, il barbuto professor Siniscalchi, otorinolaringoiatra presso l'ospedale di Como, della necessità di riunire i loro capitali che per il momento giacevano qua e là, quasi privi di peso e in balìa dei venti dell'economia. Riunendoli, la musica sarebbe cambiata: mettendoli tutti assieme in un'unica banca, meglio se piccola, meglio ancora se privata come la Banca del Mandamento di Bellano, avrebbero invece cominciato a contare qualcosa.

«Ove ci fosse poi», aveva chiosato il Degiurati, «un direttore disposto ad ascoltare suggerimenti e proposte e non solo a fare di testa sua...»

Tutti gli ospiti avevano sorriso all'uscita.

«Un direttore moderno», aveva commentato il Cerretti.

Moderno, e con lo scudo di un consiglio di amministrazione quasi ignaro degli equilibrismi della finanza, che avrebbe intascato in parte il frutto dei successi e pagato in toto invece eventuali disastri.

Il Degiurati aveva detto sì. Gli era piaciuta l'idea di rimpinguare le casse del suo istituto piene, sino ad allora, di sudati risparmi o di capitali senza lode messi insieme da spocchiosi commercianti che, un giorno sì e un altro pure, doveva rassicurare su questo o su quell'altro investimento.

Avevano brindato. Dopodiché, e prima dell'insopportabile concertino, s'erano messi d'accordo sul fatto che, nessuno di loro volendo apparire, le transazioni, i versamenti, gli accordi e quant'altro sarebbero avvenuti sempre lì, a casa del professore, durante uno dei soliti, conviviali incontri cui l'Olghina, com'era noto, non partecipava.

L'Olghina doveva preparare tavola e pietanze, poi fuori dalle balle. Giunto l'ultimo degli ospiti, spariva dalla vista, lasciando marito e soci ai loro affari. Sino alla primavera del 1928 la donna non aveva mai mostrato interesse alcuno per le ragioni di quegli incontri, né tanto meno per gli invitati tutti, ai suoi occhi, vecchi e noiosi babbioni.

L'ingresso nella cricca del Degiurati, giovane, magro, elegante e distinto, ne aveva pizzicata la vanità. Spazio per andare oltre un puro gioco di fantasia non ce n'era, né l'Olghina avrebbe pensato seriamente di tentare. S'era sempre limitata a guardare di sottecchi il bel direttore quando lo riceveva in casa. Una volta, mentre in sala ferveva la discussione, aveva lasciato cadere due gocce del suo profumo sulla sciarpa di seta del giovanotto.

Se n'era accorto?

Chissà!

Nel dicembre 1928 però le cose avevano preso una piega diversa.

Era successo quando, una sera, il Degiurati non aveva potuto prendere parte alla solita cena perché s'era beccato una bronchitaccia e il dottore l'aveva consegnato a letto.

Olga, che non sapeva niente, aveva atteso il suo arrivo e s'era arresa all'idea di non vederlo solo quando il marito aveva annunciato agli ospiti l'assenza del direttore. L'Olghina s'era immediatamente ritirata in camera, senza attendere, come faceva di solito, la fine della serata ascoltando la radio e imitando l'annunciatrice. Era disperata e s'era sentita in credito col destino. Il quale aveva fatto in fretta a saldare il debito.

Il lunedì successivo a quella cena monca, il Cerretti aveva chiesto al Degiurati se potesse fargli la cortesia di andare da lui, la sera, per ritirare deleghe e accrediti.

Avano, sfebbrato da non più di un giorno, gli aveva risposto che preferiva evitare di esporsi alle ariacce serotine: se faceva lo stesso sarebbe andato a trovarlo il martedì mattina. Tanto, ai fini delle operazioni da effettuare, non cambiava nulla.

Il professore aveva acconsentito, s'erano dati appuntamento per le dieci. Ma alle nove e trenta di martedì mattina era giunto in ospedale, portato a dorso di mulo dalla frazione di Noceno, un uomo che lamentava mal di pancia. Visitatolo, il Cerretti aveva diagnosticato un'occlusione intestinale.

«Subito in sala operatoria!»

Memore dell'appuntamento col Degiurati, aveva spedito a casa un portantino con un biglietto.

Cara Olghina, verso le dieci arriverà da noi il direttore Degiurati. Un intervento urgente mi impedisce di essere puntuale. Trattienilo, attorno alle undici sarò libero.

Ricevuto il biglietto, la donna aveva avuto un brivido.

Puntualissimo, alle dieci, Avano aveva suonato al cancello della palazzina. L'Olghina s'era precipitata ad aprire, malamente coperta da una vestaglia. Le tracce di sonno che perduravano sul suo viso le davano un'espressione estremamente conturbante.

«Ho appuntamento col professore», aveva detto il Degiurati.

«Ma il professore non c'è», aveva osservato lei.

«Eppure mi ha convocato qui per le dieci.»

«Lo so», aveva risposto l'Olghina, «ma tarderà: Sarà qui verso le undici e mi ha pregato di trattenervi.»

Il Degiurati aveva aggrottato la fronte.

«E di certo non sulla porta di casa», aveva concluso la donna.

Diobono che tette!

E che carica!

Una pacchia. Gennaio, febbraio, marzo, aprile, maggio, giugno, luglio, agosto, settembre, ottobre. Dieci mesi da favola. Una vita intera concentrata in trecento giorni. L'Olghina aveva dimostrato di avere una mente diabolica, oltre a una carica di ormoni senza fine, come se nessuno prima di allora l'avesse stappata.

Dopo la prima, rapida, ubriacante volta, s'era assunta lei il compito di pianificare gli incontri.

Lunedì, mercoledì, venerdì, giorni di sala operatoria, gli eletti.

Aveva stilato tabelle orarie.

Un'appendicite durava mezz'ora. Un'ernia anche un'oretta, dipendeva dalla sede. Le recidive erano pure meglio. Meglio ancora prostate, stomaci e intestini. Lì, quando si apriva, non si sapeva mai quello che si trovava, un'ora poteva raddoppiare, anche triplicare, parola del professore. Il quale s'era arreso al nuovo vezzo della mogliettina e la sera, prima delle sedute operatorie, le elencava gli interventi che lo attendevano. Secondo il programma l'Olghina gongolava o si stizziva. Poi, fatti i conti del tempo che avevano a disposizione, ne dava comunicazione al Degiurati cui, in quei mesi, pareva di vivere tra le nuvole. Gli sembrava di avere ovatta nelle orecchie e, tanto in famiglia quanto sul lavoro, diceva sempre sì. Le cose andavano lisce, gli affari prosperavano, l'armonia domestica era senza rughe.

Quando poi una, due o anche tre volte la settimana affondava nel corpo dell'Olghina aggrappandosi alle sue tette come a un salvagente, si sentiva contemporaneamente in paradiso e all'inferno. Il paradiso era quel sentirsi sazio e sfinito dopo ogni volta. L'inferno era lei che lo spronava ancora, ancora…

Ma dove diavolo andava a prenderla tanta energia?

Un giorno infine glielo aveva chiesto e aveva avuto la risposta.

Era un mercoledì. Il Degiurati s'era alzato con la sensazione che quella sarebbe stata una giornata storta. Non era superstizioso, non gli importava di scendere dal letto con un piede o con l'altro, passare sotto una scala o incrociare gatti neri. Ma aveva avuto quell'impressione. E la telefonata dell'Olghina che gli dava il via libera, quando già era in banca, non era valsa a cancellare la sensazione di pericolo.

All'appuntamento, manco a dirlo, c'era andato.

Quand'era stato sotto le lenzuola, prima di dare il via alle danze, aveva confessato alla donna il suo stato d'animo. L'Olghina per tutta risposta aveva sorriso e cominciato a darsi da fare. Stentava però il Degiurati. L'Olghina s'era impegnata di brutto. Nel momento in cui era sembrato che tanta fatica fosse stata lì per essere premiata, il giovanotto s'era di nuovo ammosciato. Per giustificarsi aveva detto che gli era parso di aver sentito un rumore.

Che rumore?, aveva chiesto l'Olghina.

Di porta sbattuta.

Ma se in casa non entrava nessuno, tranne il professore!

Fosse stato lui?

Impossibile. Quella mattina aveva due intestini e un'ernia, roba da restare in sala operatoria fino alle due del pomeriggio.

Eppure...

«Eppure niente», aveva ribattuto l'Olghina, «se stai diventando come lui avvisami.»

Una bastonata.

«Sarebbe a dire?» aveva chiesto Avano.

Sarebbe a dire nisba, aveva spiegato l'Olghina agitando per aria indice e pollice.

Il professore aveva il morto addosso.

Il Degiurati aveva sorriso. E, un po' perché s'era rilassato, un po' perché la donna aveva ripreso le manovre, s'era infine messo sull'attenti.

Sull'attenti, fuori dalla porta di camera, ad ascoltare ogni cosa, stava anche il professor Cerretti.

Non rispondeva al vero che fosse morto del tutto. Ogni tanto, senza ragione, senza segni premonitori, ritornava in vita.

Era capitato quella mattina, mentre stava aprendo la pancia del secondo paziente. Sapendo la moglie ancora a letto, non aveva esitato. Aveva simulato un attacco di emicrania e ceduto i ferri all'assistente. Quindi s'era lavato, cambiato ed era corso a casa.

Davanti alla bella sorpresa non aveva voluto far scene. La vendetta era un piatto che andava consumato freddo, e freddamente.

Era ritornato in ospedale, tanto più che il momento magico era svanito. In sala operatoria non era rientrato, altri pensieri gli frullavano per la testa, pensieri di vendetta, appunto.

Tremenda vendetta.

Fredda, spietata.

Il lunedì successivo gli uffici della Banca del Mandamento erano stati subissati dalle richieste di estinzioni di conti, e proprio nel momento in cui il consiglio di amministrazione, colpito dalla straordinaria gestione del Degiurati, stava valutando un piano di espansione, aprire nuove filiali in altri paesi del lago.

A chiedere la soluzione del rapporto erano stati naturalmente i clienti migliori, i convitati del Cerretti. Nel giro di pochi giorni Avano s'era reso conto che sotto i suoi occhi si stava consumando un disastro e non aveva faticato molto a comprendere che se l'era confezionato con le sue proprie mani.

La banca a quel punto rischiava di saltare in aria. Alle strette, aveva convocato con urgenza il consiglio e illustrato lo stato delle cose. Quindi aveva rassegnato le dimissioni. I consiglieri erano insorti, avevano gridato. Il Degiurati li aveva gelati.

«Qui si vuole che cada una testa, la mia.»

Un mese più tardi, giusto il tempo per riordinare le carte e predisporre le consegne al suo successore, aveva fatto armi e bagagli: con la moglie Ottavia e la quinquenne figlia Beatina, caricate le sue cose su un camion della ditta Sartiami, specializzata in traslochi, era partito da Bellano, destinazione Barzanò, presso una sorella della moglie.

In banca era stato sostituito da un anonimo ragionier Limiti.

15.

Non se la ricordava così brutta, sua nipote Eufemia.

Cioè, brutta sì.

L'aveva vista quando aveva tredici anni. Prima e unica volta. All'epoca sua sorella insegnava a Roma e lui c'era andato in viaggio di piacere.

Le bozze frontali, sporgenti che sembravano fare ombra agli occhi, e i capelli stopposi di un colore bastardo tra il rame e la carota erano di chiara origine materna. Del padre che, a parte la scoliosi, non era un brutto uomo, la ragazza non aveva ancora ereditato niente, ma il professore aveva sperato per lei che, col tempo e lo sviluppo, fosse migliorata un po'.

Invece, quando la vide nel primo pomeriggio di giovedì, giorno del suo arrivo a Bellano, il Cerretti restò di stucco: sembrava la Sofronia, con qualche anno di meno e il carico ulteriore della scoliosi paterna, da cui trasse l'impressione che la nipote assomigliasse a un abito maldestramente appeso a una gruccia.

La ricevette nel suo studio presso l'ospedale dopo averla mandata a prendere in stazione.

L'avesse vista prima..., ragionò tra sé dopo averla, pur controvoglia, abbracciata e baciata.

Fosse andato al funerale di sua sorella, ne avesse presa visione, avrebbe avuto tutto il comodo per inventarsi qualcosa pur di non portarsi a casa quello sgorbio. Solo un cieco o un disperato poteva ambire alla sua mano:

l'occhio clinico del Cerretti valutò che s'era tirato in casa un bel guaio.

Purtroppo, adesso, era lì!

Il professore tenne immediatamente ad avvisare che la regola per le serate con dopocena musicale – donne fuori dalle balle – valeva anche per la nipote e poi la affidò all'Olghina che, avendo occhi solo per la propria bellezza, sorvolò sulla bruttezza esasperante dell'ospite e la sommerse immediatamente con le sue sciocchezze.

«Diventeremo amiche! Devi raccontarmi tutto di te! Quali colori preferisci? Ti piace la radio?» e via dicendo.

Che il Cerevelli vedesse l'Eufemia, al Cerretti non pareva proprio il caso.

Perlomeno non subito.

E poi..., boh!, ci avrebbe pensato.

16.

Che il professore avesse di già operato il miracolo?, si chiese Lirica il giorno dopo la cena.

Già dal risveglio suo figlio sembrava trasformato. Durante la toletta aveva fischiettato con allegria. Lei l'aveva seguito sino all'ultima nota, dalla cucina dove lo attendeva col caffellatte. Un valzer, secondo lei di buon auspicio, non una di quelle moderne canzonacce di cui a volte le parlava Melide, la petulante servetta di casa, e che avevano titoli impronunciabili tipo... *Ziki Kaki... Paki Zuki...* porcherie!

Valzer, invece, armonia, serenità!

Lirica non immaginava che quello era l'ultimo valzer che Lidio aveva ballato con la svizzerotta la sera della festa.

A pranzo, poi, era tornato chiacchierone come da giorni non era più. Le aveva detto della cena e della proposta di lavoro.

«E tu?» aveva chiesto lei.

«Avrei accettato...» aveva risposto il giovanotto, ma con un tono remissivo, come se ne attendesse l'approvazione.

«Hai fatto bene figlio mio», s'era affrettata ad approvare lei.

Quindi Lidio le aveva sottoposto i nomi della squadra che aveva pensato di mettere insieme affinché ne venisse un lavoro ben fatto e in tempi brevi: cinque solidi muratori, tra i quali Amilcare Campesi.

Su quest'ultimo lei s'era permessa una mezza obiezione.

Non era quello che ogni tanto litigava con la moglie, si ubriacava...

Sì, proprio lui, aveva confermato Lidio, una testa matta.

Ma era bravo, quasi geniale, nato per fare il capomastro.

«Mi fido», aveva detto lei, la voce foderata dalla meraviglia per quel miracolo che aveva sotto gli occhi.

Così, nel pomeriggio, il figlio assente, pur non volendo disturbare, Lirica si permise una telefonata.

Il Cerretti sorrise alle lodi e ai ringraziamenti della donna.

«Beata gioventù!» commentò.

Si sa com'è, si infiamma in fretta e subito si sfiamma!

Che non temesse, la rassicurò il professore: suo figlio era un giovanotto a modo e tutto si sarebbe accomodato per il meglio.

Tutto stava, come aveva fatto lui affidando a Lidio i lavori della sua palazzina, ad accordare a quella esuberante gioventù un poco di fiducia.

17.

Appunto, la questione stava proprio lì: guadagnarsi la fiducia di sua madre.

La sera di domenica, dopo la tirata della donna contro la Svizzera e le svizzerotte, Lidio Cerevelli era uscito da casa con un garbuglio di pensieri e non aveva fatto altro che passeggiare in su e in giù per il lungolago spingendosi un paio di volte a rimirare la riva sulla quale aveva giaciuto con la Helga. Di cedere alla volontà materna e sposare una delle sue galline a lesso, non era neanche il caso di parlarne.

Helga, e nessun'altra!

Ma gli ci volevano soldi, e tanti. Dove trovarli?

Prendere di petto sua madre sarebbe stata solo una perdita di tempo. Non poteva permettersela perché quello che aveva a disposizione, quello che aveva concordato con Helga – un anno – doveva impiegarlo per mettere da parte un capitale sul quale fondare la sua felicità terrena.

Ma il tempo vola, fugge.

Quindi, aveva pensato, basta litigi, alterchi, inutili questioni.

Sotto una luna che, manco a dirlo, gli aveva ricordato le lattescenti chiappe della svizzera, aveva deciso che doveva approfittare di ogni occasione gli permettesse di arraffare soldi.

Era questione di fiducia.

Se lui si fosse dimostrato remissivo, quasi acquiescente

o vinto, sua madre avrebbe allentato il controllo.

E in un brodo di ritrovata serenità, sarebbe stato molto più libero di lavorare per raggiungere il suo scopo.

Doveva solo stare calmo, calcolare bene ogni sua mossa, cuocere lentamente la vecchia gallina.

«Tutto pur di arrivare a Helga», aveva mormorato. Tutto, anche una cena dal professor Cerretti.

Quindi, quando sua madre lo aveva informato dell'invito aveva risposto di slancio: «Meraviglioso!».

E tornando a casa, dopo la cena, poiché gli sembrava che il suo desiderio stesse cominciando a realizzarsi, non aveva fatto altro che calcolare quanta cresta gli sarebbe riuscito fare sul conto totale dei lavori di ristrutturazione nella palazzina del Cerretti, concedendosi, tra un calcolo e l'altro, un paio di pause per ripensare all'Olghina, che probabilmente era davvero cretina come si diceva in giro, ma in quanto a tette poteva tranquillamente competere con la Helga.

18.

La sera del 9 ottobre Lidio Cerevelli navigava in un lago di nostalgia, ad alimentarla era lei, Helga.

Motivi, purtroppo, ne aveva a iosa.

Innanzitutto sul paese era calata una cappa di foschia e umidità che per contrasto lo rimandava ai luminosi pomeriggi dell'estate appena trascorsa.

In secondo luogo, Lirica, vantandone il diritto, aveva voluto dare un'occhiata al conto da presentare al Cerretti. I lavori alla palazzina erano stati completati in quindici giorni. Eseguiti con una puntualità e una precisione che il professore stesso aveva elogiato.

Non aveva discusso sul costo.

Ma appunto perché non l'aveva chiesto e, soprattutto, perché era il professore.

«Bisogna fargli un bello sconto», aveva detto Lirica e, tac!, con due colpi di matita, aveva fatto saltare quel po' di cresta che Lidio s'era illuso di intascare. Talmente illuso che ne aveva data comunicazione tramite lettera alla Helga, annunciandole che, grazie all'aiuto di un certo professore, un vecchio coglione con le mani in pasta dappertutto che credeva di saperla lunga ma in realtà di conti non capiva un cazzo, il capitale del loro futuro era nato.

Nel nulla erano svaniti il suo compenso quale progettista e supervisore dei lavori, una consulenza chiesta all'idraulico Treponti e gonfiata ad arte dallo stesso Lidio («È sua abitudine», aveva detto Lirica, «calcare sui prezzi.

L'ha sempre fatto ma con me non l'ha mai spuntata») e il costo delle tegole avanzate («Le ritiriamo noi», aveva deciso la donna, «non vanno a male e non mancherà l'occasione di riutilizzarle»).

Due giorni dopo, per rispondere a tanta gentilezza, il Cerretti aveva convinto il signor prevosto ad affidare all'impresa Cerevelli, nella persona di Lidio, la ristrutturazione dei locali delle ex scuole in piazza Santa Marta, da poco acquisiti dal consiglio dei fabbriceri.

Un affare, ottimo!

Ma se sua madre avesse continuato a mettersi di mezzo, Lidio temeva che anche lì non avrebbe trovato di che alimentare il capitale di cui aveva incautamente vantato la nascita.

Quella sera Lidio s'era deciso per l'ispezione.

E, ciliegina sulla torta, proprio mentre stava attraversando la piazza della chiesa per andare a dare un'occhiata allo stabile delle ex scuole, il signor prevosto in persona l'aveva fermato per fare quattro chiacchiere e nel discorso aveva lasciato cadere che, da sua madre, aveva saputo che stava cominciando seriamente a pensare al matrimonio.

Era vero. Cioè, era vero che qualche sera prima Lirica, vedendolo così tranquillo e ben disposto, aveva ritirato fuori la questione. E lui aveva risposto sì tanto per dire qualcosa: ci stava pensando davvero e al momento opportuno ne avrebbe parlato.

«Bravo, bene», l'aveva congedato il prevosto.

Così Lidio, guardando la figura del sacerdote che si allontanava come un angelo scuro nella sera, si era sentito sull'orlo di un buco senza fondo e la nostalgia di Helga era diventata un'affilatissima lama di coltello piantata sotto lo sterno.

Quando entrò nei locali delle ex scuole era ormai buio. La luce stentata di due lampadine illuminò l'ambiente. L'aria aveva odore di chiuso. Sui pavimenti polvere, tocchetti di intonaco. Addossati alle pareti un paio di armadi, e banchi, non più utilizzati, su cui erano passate intere generazioni di scolari: tra loro suo padre Leone. La nostalgia di Lidio si acuì in quel profumo di passato, dal cui fondo venivano anche le storie che, su quell'edificio, come di altri del vecchio nucleo del paese, gli avevano raccontato quand'era bambino. Leggende, fole di un conte, il conte Lorla, proprietario di quegli immobili cento, o duecento?, anni prima che usava liberarsi degli avversari negli affari, così come nell'amore, murandoli, anche vivi, nei suoi palazzi.

Ne aveva fatti di brutti sogni, pensando a quelle storie.

E Helga, rifletté cominciando l'ispezione dei locali, avrebbe finito per diventare pure lei soltanto un sogno?

Picchiava intanto con le nocche sui muri. Un gesto istintivo ormai, uno dei primi appresi durante la gavetta sui cantieri che permetteva a un orecchio esercitato di capire dove il muro fosse solido, di sasso, e dove no. Ormai il giro del piano era completato, mancava la parete che dava su piazza Santa Marta, di fronte alle carceri mandamentali: un muro maestro.

Invece, a un certo punto, toc, un suono vuoto.

Il Cerevelli si fermò.

Possibile?

Tornò indietro di un paio di passi, riprese la percussione. Il suono era bello pieno su tutto il muro ma, nello stesso punto di prima, toc, ancora, come se…

Gli venne un mezzo brivido al pensiero ma sorrise, ormai era un adulto. Eppure…

Che lì dietro ci fosse uno di quelli, uno degli avversari che il conte Lorla murava vivi per toglierseli dalle balle?

Si guardò intorno alla ricerca di qualcosa con cui grattare il muro. Trovò un lungo chiodo arrugginito, di quelli che si usavano per fissare le travi dei tetti. In mancanza di meglio, usò quello.

Non gli ci volle molto per aprire un piccolo varco, un buco in quella parete mezzo marcia. Sbirciò attraverso il pertugio senza vedere niente. Riprese a picchiare. A un certo punto dell'operazione udì un rumore, un tintinnio. Pensò per un istante che il chiodo gli fosse scappato di mano, caduto per terra. Fu un brevissimo istante appunto, perché il chiodo era sempre lì, stretto tra le sue dita.

E allora?

Guardò sul pavimento e la vide.

Una moneta.

La raccolse. Era pesante. Se la mise a due dita dagli occhi.

Era oro?

19.

Bisognava proprio dirlo, se il professore non era santo, poco ci mancava. Probabilmente, anzi, sicuramente, fu il pensiero di Lirica, aveva ragione lui: non con il ricatto bisognava condurre Lidio alla ragione, ma con la bonaria autorità, paterna o maschile che fosse.

E lì dove lei aveva fallito, lui invece aveva fatto centro. Tra l'altro nel giro di poco tempo.

Incredibile!

Lirica Cerevelli, non senza una certa vena di malinconia, stava pensando a come erano mutate le cose dal momento in cui il professore aveva ammesso il figlio nella sua cerchia, alla sua tavola.

Non era quello che si era augurata? Che finalmente maturasse, abbandonasse certe fantasie, ascoltasse chi, della vita, aveva già esperienza?

Sicuro.

Ma tutto era avvenuto a una velocità tale che adesso si sentiva presa un poco alla sprovvista. E, avanti di quel passo, non ci sarebbe voluto molto per giungere al fatale momento, quello in cui avrebbe dovuto cedere il comando dell'impresa, e anche all'imperativo del tempo che passava e che, dall'essere madre, l'avrebbe portata a essere nonna.

Sospirò profondamente. Era sola in casa. Quella mattina infatti Lidio, dopo tre giorni passati ad andare avanti e indietro dall'edificio delle ex scuole per studiare bene come impostare i lavori, era uscito presto, per recarsi a Lecco, presso gli uffici del catasto: doveva verificare, aveva detto, certi mappali a confine con le ex scuole.

«Ho promesso al signor prevosto di fare un lavoro coi fiocchi e non voglio certo deluderlo. Men che meno creargli qualche guaio», aveva detto in tono grave.

Nelle vibrazioni delle erre, Lirica aveva avvertito la presenza del suo povero marito. Anche lui parlava così, ringhiando su quella consonante, dando l'impressione di essere arrabbiato. Invece era la sua natura e Lirica piano piano ci si era abituata. Ma risentire quell'eco nella voce del figlio l'aveva messa un po' a disagio. Tanto che l'aveva guardato con stupore.

«Cosa c'è?» le aveva chiesto lui.

«Niente», aveva risposto lei.

L'avrebbe presa per sciocca se gli avesse detto che in quel momento non gli sembrava il figlio che da anni conosceva, ma un altro. Un uomo, finalmente.

Finalmente?

20.

Tre giorni avanti e indietro tra il suo ufficio di via Manzoni e l'edificio delle ex scuole. Fingendo di essere impegnato a tirar misure e poi fare calcoli.

Se le era nascoste in tasca, in una borsa, in un tubo cilindrico pieno di vecchie mappe. Poche per volta. Meglio un viaggio in più piuttosto che provocare sospetti, curiosità.

Alla fine le aveva riunite, tutte insieme, in una vecchia cassaforte Juwall, modello 22, che era stata di suo padre Leone e che aveva recuperato dalla cantina di casa. La chiave naturalmente se l'era appesa al collo, alla catenina, accanto alla medaglietta della Madonna di Lezzeno. In quei tre giorni Lidio Cerevelli le aveva contate centinaia di volte. Il totale era stupefacente: trecentoventicinque.

Trecentoventicinque monete di oro zecchino. Di peso e dimensioni diverse. Prima di occultarle nella cassaforte, le aveva anche divise in gruppi, dalle più piccole alle più grandi, una gioia per gli occhi. E antiche, inoltre. Pur non capendone niente, le date che vi erano incise, e che andavano dal 1362 al 1488, parlavano chiaro.

Altro che avversari murati vivi! Ecco quello che, dentro quel muro, il conte Lorla o chi per lui aveva nascosto.

Per quale motivo?

Lidio non aveva avuto dubbi. S'era risposto subito, la sera del ritrovamento: per dar di che campare a lui e a Helga, pensando solo, come diceva lei, a ridere scopare e divertirsi.

Davanti a quel buco nel muro che gli aveva rivelato il tesoro, Lidio, senza vergogna, si era inginocchiato come aveva qualche volta fatto davanti alla Helga, e aveva ringraziato il destino per la fortuna che gli aveva messo sulla strada.

Oddio, non proprio sulla sua. A guardare bene la cosa, quel bendiddio spettava ad altri. Al comune di Bellano, che era il vecchio proprietario dello stabile. Oppure al consiglio dei fabbriceri, quindi alla chiesa, che secondo l'atto di vendita l'aveva acquistato con tutto ciò che conteneva. Questione sottile, da scomodare gli avvocati, forse. In ogni caso il Cerevelli aveva avuto una sola certezza: quella roba non era sua e quindi bisognava farla sparire in fretta e bene.

Una volta messa al sicuro quella fortuna aveva immediatamente formato la squadra di lavoro. Sette operai, stavolta, tra i quali c'era ancora l'Amilcare Campesi.

21.

Vancesio Bergondi, orafo in Lecco, aveva fama di numismatico e anche di culattone, entrambe meritate. Della seconda voce Lidio non era al corrente. Pure se lo fosse stato, non se ne sarebbe curato. Aveva un solo obbiettivo entrando nell'oreficeria Bergondi, quello di tradurre in moneta corrente la fortuna che gli era capitata, anche perché bruciava dalla voglia di comunicare la straordinaria novità a Helga con la sicurezza, però, di non parlare a vanvera per la seconda volta.

La sera precedente s'era messo in tasca una di quelle monete, presa a caso tra le tante. Per tutta la durata del viaggio in treno verso Lecco, l'aveva tenuta stretta, per il timore di perderla.

Quando entrò nel negozio del Bergondi, sito in via Sacchi e stretto tra una macelleria equina e una trattoria dal singolare nome di La Porca, l'aveva ancora in pugno.

Il Bergondi lo guardò come se non vedesse un cliente da settimane, cosa peraltro non molto lontana dal vero. Poi, dopo una prima occhiata, lo pesò. Infine: «Desiderate?» chiese.

Lidio avvertì l'occhiata concupiscente dell'orafo. Si confuse.

«A pagamento, s'intende», esordì, facendo nascere un sorriso sul volto dell'orafo.

«A pagamento cosa, caro?»

Lidio arrossì.

«Già... non ve l'ho detto... scusate...»
«E già», concordò quello.
«Ecco», si riprese Lidio, «vorrei una consulenza.»
«Ma bene», acconsentì l'orafo. «E su cosa?»
Il sorriso del Bergondi s'era trasferito dalle labbra agli occhi. A Lidio dava il sudore. Confuso, pensò bene di cassare il discorsetto che s'era preparato. Tirò fuori dalla tasca la mano con la moneta e la mostrò all'orafo.
«Vorrei sapere quanto potrebbe valere.»
Il Bergondi la pinzò con due dita, sempre sorridendo, ma era convinto di aver capito tutto: il giovanotto era uno della sua sponda, alle prime armi però, entrato lì per allacciare contatti e quella moneta una scusa, un viatico.
«Uh, ma com'è calda!» fece, la moneta tra le dita. «Dov'è stata finora?»
Dopo aver soppesato la moneta e averla lungamente guardata col monocolo appiccicato all'occhio destro però, dal suo viso scomparve ogni frùfrù per lasciare il posto a un'espressione di serissima professionalità. Quello che aveva sotto gli occhi era un ducato veneziano del doge Andrea Contarini, l'epoca del conio la seconda metà del Trecento. Un pezzo raro che a venderlo bene e a chi sapeva lui poteva rendergli mille, anche millecinquecento lire.
«Posso sapere da dove proviene?» chiese.
"Figurarsi!" pensò il Cerevelli.
«Dalla mia collezione», mentì.
«E ne avete molte?»
«Una decina», sparò Lidio.
«Tutte come questa?» chiese l'orafo.
«Be'... no», fece Lidio. «Alcune sono un po' diverse... più piccole, più grandi...»
«E siete intenzionato a venderle?» chiese ancora l'orafo.
«Potrebbe darsi», rispose Lidio.
Tuttavia, prima gli sarebbe piaciuto conoscere il valore

commerciale di quella moneta, farsi un'idea: per quella ragione s'era spinto a consultarlo.

«Certo, certo», rispose il Bergondi.

«Quindi?» chiese il Cerevelli che non vedeva l'ora di moltiplicare.

«Non è semplice», lo freddò l'orafo.

«Se facciamo riferimento al prezzo attuale dell'oro che si aggira attorno alle 17, massimo 19 lire al grammo, dipende un po' dall'andamento dei mercati come certamente saprete, ecco, volendo considerarla come semplice oro e stimando il suo peso...»

Il Bergondi la fece saltellare sul palmo della mano e strinse le labbra prima di emettere il verdetto.

«Direi che, a essere generosi, potrebbe rendervi una cinquantina di lire», enunciò per poi tacere in attesa della reazione di Lidio.

Il quale aveva seguito attentamente le parole dell'orafo e non gli era sfuggito quel passaggio...

«Avete detto: considerandola come semplice oro», osservò.

«Certo.»

«C'è qualche altro modo per valutare questa moneta?»

«Ma caro il mio giovanotto...» cinguettò il Bergondi. «Avete detto di averne?»

«Dieci.»

Ecco, con le altre nove! In quel caso il loro valore aumentava notevolmente, non bisognava più tener conto del prezzo corrente dell'oro, trattandosi di una, benché piccola, collezione. E poi bisognava considerare il soggetto acquirente. V'erano collezionisti disposti a fare pazzie pur di avere oggetti simili. Non aveva idea di quanto i fanatici della numismatica fossero disposti a spendere pur di avere l'oggetto dei loro desideri.

Lidio voleva capire, sapere, fare conti.

«Insomma, se la moneta fosse vostra, quanto riuscireste a farvi pagare da un collezionista che la volesse?»

L'orafo decise di essere sincero: tanto, rifletté, quella moneta era già sua.

«Mille», disse. «Anche millecinque, a un italiano.»

«Come, a un italiano?» chiese Lidio.

Il Bergondi scosse la testa, beata ingenuità: ma cosa credeva, che le monete antiche venissero collezionate solo in Italia?

Gli stranieri!

«Gli stranieri?»

«Uh!» fece il Bergondi, ritrovando i toni della checca di lungo corso. I collezionisti stranieri, specie americani e inglesi! Disposti a spendere cifre da capogiro! Per non parlare delle aste!

«Le aste?»

Le aste, sì! Messe all'asta quelle monete potevano toccare vertici inimmaginabili. E a suon di dollari, franchi o sterline! Doveva immaginare che quella piccola moneta che gli aveva portato in un'asta di numismatici poteva... poteva...

«Cosa?» mise fretta Lidio.

... poteva arrivare a rendere l'equivalente dello stipendio di un alto funzionario di Stato.

«Dodicimila lire?»

«E forse di più!» concluse il Bergondi.

Il Cerevelli non riuscì a frenare un sorriso soddisfatto. Che però l'orafo gli segò subito con un preciso colpo di falce.

«Purtroppo...» disse.

La difficoltà stava nel trattare e piazzare merce di quel genere.

«Difficoltà di mercato, qui in Italia», spiegò il Bergondi. «Fossimo in Svizzera invece...»

Lì non c'erano restrizioni, leggi, controlli. C'era libertà e libero mercato!

«Vendute bene», affermò il Bergondi, «le vostre dieci monete vi darebbero da campare per un anno senza far niente!»

«Qui siamo in Italia, però», osservò Lidio.

L'orafo giocherellò col monocolo.

«Esattamente», confermò. «Ma la Svizzera è così vicina...»

«Vorreste dire?»

Bando ai balletti!, risolse tra sé l'orafo.

«Giovanotto...» esordì.

Lo sapeva o no che c'erano i mezzi per far viaggiare merci di tutti i tipi? Tutto stava a conoscere gli autisti giusti. Si spiegava?

«Abbastanza.»

Bene. Quindi, se era sua intenzione far fare un viaggetto oltre confine alle monete, mettesse le carte in tavola.

«Sì o no?»

«Sì», rispose il Cerevelli.

«In fin dei conti», aggiunse l'orafo, «una decina di monete non è gran cosa.»

Lidio sollevò l'indice verso il Bergondi.

«E se fossero di più?» chiese.

Il Bergondi incrociò le braccia e lo fissò.

«Quante di più?»

«Parecchie», rispose il Cerevelli che voleva star sul vago, «in verità non le ho mai contate.»

Un fischio dal profumo di menta uscì tra le labbra dell'orafo.

La faccenda cambiava aspetto. Nel senso che diventava cosa da studiare con calma.

«Si può fare comunque?» chiese il Cerevelli.

Tutto si poteva fare.

Gli desse, spiegò il Bergondi, un paio di settimane di tempo ed esattamente di lì a quindici giorni si ripresentasse nel suo negozio: gli avrebbe detto come, dove e quando.

«Non dimenticate di portare con voi quattro di quelle monete», aggiunse.

La fronte del Cerevelli si corrugò.

Il prezzo onesto per far avere a quelle monete il passaporto giusto.

«La mia mediazione ha un costo», spiegò il Bergondi.

E con quella che Lidio gli aveva mostrato poco prima, e che tratteneva a scopo di cauzione e anticipo, appunto, cinque monete.

22.

«Al catasto?» chiese quella sera Lirica.

Per pranzo non l'aveva visto ma Lidio s'era premurato di avvisarla che non ci sarebbe stato. Aveva pranzato a Lecco presso la trattoria della Rovinata. Le parole del Bergondi gli avevano messo addosso una frenesia difficile da dissimulare: meglio, aveva pensato Lidio, stare lontano dall'occhio lungo della madre. Aveva mangiato con gusto (il carrello di lessi della Rovinata era famoso in tutti i paesi del lago), masticando e facendo moltiplicazioni, prova del nove compresa, sul bordo di un giornale.

Trecentoventicinque monete, trecentoventi tolte le cinque che doveva dare al Bergondi.

Bene. L'orafo aveva detto mille, millecinque, forse di più. Meglio cominciare con una via di mezzo. Millecinque per trecentoventi: quattrocentoottantamila lire! Se un funzionario dello Stato campava, e da signore, con dodicimila lire all'anno, significava che lui poteva fare altrettanto per ben quarant'anni! Però il Bergondi aveva anche spiegato che un collezionista poteva arrivare a spendere di più per avere quelle monete e poi aveva parlato delle aste...

A Lidio era venuta l'acquolina, aveva provato ad aumentare la cifra. Ammettendo che una le rendesse mille lire ma un'altra magari cinquemila, aveva fatto una media.

«Proviamo», s'era detto.

Tremila lire.

Tremila per trecentoventi: novecentosessantamila lire!
Cioè, ottant'anni!!!
Ottant'anni di vita spensierata, senza lavoro, di viaggi, divertimenti e trombate con la Helga.
Chi diceva che i soldi non davano la felicità era davvero cretino.
Finito il pranzo, corroborato da due cognac, aveva passeggiato sul lungolago e verso metà pomeriggio era saltato sul treno, un localaccio che si era fermato in tutte le stazioni – Abbadia, Mandello, Olcio, Lierna, Fiumelatte, Varenna, Regoledo. Era sbarcato a Bellano quando cominciava a calare la sera, con il volto afflitto da finta stanchezza poiché aveva dormicchiato un po', il viso schiacciato sul finestrino e sognando quelle cifre.
Al catasto era andato tutto bene, rispose Lidio, ma con un che di sofferente nella voce.
Solo che si sapeva com'erano quegli uffici pubblici.
«Lenti!» specificò il giovanotto.
«Lo so, lo so», echeggiò Lirica concorde.
Benché avesse speso in quegli stanzoni praticamente l'intera la giornata non era riuscito a prendere visione di tutte le mappe che gli servivano. Quindi, onde evitare di perderci altro tempo, aveva segnalato a un impiegato quelle di cui aveva bisogno e questi, grazie anche a una mancetta, s'era impegnato a fargliele trovare.
«Bene», approvò Lirica.
Lidio sorrise, sorriso amaro.
Di lì a un paio di settimane!
«Ti rendi conto mamma?»

23.

Pur di arrivare a Helga, tutto!

Sopra ogni cosa, fingere.

Di essere tranquillo, di non avere più grilli per la testa, di non avere altro pensiero che il lavoro, di aver dimenticato la Svizzera, dov'era?, e la svizzerotta.

Fingere di bersi, come faceva coi brodini serali, le parole e i consigli di sua madre. E di sentirsi fortunato per aver posato le chiappe in casa del Cerretti e onorato di accompagnare la nipote del professore alla Casa del Fascio la sera di due giorni dopo, per assistere alla commedia brillante in tre atti *L'appetito vien mangiando*, messa in scena dalla compagnia teatrale del conte Resega.

L'idea era stata del professore. Che però s'era ben guardato dal comunicarla direttamente al Cerevelli.

A Lirica, invece, per telefono.

E con l'aria di voler chiedere solo un consiglio: a lei, che, essendo madre, certamente meglio di lui avrebbe saputo come comportarsi se gli fosse capitata tra capo e collo una nipote, orfana di madre da poche settimane, di padre latitante, ventitreenne, senza uno straccio di amico sottomano visto che sino ad allora aveva vissuto da Roma in giù...

A Lirica non era parso vero.

Nipote del professore? Che sciccheria!

La stessa sera, dopo una cena durante la quale Lidio non aveva fatto altro che parlare di lavoro, l'aveva buttata lì.

Sapeva la novità?
A casa del professore c'era eccetera eccetera.
Orfana.
Senza amicizie nel paese.
Non gli sembrava un gran bel gesto, aveva sparato, invitarla cogliendo l'occasione della commedia?
Prima di rispondere, Lidio aveva lasciato correre qualche secondo. Lirica aveva temuto che l'incantesimo in cui viveva da giorni fosse sul punto di svanire.
Invece: «Ma certo!» aveva risposto.
E: «Ottima idea», aveva anche aggiunto, per sovrapprezzo.
Fingere.
Anche di fronte alla bruttezza della nipote del professor Cerretti.

24.

La commedia.

Un intreccio goliardico farcito di doppi sensi che avevano provocato risate a ripetizione dalla platea. Solo l'Eufemia l'aveva seguita come se fosse a messa e a Lidio non era venuta nemmeno la tentazione di spiegarle qualcuno degli equivoci che facevano sganasciare tutti gli altri spettatori.

Poi, la domenica successiva, una gita in battello nonostante una pioggia fitta, dentro un grigio di acqua e cielo che l'Eufemia, in una delle rare, spontanee uscite (parlava poco, per fortuna, e solo se interrogata, risposte brevi, secche, come se scappasse), aveva definito di malinconica bellezza.

Infine, il giorno dell'anniversario della marcia su Roma, il concerto che il Corpo Musicale Bellanese tenne nel salone del convitto del cotonificio. Locale al cui interno Lidio Cerevelli non era mai più entrato dopo l'estate. Rivedendolo provò una singolare, struggente emozione. Così forte che avrebbe potuto abbatterlo a terra, farlo piangere di nostalgia se non avesse avuto nelle orecchie, quale antidoto, le parole che proprio il giorno prima l'orafo Bergondi gli aveva detto dopo aver intascato il saldo della sua intermediazione: due fiorini del duca Filippo Maria Visconti, un ducato del doge Francesco Foscari e un sanese d'oro di Gian Galeazzo Visconti duca di Milano e signore di Siena.

«La pratica è istruita», e aveva schiacciato l'occhio.

Di lì a una settimana doveva telefonare a un certo numero. Gli avrebbe risposto una voce che, alla parola d'ordine «lumacone», gli avrebbe detto quando, dove e a chi doveva consegnare la merce.

E, anche, dove lui voleva che venisse portata.

«Vista la natura della cosa, consiglierei una bella cassetta di sicurezza in una banca», s'era permesso di dire l'orafo. «A Lugano, o Locarno.»

Meglio Locarno, aveva suggerito l'orafo, località discreta dove, tra l'altro, aveva buone conoscenze.

«Vi potrei favorire anche in quello», aveva detto il Bergondi con un'eloquente mossa del basso ventre. «E non vi costerebbe troppo!»

Lidio aveva inteso al volo. Ma era un prezzo che non era per nulla disposto a pagare.

«Vi ringrazio», aveva risposto, «ma ho già una persona di fiducia che si prenderà cura della cosa.»

«Peccato», sfuggì al Bergondi. Quel giovanotto gli piaceva proprio.

Da quel momento i globuli rossi di Lidio, anziché ossigeno, avevano cominciato a portargli nel cervello atomi di felicità pura. Sotto la pelle del viso sentiva di avere un diuturno sorriso che, però, non poteva, non doveva esibire. Doveva, piuttosto, continuare a fingere di essere cambiato: guai a insinuare sospetti, la posta in palio era troppo alta.

Tutto pur di avere Helga.

Anche dire sì a sua madre quando, la sera dopo il concerto, chiese se non gli pareva ora di fargliela conoscere questa famosa nipote del professore.

Magari invitandola a cena da loro.

Magari addirittura quello stesso sabato.

25.

Uno dei peggiori sabati della sua vita, pensò Beppe Canizza, segretario della sezione bellanese del Partito scendendo, ultimo passeggero, dal battello *Folgore.*

Lungo, noioso.

Un tormento dell'anima e del corpo. L'aveva trascorso a Como, presso la federazione, convocato assieme a tutti gli altri segretari di sezione per comunicazioni di estrema importanza.

Al Canizza fischiavano ancora le orecchie per i discorsi ascoltati, un rosario infinito di parole d'ordine. Cazzate.

Che bisogno c'era stato, s'era chiesto lungo tutto il viaggio di ritorno, di farlo andare fino a Como per raccomandare la massima sorveglianza?

E di tenere gli occhi aperti, di non avere alcuna pietà per i nemici del regime?

Di collaborare, anche, con le forze dell'ordine, carabinieri o guardie di frontiera che fossero.

Guai!, però, mai sostituirsi a loro!, aveva strillato quella mezzasega del federale.

Stare all'erta invece, e riferire. Movimenti sospetti, facce strane, discorsi oscuri.

Ri-fe-ri-re!

Il nemico si nascondeva nell'ombra e colpiva alla schiena. Perciò non meritava pietà. Nella rete, fino ad allora, erano caduti i pesci grossi, quelli che facevano notizia nei titoli dei giornali.

Ebbene, aveva insistito il federale, che quelli piccoli non credessero di poter sfuggire al proprio destino. Che era quello di finire, prima o poi, nella stessa rete.

La rete cui aveva fatto riferimento il segretario provinciale era stata lanciata dalla polizia di Mussolini. Quelli appena trascorsi erano stati giorni di caccia e pesca ai dissidenti di tutta Italia. L'offensiva maggiore s'era scatenata contro il movimento Giustizia e Libertà che ne era uscito malconcio, decapitato: in galera erano finiti Ferruccio Parri, Camilla Ravera, Riccardo Bauer ed Ernesto Rossi.

Pesci grossi appunto, da titolo sui giornali.

I piccoli, invece...

Alcuni avevano cercato rifugio all'estero. Da Milano soprattutto, approfittando della vicina Svizzera, si erano affidati ai *passeurs* e avevano tentato di varcare il confine. Altri avevano preferito attendere sul patrio suolo che le acque si calmassero, la buriana passasse. Avevano sbagliato i conti.

Infatti, complice Roberto Farinacci che l'aveva accusato di essersi illegalmente arricchito, Mussolini aveva nel frattempo silurato il segretario del Partito, Augusto Turati, sostituendolo con Giovanni Giuriati. Il quale aveva inaugurato la sua nomina all'insegna della pulizia interna.

Via i rami secchi, era stato il suo slogan.

Guerra ai pavidi, ai tiepidi, ai passacarte. E nessuna pietà, appunto, per i nemici del regime, grossi o piccoli che fossero.

A qualcuno, anche nell'OVRA, era tremato il culo. C'era mica tanto da scherzare. Bastava un niente, un attimo di rilassamento o un sospetto, e dalla sera alla mattina ci si poteva trovare in braghe di tela.

Le parole del nuovo segretario nazionale erano state una scossa elettrica che aveva percorso, incendiandole, tutte le gerarchie del Partito.

Quella scossa però, al segretario della sezione bellanese Beppe Canizza aveva fatto un baffo.

Tremassero pure i papaveri delle alte sfere, aveva pensato per tutta quella lunga giornata e anche dopo, mentre stava ritornando verso casa. Se la facessero addosso, aveva rincarato, mentre il battello, silenziosamente, fendendo l'acqua scura, aveva doppiato il promontorio di Bellagio. Ma non gli andassero più a rompere i coglioni, aveva mormorato tra sé quando aveva cominciato a intravedere le luci del lungolago di Bellano e a desiderare un bel Campari che l'aiutasse a digerire la giornata. Lui gli occhi li aveva sempre tenuti aperti. E non solo sui nemici del regime.

Tanto per dirne una, da un paio di settimane non si perdeva una mossa della moglie del muratore Amilcare Campesi, l'Anita. Esattamente da quando, passando casualmente da via Balbiani dov'era il lavatoio pubblico, vi era stato attirato dalle grida di due donne che stavano litigando ed era intervenuto per sedare la rissa.

Lei era lì, china sul bucato.

Le due scalmanate se le stavano dando di santa ragione. Lui le aveva afferrate per i capelli, separandole, senza staccare gli occhi dai due tronchi di coscia della moglie del Campesi, sognando il buio in cui andavano a finire.

Aveva chiesto alle due perché stavano litigando, chi aveva cominciato.

Aveva avuto, in risposta, insulti.

Allora s'era rivolto all'Anita, che non aveva smesso di lavare.

«Non ho gli occhi nel culo», aveva replicato lei. «Quindi è inutile che continuiate a cercarli lì!»

Perdio! Gli era entrata nel sangue al ritmo di galoppo.

Da quel momento non aveva perduto occasione per spiarla e un paio di volte aveva anche cercato di attaccare bottone. Ne aveva ricevuto occhiatacce e risposte abrasive. Risultato, questo, che l'aveva convinto di una cosa: per averla avrebbe dovuto studiare manovre. E mentre andava progettando piani, aveva continuato a spiarla componendola, pezzo dopo pezzo, nella sua fantasia.

L'aveva tutta ormai. Quasi. Occhi, naso, orecchie, fianchi, tette, culo.

Gambe. Diobono, quelle gambe!

Gli mancava solo una cosa, le caviglie. Sempre nascoste in scarpacce o calze grossolane.

Caviglie. Che dovevano essere magre, coi malleoli appena sporgenti. Caviglie da scatto, ne era sicuro: il Dio Creatore non poteva aver fatto due gambe così perfette per rovinarle con caviglie tozze.

Ecco, quando avesse finalmente ceduto, Beppe Canizza sapeva già da dove avrebbe cominciato a baciare quella donna: dalle caviglie.

Tutto stava nel convincerla a lasciarlo fare, si disse sulla soglia del caffè dell'Imbarcadero.

26.

Le vetrine illuminate del locale creavano un'illusoria atmosfera di festa. All'interno, però, l'occhio del segretario non colse alcun movimento.

Parola d'ordine un bel Campari, pensò il Canizza chiudendo la porta, alla salute del segretario provinciale e dei nemici del regime.

Aveva la richiesta bella e pronta sulla punta della lingua.

«Ma che cazzo...» gli scappò detto invece.

Annusò.

Che odore c'era nell'aria?

Annusò ancora, chiudendo gli occhi. Sembrava catrame.

Stava per chiedere la ragione di quella puzza al padrone del caffè quando il maestro Fiorentino Crispini spuntò da dietro la vetrina delle paste, sorreggendone un cabaret. Gli si avvicinò, salutando. Il segretario lo guardò. Era elegante come non l'aveva mai visto. I capelli, che solitamente aveva ricci, erano schiacciati sul cranio grazie a una pestilenziale brillantina che in pochi minuti aveva impestato l'aria del locale. Acceso in viso, anche.

«Seratina galante?» chiese il Canizza schiacciandogli l'occhio.

Il Crispini arrossì ulteriormente. Il segretario aveva messo il dito nella piaga. Si sapeva infatti che il maestro era un collezionista di disfatte amorose. Le donne per un po' sembravano accettare la sua corte composta, corretta. Ma al momento di stringere se la davano a gambe e per giustificare il rifiuto si attaccavano alla sua altezza. O bassezza che dir si voglia.

Fiorentino Crispini faceva infatti un metro e sessantacinque e s'era sempre incaponito con donne che lo sopravanzavano di almeno dieci centimetri. Gliene era venuto, rifiuto dopo rifiuto, una sorta di complesso tanto che, nelle occasioni ufficiali, quando si doveva esibire in discorsi pubblici, indossava scarpe con un tacco spropositato e accompagnava i suoi slanci lirici sollevandosi sulle punte.

«Una riunione tra amici», rispose il maestro.

Poi, solfeggiando: «A casa del professor Cerretti», aggiunse.

Il Canizza fischiò. Mica per via delle voci che correvano sul professore. Che fosse framassone gliene fregava una mazza, manco sapeva, per dirla tutta, cosa fosse 'sta massoneria. Piuttosto perché se in tutta Bellano c'era una donna che per bellezza poteva competere con la moglie del muratore Campesi, quella era proprio la moglie del professor Cerretti, la Olghina.

Il maestro Crispini intanto fremeva. Non voleva andarsene senza salutare ma men che meno voleva correre il rischio di fare tardi.

«Allora buonasera», salutò.

Il Canizza si riscosse da una fantasia: lui in mezzo a quelle due, chiuso come una fetta di salame in un panino.

Rispose con un cenno del capo. Poi si girò a guardare oltre la porta del caffè la schiena del maestro che, zampettando allegramente, viaggiava in direzione dell'ospedale.

Chissà cosa c'era in ballo quella sera a casa del professore!

«Boh», fece il Canizza ad alta voce.

Il padrone del caffè, che si stava quasi addormentando, si riscosse.

«Hai detto qualcosa?» chiese.

Il Canizza lo guardò. L'ora del Campari era passata.

«Dammi un cognac», ordinò. «E fammelo doppio», aggiunse subito dopo.

27.

Beppe Canizza aveva quarant'anni.

«Quarant'anni e neanche un filo di grasso addosso!»

Una sola cosa in testa: credere obbedire e trombare era il suo motto.

Della moglie naturalmente se ne fregava. L'aveva bellamente cornificata prima e dopo il matrimonio. Anche durante, si potrebbe dire, visto che la mattina stessa delle nozze il Canizza era rientrato a casa dall'addio al celibato concluso al casino di Lecco ben oltre la mezzanotte.

Era fatto così, aveva bisogno di carne fresca almeno una volta alla settimana. Se non timbrava il cartellino in casa di tolleranza, significava che aveva trovato da beccare fuori, in paese o nei dintorni.

Di gusti era facile.

«El büs l'è büs», era un altro dei suoi motti.

Non dimenticava mai comunque i suoi doveri coniugali. E alla moglie dava sempre quella che definiva la paga quotidiana.

La signora Canizza sapeva delle intemperanze del marito? E, se sapeva, fingeva di niente, accontentandosi dell'iniezione quotidiana?

Spesso i fedelissimi della sezione s'erano posti la domanda: invidiosi anche, per il fatto che il loro segretario la passava sempre liscia, mai un problema, una discussione. D'accordo, il Canizza era furbo, faceva le cose per bene. Ma la signora doveva avere le fette di salame sugli occhi.

Tutt'altro, invece.

Dorina Brugni in Canizza era al corrente. Non s'era mai piegata, però, ad ascoltare voci o pettegolezzi. Sapeva e basta, puro intuito femminile. E dal sapere, traeva vantaggi.

L'iniezione giornaliera, inutile negarlo, le faceva comodo. Ma era routine, spesso una sveltina, cinque effimeri minuti, una ginnastica con la mente rivolta altrove.

Sulle scappate al casino del marito chiudeva gli occhi, tappandosi anche il naso per non inalare i mielosi profumi delle sue puttanelle: non erano donne, quelle, con cui bisognava scendere a patti.

Quando il segretario però puntava una preda fresca, la musica cambiava, e cominciava il bello. Perché in quei casi a suo marito capitava una specie di metamorfosi. Sotto i suoi occhi lei si trasfigurava, assumeva i contorni e le forme della femmina che lui aveva messo nel mirino.

Un piccolo miracolo, insomma. Il tran tran quotidiano allora saltava in aria, il segretario tornava a essere il galletto dei primi anni di matrimonio e lei si ritemprava godendo dei continui assalti. Poco importava se, mentre lei gli stava sopra, sotto o dovunque la mettesse, lui fantasticava di avere per le mani quell'altra. Intanto, lì c'era lei.

Quella mattina Dorina Brugni non s'era ancora svegliata completamente che già il marito la stava insidiando. Comprese subito che il piccolo miracolo si stava ripetendo.

Meno male, erano sei mesi che in quella casa si ballava al ritmo di una marcia funebre.

Partecipò con entusiasmo a quel primo round, certa che non sarebbe finita lì.

A mezzogiorno infatti, subito dopo pranzo, il segretario Canizza volle ancora.

A sera infine, quando già imbruniva, ci fu l'apoteosi.

Suo marito batté cassa per la terza volta. Chiedendole, chissà perché?, di mettersi come se fosse al lavatoio e stesse lavando panni.

28.

Pure Lirica aveva passato l'intera domenica chiedendosi perché. Anche ad alta voce, approfittando del fatto di essere sola in casa.

Il Cerretti infatti, per rispondere al gentile invito a cena che Lidio aveva fatto alla nipote Eufemia, domenica mattina aveva proposto di pranzare da lui tutti insieme.

Ma lei aveva un nuovo attacco di colite!

E come mai, aveva chiesto il professore, visto che adesso tutto sembrava andare per il meglio?

Sarà per via del tempo, aveva risposto lei.

Umido, caliginoso.

Pensando che, per fortuna, quella conversazione si stava svolgendo al telefono e non sotto l'unico, indagatore occhio clinico del professore: fosse stato così, al Cerretti non sarebbe sfuggito che gli stava propinando delle balle.

La colite, in effetti, c'era davvero.

Il tempo però c'entrava niente.

Un'avvisaglia dell'attacco, che poi s'era dispiegato in tutta la sua forza durante la notte tra sabato e domenica, l'aveva avuta subito, non appena la porta di casa s'era aperta inquadrando la nipote Eufemia.

Il primo impatto con la bruttezza della ragazza aveva avuto la forza di un colpo di freddo sull'addome. Lirica aveva nascosto la sua perplessità per tutta la durata della cena e anche dopo, quando Lidio era rientrato dopo aver riaccompagnato a casa la ragazza, facendosi trovare diplomaticamente già a letto.

Al cuore non si comanda, lo sapeva.

Nemmeno all'intestino, però.

L'amore è cieco, le aveva suggerito una vocina.

Tuttavia, ogniqualvolta le si ricomponeva nella mente la bruttezza dell'Eufemia, l'intestino le aveva risposto con le solite fitte. Che smorivano pian piano per riprendere forza quando l'altro pensiero si riaffacciava, quello che suo figlio potesse essersi invaghito di quell'essere: ragione per la quale non se l'era sentita di sopportare la vista dell'Eufemia anche la domenica.

Se mai..., pensò domenica sera tra una fitta e l'altra e prima di chiudere gli occhi, se proprio era destino... se proprio doveva capitare... ecco, che almeno i figli, i suoi nipoti, prendessero da Lidio.

29.

Caro camerata.

Il segretario Canizza si svegliò tardi. Aveva le gambe molli e si sentiva un po' svanito, gli sembrava di camminare sulle uova.

Per fortuna era lunedì: per lui, barbiere, giorno di riposo dopo le fatiche domenicali.

Caffè, barba, altro caffè al bar dell'Imbarcadero. Poi in sezione, quel giorno era dedicato per intero al Partito.

La lettera, nonostante la stampigliatura, «Personale-Urgente-Riservata», era stata infilata sotto la porta.

Il Canizza la vide solo dopo averla calpestata. Con un sospiro si chinò a raccoglierla e strappò la busta.

Caro camerata,
mi permetto di disturbarti per sottoporti una questione: se del tutto privata oppure non priva di risvolti politici starà a te dirlo.

A scrivere era il segretario della sezione di Cernusco Lombardone, tal Nicola Bombelli.

«Bombelli, Bombelli...» fece il Canizza.

Boh, non ricordava di averlo mai visto. E se l'aveva visto, se l'era dimenticato.

In questa fase critica della vita del Partito, come sai, ci tocca vigilare, anche in vece di chi dovrebbe farlo per dovere. Ma tant'è! I rami secchi, come ti sarà noto, sono un po' dovunque. A noi eliminarli! Ma veniamo al dunque.

Beppe Canizza, letta l'introduzione, si fermò e diede un'occhiata al resto: due fogli pieni, scritti a mano con una grafia minuscola. Gli conveniva stare lì in piedi in mezzo al locale? Le gambe gli tremavano ancora un po'.

Sedette.

Se mi permetto di chiedere la tua collaborazione è perché ho necessità di avere informazioni precise attorno a un soggetto che ti sarà ben noto visto che sino a pochi mesi fa dimorava nel tuo comune. Si tratta di certo Avano Degiurati, ragioniere di banca.

Il segretario sussultò: va' che rispuntava il Degiurati!

Ma lui cosa c'entrava?

C'entrava, a detta del collega.

C'entrava perché lo scatolificio Ambroselli di Casletto Rogeno, di proprietà di Amilcare Zombetti, cognato del podestà di Cernusco Lombardone, aveva ricevuto una domanda di assunzione a firma del Degiurati. Il curriculum proposto era di tutto rispetto.

Un curriculum di prim'ordine, scriveva il Bombelli.

E proprio per ciò si permetteva di disturbarlo: perché, si chiedeva, un soggetto che aveva avuto davanti a sé una limpida e promettente carriera bancaria si era, secondo quanto dichiarato dallo stesso, liberamente licenziato per riproporsi nemmeno un anno dopo nel rischioso mondo del commercio privato?

Converrai, caro camerata, che qualche dubbio, qualche sospetto sia più che legittimo.

«Ostia!» approvò il Canizza a mezza voce.

Chiedo a te quindi se hai qualche informazione utile a chiarirci le idee e a permetterci di guardare serenamente al futuro.

Lo scatolificio Ambroselli infatti era società anonima a conduzione familiare che stava per affacciarsi sul mercato nazionale: un primo ragioniere serio e onesto era pedina fondamentale per raggiungere più alte mete. Era necessario però sapere se il Degiurati lo fosse. E già che c'era, se anche la moglie del suddetto fosse donna di ineccepibile moralità.

Il segretario controllò quanto mancava ancora per arrivare in fondo: quasi una pagina.

Ma perché cazzo le andava a chiedere a lui quelle cose?, pensò.

Anche quello era scritto.

Chiedo a te queste informazioni, caro camerata...

Le chiedeva a lui *caro camerata* perché l'iter ufficiale, cioè quello che portava ai carabinieri, aveva dato un esito non soddisfacente. Dalla caserma di Bellano era partito un laconico rapportino che diceva testualmente:

Degiurati Avano nato a... il... ha lasciato la Banca del Mandamento di Bellano in data 10 dicembre 1929. Soggetto moralmente ineccepibile, osservante, rispettoso dell'autorità. Nulla da segnalare a carico della consorte. Dal momento della sua partenza da Bellano non si sono avute più sue notizie.

Era una risposta, quella?

Il Canizza bestemmiò.

Certo, lo era.

Era la classica risposta di quel Ponzio Pilato dell'appuntato Misfatti, cui era affidato il compito di redigere le note informative e che, in quell'occasione, si era limitato a comunicare solo quello che era tenuto a sapere e *non* quello che invece era venuto a sapere e che gli aveva sempre, puntualmente riferito nel corso di conciliaboli settimanali che loro due tenevano segretamente, riferendosi chiacchiere, pettegolezzi e quant'altro.

Adesso doveva prendersi lui la responsabilità di dire sì o no?, rifletté il Canizza.

Ma nemmeno da pensarci!

Nell'orbitale di influenza del professore non ci voleva entrare.

Non voleva saperne niente. Quel poco che sapeva era già fin troppo, che il professore fosse framassone o fracazzone erano affari suoi.

Lui, Beppe Canizza, voleva farsi i cazzi suoi e non lasciarci le balle, fare la fine del Degiurati, che era lì da vedere, svanito dalla sera alla mattina, immolato per gli ormoni dell'Olghina, secondo quanto sussurrato dal Misfatti!

Alla quale, per inciso, il professore lì per lì non aveva fatto niente. Il Cerretti aveva mandato giù l'amara medicina e avanti con le misteriose cenette musicali.

E lei?

Le erano finiti i bollori?

Oppure la bella mogliettina aveva trovato di che consolarsi, sostituendo, come l'appuntato Misfatti aveva cominciato da un po' a sospettare, il povero Degiurati con uno degli altri ospiti del professore?

Magari, come il carabiniere gli aveva lasciato più volte intuire, con quel farfallone del geometra Lidio Cerevelli, che poi geometra non era.

30.

Sbagliava il Misfatti.

Mica di tanto però.

Nel senso che il Cerevelli, ogniqualvolta entrava in casa del professore ricevuto sulla porta dall'Olghina, fissava gli occhi sulle tette della donna, sognando di toccarle, ma come se fossero quelle della Helga. E in attesa di farlo con quelle della svizzera, si sarebbe tenuto volentieri in allenamento coi seni della moglie del professore.

L'Olghina, per parte sua, sognava di lasciarsele toccare da quelle mani giovani ma, per far sì che accadesse, doveva creare l'occasione. Cosa non facile, impossibile addirittura. Non erano più i tempi del Degiurati, svanite quelle libertà.

Il Cerretti, sistemato il povero direttore, aveva messo a posto anche lei.

«D'ora in avanti», aveva sentenziato,«non uscirai mai più di casa se non con me.»

Sulle prime, avendo temuto le ire del cornuto, l'Olghina si era sentita sollevata. Poi, col passare dei giorni, avevano preso il sopravvento la noia e soprattutto la necessità di dare soddisfazione a certi desideri, che sempre meno bussavano alla porta di suo marito.

L'arrivo in casa dell'Eufemia aveva scatenato la sua fantasia, dato che era coinciso con quello del Cerevelli. Di volta in volta pensieri conturbanti le si erano affilati, ma da lì a metterli in pratica...

Mai era riuscita a beccarlo da sola a solo, fargli intendere una certa disponibilità, stimolare a sua volta la fantasia del giovanotto, provocarlo a inventarsi una di quelle occasioni che col Degiurati erano diventate la norma.

Adesso, invece, si sentiva in un vicolo cieco. E quando ci pensava, si ingrigiva al punto che le passava anche la voglia di parlare, da sola oppure con l'Eufemia, chiusa con lei nella cucina in attesa che le cenette del professore finissero.

Come l'Eufemia, fissava anche lei il muro, riflettendo che l'essere bella tanto quanto l'altra era brutta portava alla identica conclusione.

31.

La voce anonima, quella che rispondeva al numero di telefono 2122, disse: «Pronto» e poi aspettò. Solo dopo la parola d'ordine rispose.

Parlava come i telegrammi.

«Problemi», disse, invece di chiarire come dove e quando, secondo quanto il Cerevelli si aspettava.

«Quali problemi?»

«Frontiera troppo calda.»

«E allora?»

Una scarica di elettricità coprì la risposta.

«Come?»

«Necessita rinvio.»

«Di quanto?»

«Presto per dirlo.»

«Quando posso saperlo, quand'è che devo richiamare?» chiese Lidio.

«Settimana prossima.»

E, clic!, chiusa la comunicazione.

A Lirica, quella sera, non sfuggì che il figlio aveva qualcosa di diverso rispetto al solito. Succhiava la minestra lentamente, teneva gli occhi bassi.

Che ci fossero problemi col lavoro?

Glielo chiese.

«No», mentì Lidio.

Solo che, cercò di giustificarsi, Eufemia aveva un po' di febbre, tutto lì.

Lirica evitò di commentare.

Ma se si era già a quel punto, che tre o quattro linee di febbre gettavano suo figlio nella disperazione…

E via con la colite.

32.

La signora Canizza tendeva a mettere su pancia. Pancetta, la chiamava lei. In ogni caso, pancia – e lo era – o pancetta che fosse, da qualche settimana aveva deciso di tenersi a dieta, un solo pasto al giorno, la sera, leggero pure quello. E a mezzogiorno, dopo essersi sorbita la Tisana Frattigna alle erbe dimagranti, la cui pubblicità imperava sulle pagine del settimanale «Pro Famiglia», per non subire il ricatto della vista del marito che mangiava voracemente, da buona moglie sedeva davanti a lui, ma leggeva il giornale, così da essere presente ma non vedente.

La politica l'annoiava, lo sport neanche a parlarne. I morti erano il suo pane, le notizie locali il companatico.

Martedì trovò di che saziarsi.

«Ma guarda un po'!» sbottò agitando il foglio.

Il segretario Canizza stava masticando lentamente, beandosene, una cucchiaiata di nervetti che gli piacevano conditi con tanto aceto e tantissima cipolla, con buona pace dei clienti cui nel pomeriggio avrebbe alitato in faccia.

«Che c'è?» chiese, la bocca piena.

Per tutta risposta la moglie gli allungò il giornale: era «Il Gagliardetto», organo della federazione provinciale del Partito. Benché l'abbonamento fosse intestato alla sezione il postino aveva ordine di consegnarlo a casa Canizza. Da lì poi passava nella barberia.

L'uomo diede un'occhiata distratta.

«Ma cosa c'è?» chiese già irritato: delle notizie che intrigavano sua moglie a lui fregava niente.

«Qui!» rispose Dorina, calando l'indice sulla pagina. «Dove parlano del Campesi!»

Al segretario il boccone si fermò in gola. Bastava sentire quel cognome e reagiva. L'aveva vista anche quella mattina l'Anita. Era uscito un momento dal negozio e quasi le era andato a sbattere contro. La donna veniva dal forno del Panozzi, circonfusa di un profumo di pane che metteva appetito. Non l'aveva degnato di uno sguardo. Lui invece s'era impalato a guardarle lo chassis. E finalmente era riuscito a fotografare il pezzo che gli mancava, le caviglie: perfette, come le aveva immaginate. Visione paradisiaca perché quella mattina l'Anita Campesi indossava un paio di calze a rete col filo che slanciavano e tornivano ancora di più le sue gambe.

«Non lo sapevi?» chiese la moglie.

Beppe Canizza mandò giù il boccone.

Dorina picchiò con l'indice l'indice listato a lutto sulla pagina del giornale: era una notiziola di dieci righe incastrate tra la cronachetta dell'investimento di un ciclista a Dervio e l'avvistamento di un'aquila reale sulle montagne alle spalle di Dorio.

Chissà cosa c'era mai da sapere, pensò il Canizza decidendosi a leggere.

33.

Da sapere c'era che il professore il venerdì precedente aveva compiuto un intervento straordinario e salvato una giovane vita.

> Si ha notizia di un eccezionale intervento eseguito presso l'ospedale Umberto I di Bellano per mano del professor Eugeo Cerretti che salvava la vita al decenne Mario Campesi dopo che questi aveva accidentalmente ingerito una moneta. Il tempestivo intervento impediva che il giovane trovasse una crudele morte per soffocamento.
> La moneta d'oro, in ottimo stato, è stata donata dal padre del ragazzo, il muratore bellanese Amilcare Campesi, al professore, quale pegno di eterna riconoscenza. Niente di più, peraltro, della soddisfazione per il dovere compiuto appaga spiriti nobili come quello del professor Cerretti al quale da anni la comunità bellanese e quelle valligiane affluenti presso l'ospedale Umberto I da lui diretto con piglio sicuro guardano con riconoscenza.

Benché l'articoletto non fosse firmato, Beppe Canizza riconobbe lo stile pomposo del maestro Fiorentino Crispini.

Era quello dunque, si chiese, il motivo dell'invito a cena e della velenosa brillantina che il Crispini s'era colato in testa?

Ne dubitava. Non era nello stile del professore farsi pubblicità. La sua vita era un mistero e lui ne era il custode più geloso. E poi, francamente, se il Cerretti avesse voluto darsi delle arie sul giornale, avrebbe potuto arrivare molto più in alto, altro che quel trombone del maestro.

«Boh», mormorò, rispondendo a una domanda della moglie senza averla neanche sentita.

«Come boh», ribatté lei. «Non sei tu quello che sa sempre tutto?»

«E cosa dovrei sapere?»

«Ma dove ce l'hai la testa oggi?» fece la donna.

Gli aveva appena chiesto dove, secondo lui, il figlio di un morto di fame come il muratore Campesi fosse andato a scovare una moneta d'oro zecchino.

«Boh», ribadì l'uomo, il pensiero perso nella fantasia dell'Anita mentre si toglieva le calze a rete.

34.

Un istrice, ecco come s'era combinato il maestro Crispini. I suoi capelli avevano reagito malamente alla pestilenziale brillantina. Si erano ammutinati, diventando duri come fil di ferro.

Era dalla mattina di domenica che il maestro cercava di ridurli all'obbedienza. Niente da fare.

Per tenerli un po' in ordine non aveva avuto altra via che continuare l'applicazione, tanto che mercoledì mattina, al risveglio, gli era sembrato di avere in testa un puntaspilli.

Aveva usato altra brillantina. Risultato, i capelli s'erano appiattiti, compatti. Davanti allo specchio aveva faticato a riconoscersi. Sembrava che in testa portasse un elmo, calato su un viso dall'espressione attonita, vagamente imbecille. Forse era quella la ragione delle risate soffocate che, da un paio di giorni, coglieva tra i banchi della sua classe.

Era ora di arrendersi.

Il Canizza se lo vide entrare in bottega nel primissimo pomeriggio, quando aveva aperto da non più di dieci minuti. I capelli del maestro avevano ricominciato a sparare in tutte le direzioni: sembrava uno che avesse appena visto la strìa.

Al Canizza salì una battuta. Si frenò, per convenienza. Aveva il Crispini sottomano, dopo la seratina dal professore e l'articoletto sul giornale: non voleva giocarsi la possibilità di evadere la curiosità, sua e di sua moglie.

«In cosa posso esservi utile?» chiese.

Il maestro, sconsolato, indicò la ridicola capigliatura e allargò le braccia a significare che stava per mettere alla prova le sue doti di Figaro.

«Tornerò ad avere una testa normale almeno per la Giornata del Ringraziamento?» chiese funereo.

35.

Domenica 16 novembre, Giornata del Ringraziamento.

Lo annunciavano manifesti affissi un po' dappertutto. Ce n'era uno anche nella barberia del Canizza. L'intera comunità bellanese veniva invitata a rendere omaggio all'eroe locale Luigi Pellicani che, quattro mesi prima, aveva tratto in salvo dalle turbinose acque del fiume Pioverna il bambino Eonio Vergottini, di anni otto, avventuratosi in quelle acque con una forchetta in mano a mo' di fiocina per infilzare strusoni e poi travolto dalla corrente. L'intervento del Pellicani, si leggeva nell'encomio, gettatosi al salvataggio completamente vestito tranne le scarpe, aveva strappato il ragazzo a sicura morte per annegamento.

Poiché il Pellicani era un avanguardista, Beppe Canizza aveva caldeggiato con il podestà un impegno presso il ministero dell'Interno affinché l'atto di eroismo venisse adeguatamente premiato.

Così era stato, e al Pellicani era stata attribuita una medaglia d'argento al valor civile. A quel punto, quando aveva cominciato a girare la voce che l'onorificenza sarebbe stata consegnata al Pellicani nel corso di una solenne cerimonia presso la sala del consiglio comunale, il prevosto aveva voluto dire la sua. Poiché, a sua volta, il piccolo salvato faceva parte della Compagnia di San Luigi, don Boldoni aveva osservato che sarebbe stato dovere di tutti ringraziare anche il Signore e proposto che alla cerimonia civile venisse affiancata quella religiosa. Messa di ringraziamento presso la prepositurale e poi cerimonia ufficiale di consegna della medaglia in municipio.

Il podestà s'era detto favorevole. Il Canizza pure, poiché sapeva che contro lo strapotere del prevosto non l'avrebbe mai spuntata. Non valeva la pena metterglisi contro, con buona pace delle recenti direttive del Partito che invitavano a sganciare la gioventù dall'influenza delle parrocchie.

Quindi, due mesi prima, aveva incaricato Fiorentino Crispini di preparare un discorso di fuoco, grondante mistica ed etica fascista, in modo che il confronto finisse perlomeno in parità.

36.

«Lasciate fare a me», sussurrò suadente il Canizza. «Farete un figurone.»

Il maestro arrossì.

«E non solo per la presenza fisica», aggiunse il segretario.

La fronte del Crispini si aggrottò. Ogni volta che sentiva riferimenti al suo fisico entrava in allarme. Il Canizza lo sapeva, l'aveva buttata lì apposta.

«Cosa intendete dire?» chiese abboccando all'amo.

«Se mi posso permettere...» esordì il barbiere.

Se si poteva permettere di giudicare, lui, in fondo un ignorante che non era andato oltre la terza elementare...

Esitò, di proposito.

La fronte del maestro era una ragnatela.

«Insomma...» riprese il Canizza, tono umile, da questuante.

Che il maestro prendesse il suo giudizio per quello che era, ma se il tono del discorso che avrebbe pronunciato era simile a quello dell'articolo apparso sul «Gagliardetto»...

Il collo del Crispini si irrigidì.

«Non ne perdo un numero», assicurò il Canizza.

«Quale articolo?» chiese il Crispini.

«Articolo senza firma, d'accordo», proseguì il barbiere. Poteva anche sbagliare, ma, come dire?, lo stile era inconfondibile... perfino un povero di studi come lui riusciva a capirlo... ecco, insomma, se lo stile era quello...

«Sarà un gran discorso, ne sono certo», concluse il Canizza mentre lavorava con lena da giardiniere sulla testa del Crispini.

La fronte del maestro si spianò immediatamente.

«Dite?» chiese.

Il segretario lo guardò nello specchio, fece la faccia dell'intenditore.

«Non vedo chi altri potrebbe scrivere cose così... così...»

Non gli veniva la parola.

«Sciocchezze», si schermì il Crispini.

«Sarà», ammise il barbiere, «ma non a tutti è dato di apprezzarle e farle apprezzare.»

Il viso del maestro era ormai rosso come un pomodoro.

«Ho avuto fortuna», disse, «la fortuna di essere al posto giusto nel momento giusto.»

«L'uomo giusto al posto giusto direi io», sentenziò il Canizza.

«Be', forse sì», ammise Fiorentino Crispini, «perché...»

37.

Perché il professore l'aveva raccontata per caso quell'avventura in sala operatoria. Anzi, il destro per narrare l'episodio glielo aveva offerto proprio lui, il maestro Crispini.

Era successo quando la cena era appena cominciata e a tavola, per antipasto, erano stati serviti dei missoltini.

Buon Dio!, s'era detto il maestro. A lui il pesce non piaceva. Ma non se l'era sentita di dirlo davanti al professore. Se n'era servito uno solo, giusto per la creanza, e aveva cercato di mangiarlo il più in fretta possibile, senza nemmeno masticarlo. Ne aveva fatti tre pezzi. L'ultimo, quello con la coda, gli era rimasto in gola. Aveva tentato, mangiando un po' di pane, poi bevendo un bicchiere di vino, di farlo scendere.

Peggio che andar di notte!

Gli era venuto un accesso di tosse incoercibile, gli era mancata l'aria, gli occhi che sparavano fuori dalle orbite.

Mentre gli altri ospiti lo guardavano come se stesse per morire, il professore, impassibile, si era alzato da tavola, gli si era avvicinato e, cingendolo con le braccia da dietro e poi dando una stretta rapida e potente, l'aveva liberato in meno di un amen dal maledetto boccone.

Era stato a quel punto che il Cerretti se n'era uscito a dire che già il giorno prima aveva risolto un caso analogo. Solo che anziché un boccone di cibo il paziente in questione aveva ingerito una moneta.

«Come, come?» aveva chiesto uno degli ospiti.

Il professore, prima di spiegare, aveva chiamato la moglie: che gli portasse la borsa coi ferri del mestiere, gli serviva la torcetta per dare un'occhiata alla gola del maestro, caso mai ci fossero lesioni.

L'Olghina era entrata in sala mentre suo marito stava raccontando l'intervento. Era rimasta ad ascoltare, muovendo le labbra, ripetendo le parole del marito per memorizzare il fatto e poi riferirlo all'Eufemia. Quando però aveva sentito parlare di una moneta antica di oro zecchino, apriti cielo!

Che mugolii, che trilli, che mossette!

«Incredibile!»

Uno sbattere continuo di ciglia!

«Che storia, che storia...»

Un sospiro, le mani giunte.

Oh, come le sarebbe piaciuto, ma tanto, tanto!, vedere quella moneta!

Il professore s'era infilato una mano nella tasca dei pantaloni e l'aveva esibita.

A quel punto l'Olghina era partita come se nelle vene le frizzasse una gazzosa.

Incurante degli ospiti, della cena e del minestrone che si raffreddava, s'era aggrappata al collo del Cerretti sbaciucchiandolo, accarezzandolo, implorandolo, con evidente fastidio di lui.

Poteva regalarla a lei?, non aveva smesso di chiedere.

Il Cerretti, forse anche per darci un taglio, aveva acconsentito.

«Ma non capisco a cosa ti possa servire», aveva detto.

«O caro...» aveva cinguettato lei, «gli uomini, gli uomini...»

Li aveva guardati tutti, uno per uno.

Aveva fin le bolle di saliva ai lati della bocca per la concitazione.

Gli uomini che pensavano solo agli affari e non avevano occhi per nient'altro!

I commensali s'erano scambiati degli sguardi.

L'Olghina, per tutta risposta, aveva riso fino a farsi venire le lacrime agli occhi.

Ma ne avrebbe fatto fare un magnifico, unico, originalissimo collier!

«Un collier?» aveva chiesto il professore.

L'Olghina era diventata improvvisamente seria.

Certo, un collier.

Che tutti, uomini e donne, le avrebbero invidiato.

38.

La testa del maestro Crispini era ormai diventata un fulgido esempio di quello che il Canizza intendeva per taglio scolpito. Tra tutti, il più costoso.

Le chiacchiere fatte non erano servite allo scopo del barbiere. D'altronde l'aveva già immaginato, l'invito a cena non era dovuto all'intenzione di dare pubblicità all'eccezionale intervento salvifico.

Il motivo era stato un altro, ma quale?

Il Crispini non s'era scoperto. E nemmeno aveva mollato un indizio che potesse soddisfare la curiosità di sua moglie e più che mai sua, adesso.

Dove diavolo era andata a prenderla una moneta d'oro zecchino il figlio di un morto di fame come il muratore Campesi?

E per inciso, stava pensando il segretario mentre il maestro usciva dal negozio, fosse stato lui nei panni del muratore, col cazzo che l'avrebbe regalata al professore.

39.

Ma mica gliel'aveva regalata il muratore Campesi, nossignore.

Il professor Cerretti non aveva chiesto se poteva tenerla. Finito l'intervento l'aveva messa in tasca e basta, bottino di guerra.

Al Campesi il professore l'aveva solo fatta intravedere una volta uscito dalla sala operatoria, dicendogli in tono grave che si poteva morire strangolati anche per molto meno. Poi, per la seconda volta, l'aveva rimessa definitivamente in tasca.

Il muratore aveva fatto finta di niente.

Aveva abbozzato.

Aveva fatto buon viso a cattiva sorte.

O meglio, aveva *dovuto* fare buon viso a cattiva sorte.

40.

Come l'orafo Tranquillo Pandolfi quando, il lunedì successivo alla cena cui aveva preso parte il Crispini, s'era visto comparire in bottega il Cerretti. Lo conosceva di nome, di fama e per averlo intravisto qualche volta in chiesa durante la messa grande. Così vicino però non ci si era mai trovato.

A una prima occhiata non gli era sembrato che avesse un aspetto, una presenza tale da meritare il timore reverenziale di cui era circonfuso. Anzi, c'era qualcosa in lui che gli aveva ricordato i topi, forse il naso carnoso. O il riporto dei capelli che cercava di coprire la piazza dei parietali. Oppure i gesti, rapidi: come quello che aveva continuato a fare con la mano destra, usandola per spazzar via dalla spalla un'invisibile forfora e poi per tirare verso il basso il bordo della giacca.

Quando il professore aveva aperto la bocca, però, la musica era cambiata.

Parole misurate, scandite. Ordini indiscutibili.

«Avrei bisogno di una cortesia», aveva detto.

Senza attendere risposta, aveva mostrato la moneta e, difilato, spiegato cosa voleva se ne facesse.

Nel momento in cui il Cerretti s'era zittito, il Pandolfi aveva smesso di tener fede al proprio nome. Il sudore gli aveva imperlato la fronte, la lingua gli si era grippata. Al professore, imbattibile semeiologo, non era sfuggita quella manifestazione di panico.

«Qualcosa non va?» aveva chiesto.

Il tono della domanda prevedeva una sola risposta.

«No», aveva mormorato l'orafo.

Però...

Gli era sfuggito tra le labbra, un soffio che aveva lambito l'orecchio del professore.

«Però?»

L'orafo s'era difeso come meglio aveva potuto. Aveva spiegato che per fare ciò che il professore gli aveva appena ordinato, un collier!, mica uno scherzo, avrebbe dovuto tralasciare ogni altro lavoro e dedicarsi solo a quello per una decina di giorni.

«Non vedo dove sia il problema», aveva osservato il Cerretti.

Al Pandolfi non era rimasto che concordare.

41.

Dopo il Crispini, più nessuno era entrato nella barberia.

Giornata di merda, giudicò il Canizza.

Umida, tra l'altro. Un'umidità saporita che era andata aumentando col passare delle ore. Pareva di masticarla come un cibo, riempiva lo stomaco, togliendo l'appetito. Il Canizza infatti, nonostante l'ora, non ne aveva neanche un filo.

Ne aveva pieni i coglioni però. Aveva ingannato il tempo aspettando i battelli e spiando chi saliva e chi scendeva. Spettacolo miserevole, quater gàt: solo d'estate la musica cambiava, allora sì che i battelli scaricavano sempre carne fresca.

Quello delle 17 e 50 proveniente da Como, se non c'erano più clienti da servire, sanciva la fine della sua giornata: scopatina al pavimento e poi un'oretta al caffè dell'Imbarcadero, per tirare l'ora di cena.

Beppe Canizza sapeva perfettamente chi sarebbe sceso da quel battello. In quella stagione, tre persone.

La Tina Tencia, che andava sulla sponda di là a vendere uova: se tornava a casa troppo presto significava che non le era riuscito di piazzarle tutte, nel qual caso il marito l'avrebbe accolta a suon di legnate: scese per prima.

Il battellotto Remigiani, che due anni prima s'era fatto trasferire allo scalo di Varenna dopo che s'era fulmineamente innamorato di una cameriera dell'hotel Ulivi, situato proprio di fronte all'attracco del battello. La ragazza, poco dopo, s'era sposata col fidanzato senza nemmeno intuire la bruciante passione del Remigiani che da allora si vedeva regolarmente respinta la domanda per ritornare allo scalo di Bellano. Scese per secondo.

Il ragionier Vigliacchini, contabile presso la ditta italosvizzera Berthold, con sedi a Locarno e Bellagio, dove appunto il ragioniere lavorava. La Berthold produceva camicie che il personale dipendente poteva acquistare, in numero di non più di dieci al mese, a prezzo scontato. Il Vigliacchini approfittava dell'opportunità, ma anziché indossarle le rivendeva a privati. Andavano a ruba e quando il Vigliacchini scendeva dal battello con un voluminoso borsone in mano, segno che aveva la merce, alla porta della sua casa di scapolo si formava la coda: scese, a mani vuote, per terzo, e ultimo.

"Bon", fece tra sé il Canizza.

Scopò in un angolo i residui del Crispini, chiuse e si avviò alla volta del caffè dell'Imbarcadero.

Erano le sei di sera passate da pochi minuti.

42.

Ubaldo Lamina si scusò per l'ora e anche per non essersi tolto i vestiti che odoravano di stalla. Ma, nella sua qualità di rappresentante della frazione di Ombriaco presso la municipalità, gli era sembrato che non dovesse perdere tempo, quindi non aveva badato alla forma ed era sceso di corsa in comune, tanto che era ancora sfiatato.

«Cos'è successo?» chiese il segretario comunale Antonino Carrè.

Nonostante l'ora il Carrè era nel suo ufficio per ripassare in piena tranquillità le norme obbligatorie per l'attuazione della legge 29 marzo 1928 n. 858 contenente disposizioni per la lotta alle mosche. Era stato il podestà, qualche giorno prima e istigato dalla moglie cui un'amica cittadina aveva fatto notare di aver trovato il paese singolarmente popoloso di mosche, a chiedergli un riassunto delle norme in oggetto per passare poi alla constatazione delle eventuali trasgressioni.

Il Carrè aveva detto signorsì ma su due piedi di quella legge ricordava poco se non che era stata pubblicata sulla «Gazzetta Ufficiale», nel maggio 1928 gli pareva, e, dall'amministrazione presso la quale adesso lavorava, applicata con una certa larghezza di manica. Rinfrescandosi la memoria s'era via via reso conto che sotto il titolo generale *Lotta alle mosche* si allineavano norme che andavano ben al di là della semplice guerra all'insetto, alla luce delle quali c'era molto da fare.

Nel momento in cui il Lamina era entrato nel suo ufficio scusandosi e benedicendo la Madonna di Lezzeno per avervi trovato qualcuno, il segretario stava cercando di capire come si potesse conciliare (Capo I, Disposizioni Generali, punto 4) l'obbligo di collocare le aree destinate alla raccolta di immondizie e materie putrescenti a non meno di 500 metri dal centro di popolazione agglomerata con la possibilità di consentire (sempre Capo I, Disposizioni Generali, punto 5) la costituzione di depositi di immondizie e materie putrescenti per la loro utilizzazione come fertilizzanti nei giardini urbani e in terreni coltivati siti a distanza minore di 500 metri dal centro di popolazione agglomerata.

Chiuse il fascicolo rinviando all'indomani la soluzione del dilemma, annusò l'odore di stalla che emanava dalle vesti dell'uomo, lo guardò, ripeté la domanda.

Allora, cos'era successo?

Il Lamina aveva ripreso fiato, partì a macchinetta.

Era successo che non più tardi di un'ora prima tal Giglia Vecchi era corsa alla di lui stalla presso la quale stava finendo di mungere la seconda delle sue vacche per avvisarlo che il muro dello stradone si stava rompendo. Conoscendola come persona facile ai voli della fantasia lui se l'era presa con comodo e aveva portato a termine la mungitura. Solo a quel punto aveva seguito la donna. Giunto in loco aveva verificato che nel muro di contenimento della curva detta del Rùt, il secondo di tre tornanti nel tratto di strada che lambiva la frazione, c'era una fenditura verticale larga una spanna da cui gemeva acqua. Il muro ai lati, inoltre, aveva perso l'appiombo originale, apparendo rigonfio.

Ritenendo che si stesse verificando ciò che aveva peraltro già paventato mesi prima, e cioè che le acque del torrente Gora, ostruite da una frana, dopo essersi scavate una via alternativa avessero infine infiltrato il terreno dietro il muro della curva, si era precipitato in municipio.

Il Carrè non era tipo da perdere tempo in interrogatori. Salito insieme col Lamina a prendere visione del muro in oggetto e verificata l'estrema pericolosità della situazione, ne informò immediatamente il podestà.

C'erano due cose da fare.

La prima: un'ordinanza di chiusura della strada per ragioni di pubblica sicurezza.

«Fatela», concordò il podestà.

Alle otto era bella e pronta.

La seconda: una delibera di incarico per i lavori di messa in sicurezza del muro incriminato. Non c'era bisogno di indire gare d'appalto, spiegò il segretario, era un caso, quello, di «lavori di somma urgenza».

«Senza indugi», concluse ancora il podestà.

Alle nove di sera, dopo aver incassato il no delle imprese Fossavanti e Crosta, Lirica accettò anche per conto del figlio che, con la scusa di fare due passi, s'era chiuso nel suo ufficio di via Manzoni per consolarsi, nell'attesa della sua prossima vita, contando le monete che gli avrebbero garantito l'eterna felicità.

Quando, rientrato a casa verso le dieci di sera, glielo aveva comunicato, Lidio pensò a uno scherzo: un malvagio scherzo del destino, una rottura di coglioni proprio quando aveva bisogno di avere la libertà di agire da un giorno, addirittura da un momento all'altro.

«Un'occasione d'oro per entrare nel giro delle aste pubbliche», rincarò raggiante Lirica.

Il giovanotto si passò una mano sul volto, la pelle tratteneva ancora l'eccitante odore del metallo.

«Sei contento?» chiese Lirica.

Cosa poteva rispondere?

«È magnifico», mormorò.

«Bene», approvò la donna.

E vai a riposare adesso, consigliò. Perché l'indomani mattina, alle sette, avrebbe dovuto essere sul posto.

43.

Alle sette della mattina di un'alba incerta, fredda e percorsa dal rauco canto di un gallo, il podestà, il Cerevelli, il segretario Carrè e Glauco Esangui detto Os de Mort, che per i lavori appaltati dalla pubblica amministrazione svolgeva il ruolo di controllare gli stessi e perciò aveva la qualifica di assistente contrario, ascoltarono attenti ciò che Ubaldo Lamina aveva da dire.

Il Lamina aveva monitorato per tutta la notte la fenditura. Lo squarcio non aveva smesso di allargarsi. Più lentamente, è vero. Ma era chiaro che prima o poi il muro avrebbe ceduto.

A suo giudizio quindi bisognava innanzitutto abbatterlo, ormai era marcio d'acqua.

«Molto più di quanto possa sembrare!»

In secondo luogo, creare un'intercapedine tra la terra e il muro di nuova erezione, isolandolo. Era fondamentale però bonificare il torrente Gora, le cui acque si erano infiltrate lì, rinforzandone gli argini nei punti in cui l'acqua era più facile che esondasse.

Inoltre bisognava agire in fretta, poiché se il muro crollava i detriti avrebbero colpito le case che stavano sotto la strada, evacuate nel frattempo per ragioni di sicurezza.

Il podestà disse sì, il segretario pure. Il Cerevelli stava per farlo, avrebbe detto sì a chiunque, a qualunque cosa: aveva in testa solo la telefonata che doveva fare a giorni.

L'Esangui lo anticipò.

«Ci vorranno dieci uomini per fare un lavoro del genere in fretta.»

«Li avrò», sparò Lidio.

«E che lavorino senza badare agli orari», aggiunse l'Os de Mort.

«Lavoreranno», rispose Lidio che ormai era in ballo.

Paga doppia, tripla se necessario.

Che cazzo gliene fregava, pagava l'amministrazione comunale!

44.

Dieci operai, come aveva detto l'Os de Mort.

Sette a occuparsi del muro: i fratelli Prezzi, Ugo e Caronte, Plinio Maniglia, Andrea Scarpetta, Luigi Barba, Sesto Cavalli e Giovanni Puncia.

Su al torrente invece Genesio Maccetti, detto Stortòn, Lupo Sandionigi e, ancora, Amilcare Campesi.

Paga doppia per tutti. E con un intervento anche da parte dell'impresa, perché il podestà, sentito il segretario, aveva annunciato che più di tanto le casse comunali non potevano sborsare.

A Lirica sfuggì un sospiro di disappunto.

Lidio si incassò nelle spalle. Il gesto gli venne bene, espresse tutta la remissività e l'impossibilità a fare altrimenti. Non c'era stato altro mezzo per convincere i badilanti a lavorare senza preoccuparsi dell'orario, condizione indispensabile per condurre in porto un lavoro ben fatto e in tutta fretta. L'alternativa erano penali da brivido.

«Sono gli inconvenienti dei lavori pubblici», osservò Lidio.

Lirica intese quello che il figlio non aveva voluto dire.

«Forse avrei dovuto interpellarti prima di decidere.»

Lidio assunse un'espressione da uomo navigato.

«Non preoccuparti, mamma, andrà tutto bene.»

Ma pensava a un'altra cosa.

45.

Venerdì mattina era ancora buio. Qualche luce nelle case, nessuna nel cielo, nuvoloso. Nell'aria, anziché il canto del gallo, si levarono gli echi dei primi colpi di mazze e picconi.

Il comandante della stazione dei carabinieri di Bellano, maresciallo maggiore Ernesto Maccadò, li udì mentre camminava in direzione della caserma. Fischiettava allegro. La prima cosa che disse a beneficio dei presenti una volta che si trovò nell'atrio fu: «Vi ricordo che oggi è venerdì!».

«Ciò vuol dire che ieri era giovedì», gli rispose, affacciandosi alla tromba delle scale, il brigadiere Efisio Mannu.

Il maresciallo sorrise, serafico: «No, vuol dire che domani è sabato», ribatté.

E cominciava per lui una licenza di ben otto giorni che si predisponeva a trascorrere in casa per godere il calore della famiglia e soprattutto le frigne del secondogenito, nato un paio di settimane prima.

Non un gesto voleva perdere di quel secondo miracolo che sua moglie Maristella gli aveva messo al mondo, né un verso e nemmeno una poppata.

A partire, appunto, dal giorno seguente, sabato.

E poi domenica, lunedì…

46.

Il lunedì, dopo il Partito, al Canizza toccava la ramazza. Pulire e lustrare la barberia. Mestieri da donna. Ma la Dorina non ne aveva mai voluto sapere, diceva che ne aveva a basta di quelli di casa.

In verità, tempo addietro, aveva tentato di appaltare il lavoro, col duplice scopo di scansarne la fatica e trombarsi la domestica: la speranza che aveva coccolato era che si facesse avanti la moglie del Campesi, perché sapeva che andava per case a fare mestieri, dovendo tenere a galla la baracca quando suo marito batteva la fiacca. Alla voce che aveva messo in giro si erano invece presentate delle scalcagnate che solo un ardito, cieco e con un arretrato di anni, avrebbe potuto avvicinare. Così aveva del tutto cassato l'idea, amen.

Erano le diciotto, minuto più minuto meno, di lunedì 10 novembre. Il Canizza aveva appena finito di tirare a pomice il negozio. Nell'aria c'era odore di camomilla, la usava per sbiondire i capelli di alcuni vanitosi, e per contrasto a lui si stava moltiplicando la voglia di Campari. Ma non era ancora l'ora. Per tirarla si mise dietro la vetrata ad attendere l'arrivo del solito battello che quella sera viaggiava con un po' di ritardo. Guardò scendere la Tina Tencia, il battellotto Remigiani, il ragionier Vigliacchini, ancora a mani vuote.

Ma poi…

Le parole del federale tornarono a fischiargli nelle orecchie.

Occhi aperti e ri-fe-ri-re!

Spense immediatamente le luci del locale dopodiché ritornò di vedetta.

Un quarto viaggiatore era uscito da sotto la pensilina della Navigazione quasi un minuto dopo il ragionier Vigliacchini, come se avesse voluto che gli altri si allontanassero. O forse aveva chiesto qualcosa al battellotto.

Il segretario lo vide fare due passi in direzione di piazza Grossi, fermarsi, dare un'occhiata in giro poi indugiare con lo sguardo sul portone della caserma dei carabinieri. Quindi, come se avesse improvvisamente fretta, avviarsi in direzione dell'albergo-ristorante Il Cavallino.

Beppe Canizza attese che il misterioso passeggero sparisse alla sua vista, dopodiché partì in tromba.

Il battellotto stava per raggiungere il caffè dell'Imbarcadero dove, tra un bianchino e l'altro, avrebbe maturato l'ora della cena. Il segretario lo bloccò ponendogli una mano sullo sterno.

«Avete parlato?» chiese.

Il battellotto era già discretamente macerato: passava tutti gli intervalli tra un battello e l'altro seduto al caffè e così, spesso, la sera bisognava riaccompagnarlo a casa.

«Chi?» chiese, stupito.

«Poche storie», fece il Canizza, «tu e il passeggero che è appena sceso.»

Il battellotto fece per aprire la bocca.

«Cosa vi siete detti?» sparò il segretario. «Cosa ti ha chiesto?»

L'altro deglutì una bolla d'aria.

«Niente», eruttò.

Poi, notando il sopracciglio del Canizza che si contraeva: «Cioè», si corresse.

Niente di particolare, normale amministrazione. Non essendo del posto gli aveva chiesto dov'erano la caserma dei carabinieri e Il Cavallino. E lui glieli aveva indicati.

«Ho fatto qualcosa di male?»

Manco gli rispose il Canizza. S'era già messo al lavoro.
Non aveva bisogno che gli insegnassero come doveva comportarsi, pensò, federale dei miei coglioni!

47.

Non uno, due Campari.

Il primo per mantenere fede all'abitudine.

Il secondo per chiarirsi le idee.

Prosciugato che l'ebbe, però, il segretario Canizza avvertì di averle vieppiù confuse.

D'accordo, le direttive erano precise.

Occhi aperti, e lui li aveva tenuti. Quindi l'indomani avrebbe dovuto ri-fe-ri-re! E ai caramba.

Ma, si chiese, riferire cosa?

A ben guardare…

Rifletté.

Forse era proprio il caso.

«Dammi un Campari», ordinò.

Il padrone del caffè lo guardò strano.

«Un altro?» chiese.

«Ti dispiace?» ribatté indispettito il Canizza.

«Figurati», fece quello, «contento te…»

Il segretario tornò ai suoi pensieri.

Innanzitutto riferire cosa?

Che aveva visto scendere dal battello uno sconosciuto?

Bella roba. Se il brigadiere, una testa di cazzo di sardo, o il maresciallo, un calabrese suo degno compare, gli avessero riso in faccia non ci sarebbe stato niente da dire.

Gli pareva già di sentirli.

E che, sul battello possono viaggiare solo i residenti a Bellano?

O solo quelli che conosceva lui?

Pluf!, un bel sorso di Campari, mezzo bicchiere. Al segretario stavano cominciando a girare i coglioni, come se avesse davvero di fronte maresciallo e brigadiere che ridevano tra loro.

No, decise. Un'occasione del genere non l'avrebbe offerta ai Regi. Che andassero a prendere per il culo qualcun altro.

È vero che poteva dirlo all'appuntato Misfatti, il suo confidente. Ma quello mangiava pane e volpe a colazione, mica si sarebbe assunta la responsabilità di riferire lasciandolo fuori. Avrebbe fatto il suo nome, tirandolo in ballo.

No, anche il Misfatti poteva aggregarsi alla compagnia e andare a prenderlo in quel posto insieme agli altri due.

Il Campari era finito. Beppe Canizza pagò, salutò, uscì. Sulla soglia del caffè si fermò un momento, il tempo per tirare un bel respiro e prendere le misure, i tre Campari gli sfrigolavano in testa.

Si avviò.

Ma, fatti tre passi, si fermò e tornò a guardarsi in giro.

C'era stato...

Corrugò la fronte, strinse gli occhi.

C'era stata una cosa... qualcosa...

Qualcosa che l'aveva colpito... una cosa...

Ma cosa?

48.

Mancavano pochi minuti alle sette della sera quando il brigadiere Efisio Mannu uscì dalla caserma.

Poco prima la pescivendola Gioconda Cancrena aveva suonato al portone della caserma risvegliando il piantone Cassamagna da una botta di sonno. La donna era scarmigliata, indossava un grembiale sozzo che riluceva di scaglie di pesce ed era evidentemente agitata.

«Correte», aveva gridato nell'atrio della caserma, «che sennò si ammazzano.»

La veemenza della richiesta aveva fatto sì che le sue parole giungessero anche nell'ufficio del brigadiere. Che s'era fatto sulla soglia e aveva chiesto: «Cassamagna, che succede?».

Il carabiniere stava per rispondere che ancora non lo sapeva. Ma la donna aveva infilato le scale e in due salti era stata al cospetto del Mannu.

«Maresciallo, dovete intervenire sennò quelli si ammazzano!» aveva ribadito, controllando a fatica il tono della voce.

«Non sono il maresciallo», aveva puntualizzato Efisio, «sono il brigadiere.»

«Fa lo stesso», aveva ribattuto la Cancrena, «si ammazzeranno se nessuno interviene.»

Il Mannu aveva abbozzato.

«Quando vi farà comodo mi direte anche chi si dovrebbe ammazzare. E dove», aveva detto.

La donna s'era portata una mano alla guancia, che scema!

«Ma i Campesi, no?» aveva risposto come se fosse la cosa più logica della terra.

«Il muratore?» aveva chiesto il brigadiere.

«Proprio», aveva confermato la donna.

Lo conosceva, il brigadiere: c'era un fascicoletto su di lui. Sciocchezze: due risse, schiamazzi, ubriachezza, roba da balordo. Quale, in effetti, il muratore era, che un po' lavorava e un po' no e non si vergognava di mandare in giro a fare mestieri quel bijou di sua moglie.

«Tornate a casa», aveva detto il Mannu alla pescivendola. «E intanto avvisate i due litiganti che stanno per arrivare i carabinieri. Così magari cominciano a darsi una calmata.»

Dopodiché s'era preparato per uscire.

49.

Un'occhiata a destra poi una a sinistra.

Lo faceva sempre Genesio Maccetti, prima di muoversi, era un vizio. Un ticchio, lo chiamava lui, per via dello strabismo.

Quando, dopo un traballante segretario Canizza, pure il brigadiere sparì in via Cavour, l'uomo uscì da dietro al monumento a Tommaso Grossi, dove s'era nascosto per vedere senza essere visto.

Era in missione.

Missione di pedinamento che gli era toccata d'ufficio perché il bottiglione del vino rosso, col quale fare colazione la mattina, l'aveva rotto lui.

50.

I

Gli era sfuggito di mano ed era andato a frantumarsi ai suoi piedi. Ne era seguito, da parte di Lupo Sandionigi, un rosario di bestemmie che aveva zittito il canto degli uccelli. L'alternativa era fare colazione con l'acquetta ferruginosa che sgorgava dalla vicina sorgente di Gora.

Neanche da pensare.

Il Sandionigi aveva allora lanciato l'idea.

«Andiamo giù all'osteria dal Fiaccoletta!»

Con quattro salti, lungo la mulattiera, ci sarebbero arrivati. Avrebbero fatto colazione seduti, al caldo e col vino. Nel giro di un'oretta sarebbero ritornati. Genesio Maccetti aveva subito accettato.

Il Campesi invece non aveva aperto bocca, se non per dire che non si sarebbe unito alla compagnia.

Cazzi suoi, l'avevano mandato a dar via il culo. Se gli piaceva farsi venire le rane allo stomaco e la ruggine alle ginocchia, si accomodasse.

Erano partiti, allegri come fringuelli.

Il Fiaccoletta aveva appena finito di dare di scopa al pavimento e stava lustrando il bancone della mescita. I due, manco fossero a casa loro, gli avevano invaso il locale, insozzando il pavimento con gli scarponi pieni di fango e non s'erano curati delle sue proteste.

Per tutta risposta anzi, avevano cominciato a raccontarsi un sacco di porcherie e a ridere come matti. Poi s'erano seduti al tavolo e avevano ordinato: pane, salame, pancetta, formaggio. E un fiasco di vino che era finito quando il Fiaccoletta non aveva ancora servito il resto. Il Sandionigi ne aveva immediatamente richiesto un secondo. Poi un terzo. A quel punto il Fiaccoletta aveva osato levare qualche obiezione. Gli avevano risposto con proteste e insulti gridati a voce talmente alta che il rettore del santuario di Lezzeno, di fronte all'osteria, era corso a vedere cosa stesse succedendo.

«Niente», aveva detto il Fiaccoletta che però, dentro di sé, magonava.

Aveva portato in tavola il terzo fiasco e i badilanti, allegramente, avevano cominciato a passarselo di mano, bevendo a canna e cantando canzonacce che avevano svegliato la signora Pernice, l'ottantenne madre del Fiaccoletta, che solitamente non apriva mai gli occhi prima di mezzogiorno.

Figurarsi quindi se avevano potuto sentire i tre colpi di fucile, due ravvicinati e uno dopo pochi secondi, coi quali, da un punto all'altro, muratori e badilanti si avvisavano che c'era in giro l'Os de Mort.

II

Il Campesi però li aveva sentiti.

Ta-tam… tam!

Inconfondibili.

Era stato tentato di sbattersene i coglioni. Fosse stato per quei due deficienti l'avrebbe fatto. Ma era certo che, se fosse arrivato lì, l'Os de Mort avrebbe sicuramente trovato il sistema di inguaiare anche lui.

Quindi, senza perdere altro tempo, era partito per avvisare i due compari che se non volevano giocarsi la doppia paga avrebbero fatto bene a mettersi le gambe in spalla e ritornare al lavoro.

Quand'era comparso nell'osteria, il Sandionigi e il Maccetti stavano centellinando l'ultimo dito di vino e stavano cercando di convincere il Fiaccoletta a cantare *Osteria numero venti.* L'oste, Egidio Orio per l'anagrafe, non sapeva più che pesci pigliare, temeva che, finito il terzo fiasco, quelli volessero passare alla grappa.

La presenza del Campesi li aveva zittiti.

«Cosa c'è?» aveva chiesto il Maccetti.

«L'Os de Mort», aveva risposto il Campesi.

«Ostia!»

Erano scattati in piedi in un solo colpo.

«Faccio una pisciata e poi andiamo», aveva detto il Sandionigi.

Scappava da pisciare a tutti. Anche al Campesi, per via dell'acqua ferruginosa che aveva bevuto a colazione. Li aveva battuti sul tempo e guadagnato il cessetto dell'osteria.

I due, invece, l'avevano fatta fuori, nel cortiletto, incuranti dei gicoletti di dolore emessi dal Fiaccoletta che, per non vedere, si era ritirato nella cucina. Quando era tornato al banco aveva trovato la sorpresa.

Nessuno. Spariti tutti, senza aver pagato il conto.

Gli era venuto un attacco di nervi. E poiché era solo s'era sentito montare dentro un coraggio da leone. Così era uscito e con quanta voce aveva in gola s'era messo a gridare.

«Disgraziati! Questa volta vi denuncio, lo giuro, vi denuncio ai carabinieri!»

I tre, Campesi in testa, non erano molto lontani. Gli strilli del Fiaccoletta li avevano raggiunti.

Per tutta risposta, il Sandionigi aveva lasciato andare una rumorosissima scorreggia che aveva provocato l'ilarità del Maccetti: non quella del Campesi, che era uscito dal cesso con una faccia scura come se gli avessero appena pronosticato una disgrazia.

III

L'Os de Mort era lì che li aspettava.

Lugubre, sul fondo della nebbiolina.

«Ma bene», aveva detto.

Aveva sputato in terra un avanzo di toscano, s'era girato ed era sparito nella foschia.

Il Maccetti e il Sandionigi l'avevano guardato svanire come se fosse stato uno spettro o uno spirito dei boschi.

Li aveva riportati alla realtà il rumore del badile del Campesi che aveva ripreso il lavoro.

Ma la domanda era nell'aria.

E adesso?

Pure la risposta.

Guai, licenziamento, addio paga doppia.

Nessuno aveva parlato, silenzio, per un po', neanche un rumore.

Fino a quando, nel tardo pomeriggio, il Campesi aveva gettato a terra il badile e senza dire né ai né bai era a sua volta sparito nella nebbia.

IV

Non era la prima volta che il Campesi, stufo di questo o di quel lavoro, piantava in asso tutto senza dare spiegazioni. Era una testa dispari, per quello faticava a trovare un datore di lavoro che gli desse fiducia.

«A meno che...» s'era chiesto però, passato qualche minuto, Lupo Sandionigi.

A meno che non fosse per quello che era successo poche ore prima giù dal Fiaccoletta.

«Come come?» aveva chiesto il Maccetti.

Semplice, aveva ribattuto il Sandionigi, la paga doppia.

Poteva darsi che il Campesi, temendo il peggio, volesse

pararsi il culo. Che ne sapevano loro? Magari voleva rassicurare il geometra che lui non c'entrava niente con quello che era successo. O addirittura andare dai carabinieri.

«Che cosa?» era sbottato il Maccetti.

«Carabinieri!» aveva puntualizzato il Sandionigi. Quelli con la riga rossa sui pantaloni!

Dai carabinieri a chiarire la sua posizione nel caso che il Fiaccoletta avesse davvero dato corso alla minaccia di denunciarli.

«Col che...» aveva concluso il Sandionigi, non era più solo questione di perdere la paga doppia o il lavoro.

C'era l'ombra di un po' di galera, se davvero ci fosse stata una denuncia a firma Egidio Orio.

V

La notizia, il Campesi, se l'era trovata sotto il naso.

Non che avesse bisogno di leggere il giornale per venirne informato, visto che il salvato era suo figlio. Ma non sapeva che fosse finita addirittura sul «Gagliardetto» diventando così di pubblico dominio il fatto che suo figlio aveva ingoiato una moneta d'oro zecchino.

Così, adesso, addio segreto!

Se l'era trovata sotto il naso quando era entrato nel cesso dell'osteria del Pellegrino, infilzata in un cappio di fil di ferro col quale il Fiaccoletta metteva a disposizione della clientela la carta da usare dopo i bisogni grossi.

Poiché Egidio Orio non sprecava niente e il «Gagliardetto» faceva quella fine tutte le sere dopo che l'oste, suo malgrado, l'aveva letto e riletto e, imparate a memoria le notizie, le andava a ribadire, radiogiornale a due gambe, all'ottantenne madre Pernice, che sebbene cieca, amava comunque tenersi aggiornata sui fatti di cronaca locale.

Il Campesi, chiuso nel cesso, aveva compreso che il segreto non era più tale.

A chi doveva dire grazie?

S'era risposto subito: a quella cretina di sua moglie, che faceva mestieri anche in casa del maestro Crispini e sicuramente non era riuscita a tenere a freno la lingua.

L'avesse avuta per le mani in quel momento l'avrebbe strozzata, lei e la sua lingua!

Era tornato al cantiere, torvo e silenzioso, ruminando bestemmie, maledizioni, improperi per tutto il pomeriggio. A sera ribolliva ancora dell'imperiosa voglia di andare a casa per dire alla moglie quanto fosse stupida.

Tanto, aveva pensato, c'era ormai ben poco da fare, l'Os de Mort li avrebbe fatti fuori tutti e tre.

Sebbene non fosse ancora orario, era partito e mentre scendeva verso il paese aveva sentito il desiderio di non riemergere mai più dalla nebbia che avvolgeva la montagna.

51.

La pescivendola Cancrena s'era ben guardata dall'avvisare la famiglia Campesi che l'Arma stava per arrivare, a rischio di prendersi una pignatta in testa. S'era chiusa in casa e, abitando di fronte ai due litiganti, s'era predisposta a spiare da una finestruola per seguire gli sviluppi.

Quando il brigadiere Mannu giunse in loco, il litigio era ancora in fiore. Parolacce, insulti, grida e versi: si sentiva tutto con chiarezza sin dai primi gradini della scala scricchiolante e per nulla illuminata che portava alle tre stanzacce dove abitavano i Campesi.

Mentre il carabiniere saliva, l'Anita aveva già cinque dita pitturate sulla guancia di destra. Il marito, appena entrato in casa, le aveva mollato uno sganassone.

Poi: «Impara a tenere la bocca chiusa», le aveva urlato.

L'Anita s'era presa la sberla solo perché era stata colta di sorpresa. Non ne aveva capita la ragione e nemmeno a cosa si riferisse la frase del marito. Notando l'ora, aveva sorriso amaramente.

«Ti sei licenziato un'altra volta, eh? Un altro lavoro perso!» aveva gridato.

Il Campesi aveva tentato di allungarle una seconda sberla. Ma, ciao!, l'Anita era agile, non le piaceva fare il bersaglio.

«Lazzarone!» gli aveva sputato in faccia.

«Serva!» aveva ribattuto lui.

L'Anita era diventata bordò.

«Se sono una serva è perché ho sposato un lazzarone!»
«Maledetto quel giorno!»
«Io lo maledico», era insorta la donna, «che se avessi saputo chi andavo a sposare...»
Il Campesi, correndo intorno al tavolo di cucina, aveva tentato di abbrancarla. L'Anita gli aveva buttato una sedia in mezzo ai piedi e poi s'era rifugiata vicino alla stufa a legna e armata di un mestolo.
«Metti giù quell'affare!» aveva ordinato l'uomo.
«Lazzarone», aveva ribadito lei, «e ladro!»
«Che cosa?»
«Ladro! C'è anche bisogno che ti spieghi perché?»
Con un calcio il muratore s'era liberato della sedia e s'era avvicinato alla donna che, senza indugio, gli aveva calato il mestolo in testa. Dopodiché s'era infilata in camera da letto e ne era ritornata con in mano alcune banconote che aveva buttato per aria.
«Spendili tu questi soldi, va' a ubriacarti, che da quando sono entrati in casa non hanno portato che guai.»
Il Campesi aveva guardato quei fogli cadere a terra.
«Smettila che ci sentono tutti», aveva detto poi.
«E che sentano!»
«Smettila!»
«Neanche se mi ammazzi.»
«Ti ammazzo!» aveva ringhiato il muratore.
Il brigadiere era fuori della porta. Entrò in casa senza nemmeno bussare. La prima cosa che notò fu un paio di conturbanti calze a rete col filo appese ad asciugare sopra la stufa da cui usciva un filo di fumo acre. Notò poi, disperse sul pavimento, alcune banconote. Infine guardò i due, pietrificati dalla sua comparsa.
«Chi ammazza chi?» chiese il Mannu.

52.

Durante la cena Beppe Canizza aveva corroborato l'azione dei tre Campari con un mezzo litro del robusto rosso che vendevano al circolo della Società Operaia di Mutuo Soccorso.

Non che bevesse sempre così tanto, ma quando attaccava gli piaceva andare fino in fondo. Oltretutto per cena s'era trovato sotto gli occhi un avanzo di cassœûla: riscaldata, era ancora più saporita. L'aveva mangiata avidamente, un boccone e un sorso dopo l'altro e l'impressione che aveva avuto uscendo dal caffè dell'Imbarcadero e che l'aveva bloccato qualche secondo in mezzo alla strada era ancora lì: vagava nel suo pensiero, indefinita, continuando a chiedergli una spiegazione.

Mah!, continuava a dirsi il segretario. Chissà cos'era stato!

Magari i tre Campari così, uno dietro l'altro...

Ripulito per bene il piatto, sazio di cibo ma non ancora soddisfatto di bere, il Canizza rifletté che quello che ci voleva per digerire era un bel sorso di grappa. Stava per chiedere alla moglie di portargliela ma si frenò. Sapeva che se l'avesse fatto, gliel'avrebbe servita lei, senza lasciare la bottiglia in tavola e soprattutto in certi bicchierini piccoli come ditali dove la grappa avrebbe fatto una fugace, orfana apparizione.

Si alzò quindi, dirigendosi verso la sala e il mobiletto dei liquori col preciso programma di servirsi a canna, lontano dagli occhi della donna, e poi di nuovo a tavola, per cuocersi a puntino.

Quando schiacciò l'interruttore per accendere la luce in sala, la lampadina rispose con un breve attimo di vita, come un lampo di luce. Poi morì.

«Porca puttana!» esclamò il segretario.

Dorina Brugni, accorrendo, lo redarguì.

«Non mi pare il caso per una lampadina.»

Beppe Canizza probabilmente non la sentì nemmeno.

Guardava fisso nel buio.

Ecco cos'era stato!

53.

Era stato un vedere e svedere.

Un fulmine, un lampo, quasi un'illusione della vista.

Altro che i Campari!

La finestra s'era illuminata per pochi secondi poi era tornata buia.

Ecco quello che aveva visto Beppe Canizza uscendo dal caffè dell'Imbarcadero: la finestra della camera d'angolo, al secondo piano del Cavallino, illuminarsi e poi oscurarsi.

Niente di strano.

Sennonché, da circa un anno, il secondo piano dell'albergo era chiuso, sotto pignoramento.

La faccenda era singolare ma non faceva specie in un paese popolato da balordi e dove ne capitava una un giorno e l'altro pure. Per farla breve Il Cavallino era andato a balle all'aria per debiti dopo quattro anni di gestione dei fratelli Sbàrbera, i quali s'erano divisi equamente prima l'immobile e poi i debiti: il primo piano, sala ristorante, era intestato al più anziano dei due, Veniero, il secondo piano con le camere all'altro, Ergasio. In aria c'erano andati ognuno per conto proprio e quasi in contemporanea e la banca, dopo il pignoramento, aveva messo all'asta i due piani separatamente.

Per il momento solo il piano che ospitava il ristorante era stato riaperto: l'aveva riscattato tal Resegacci Oscar, un sonnolento giovanotto su cui nessuno aveva scommesso una lira e che invece, nell'arco di un anno, aveva dimostrato di saperci fare, tanto che correva voce di un suo prossimo acquisto del secondo piano, dove c'erano le camere. Che però continuava a restare chiuso, sotto sigillo.

Al Canizza la mina passò all'istante, pure la voglia di grappa restò dov'era.

Rifece i conti.

Il forestiero sceso dal battello nel pomeriggio, il suo sguardo fugace verso la caserma dei carabinieri, il suo passo veloce verso Il Cavallino, la finestra che si era illuminata per un solo, ma sufficiente, istante.

Quale miglior nascondiglio di una camera d'albergo abbandonata?

C'era qualcuno nascosto lì dentro? Qualcuno che aveva approfittato di quel pancotto del Resegacci?

Qualcuno, magari, in attesa dell'ora buona per scendere in riva al lago e infilarsi su una barca che l'avrebbe portato di là?

Occhi aperti, mormorò il Canizza.

Adesso gli toccava ri-fe-ri-re.

E dai caramba, rifletté, forse gli conveniva andare con indosso la camicia nera, tanto per far capire che era lì in veste ufficiale e mica per divertimento.

54.

Nessuno voleva andare in galera in casa Campesi. Anzi, sia l'uomo sia la donna sembravano aver perso la lingua dopo l'apparizione del brigadiere.

«Meglio così», disse questi.

Avrebbero lasciato in pace vicinato e carabinieri. Perché, avvisò il Mannu, se avessero ripreso a gridare, disturbando la quiete, sarebbe stata sua cura sistemarli a puntino.

«Chiaro?» chiese.

Ma non attese risposte. Uscì e si fermò ad ascoltare, caso mai i due volessero fare i furbi e riattaccare la solfa.

Quando fu certo che le sue parole non erano cadute nel vuoto, il brigadiere Mannu decise di rientrare in caserma. Fu in quel momento che davanti a lui, confusa nel buio, comparve la figura di Genesio Maccetti in atteggiamento inequivocabilmente furtivo.

55.

Il bottiglione era scivolato a terra dalle sue mani e chi rompe paga. Non c'era nemmeno stato bisogno di discutere e quando l'Amilcare era svanito nella nebbia lui, dopo il breve scambio di pareri con l'altro socio, era partito all'inseguimento per cercare di capire che intenzioni avesse il Campesi.

Se volesse tornare dal Fiaccoletta per chiarire che lui non c'entrava.

No, il Campesi aveva tirato lungo passando per Lezzeno, dall'osteria del Pellegrino s'era tenuto alla larga.

Oppure andare dal geometra Cerevelli, al cantiere di Ombriaco, dove avevano tirato su una specie di baracca, quattro pali e un tetto in lamiera, e raccontargli quello che era successo prima che lo facesse l'Os de Mort.

Nemmeno, il socio aveva tirato diritto anche lì, passi lunghi e ben distesi.

Allora era dai caramba che stava andando?

Poco dopo il cimitero, quando il Campesi aveva imboccato la scalinata che portava in piazza della Chiesa, il Maccetti, sospettando che la meta del socio fosse proprio la caserma, aveva fatto una deviazione con l'idea di giocare d'anticipo. Era volato giù per via Novareno e aveva raggiunto piazza Grossi, nascondendosi dietro il monumento al poeta: così posizionato aveva atteso l'arrivo del Campesi pronto a bloccarlo prima che il portone della caserma se lo mangiasse.

Ma dell'Amilcare non s'era vista nemmeno l'ombra.

Era rimasto lì un'ora secca, con la compagnia di un tivano che gli aveva gelato le chiappe. Alla fine s'era rotto le balle e aveva deciso di andare a casa del Campesi, per chiarire per bene le cose.

S'era avviato dopo due false partenze: la prima quando il segretario Canizza, dondolante, era uscito dal caffè dell'Imbarcadero, la seconda quando il brigadiere era uscito dalla caserma.

Trovandosi il Mannu davanti agli occhi, il Maccetti cadde in confusione.

«Cosa ci facciamo qua, a quest'ora?» chiese il brigadiere.

Così, senza nessuna intenzione inquisitoria.

Il badilante invece sospettò tranelli.

«Perché», rispose, «non si può andare a trovare un amico?»

Ma si girò e ridiscese le scale davanti al brigadiere che lo seguì. Quando furono in fondo, il Maccetti bofonchiò un saluto e prese la direzione opposta a quella del carabiniere.

«Cos'è», gli gridò dietro il Mannu, «ti è passata la voglia di salutare il tuo amico?»

Insinuando, questa volta volontariamente, una nota di sospetto nel tono della voce.

56.

Al carabiniere Cassamagna una cosa del genere non era mai capitata nei diciotto mesi da che stava sotto l'Arma: un minorenne, non accompagnato, che voleva rilasciare una dichiarazione ai carabinieri.

C'era una procedura per casi di questo genere?

Se c'era non la conosceva.

Per questo aveva chiesto al ragazzo di accomodarsi in sala d'attesa e aveva cominciato a fare la spola tra la sala stessa e lo spioncino del portone, in attesa che il signor brigadiere facesse l'onore di rientrare, cosa che il Mannu fece dopo un'abbondante mezz'ora dall'arrivo del ragazzo.

Il Cassamagna, con segretissimo fare, lo mise al corrente della novità.

Cos'era, si chiese il Mannu, quel tono da cantina, cos'erano quelle esse fischiate da rosario? Era il modo di comportarsi di un carabiniere?

«Chi è?» sbottò secco e ad alta voce.

«È il Campesi», rivelò il Cassamagna con una ragnatela in gola.

«Che Campesi?» rincarò il brigadiere.

Che diavolo di Campesi, se li aveva appena lasciati dopo averne raffreddato i bollenti spiriti!

«Il figlio di quello», mormorò allo stremo il Cassamagna.

«Del muratore?»

Già, confermò il carabiniere.

Non sapendo come agire, spiegò, cioè, non avendo ben presente cosa il regolamento prevedesse in casi come quello...

«Va bene, va bene», sveltì il Mannu.

... ecco, insomma, l'aveva trattenuto...

«E cosa vuole?»

... appunto, l'aveva trattenuto poiché la presenza di un minorenne a quell'ora e in caserma gli era sembrata strana, quasi misteriosa. Ma non gli aveva fatto domande, in attesa che il signor brigadiere rientrasse. Per quello non sapeva dire cosa volesse.

Il brigadiere tacque. Pure a lui la cosa cominciava a sembrare quanto meno singolare. Con una mano, delicatamente, spinse di lato il Cassamagna che gli ostacolava il passo e si fece sulla soglia della sala d'attesa: una specie di sala d'attesa in verità, malamente arredata con una pancaccia e un tavolino scanchignato.

Il ragazzo stava seduto sulla panca, le mani appoggiate alle ginocchia, lo sguardo fisso alla parete di fronte. S'era accorto della presenza del brigadiere ma non osava guardarlo.

«Ehi», lo richiamò il Mannu, tutto un altro registro nel tono della voce.

La sala d'attesa era squallida come la casa del ragazzo. Al brigadiere non sfuggì che, nonostante fosse novembre, il giovane indossava ancora pantaloni corti. Si guardarono. Smorto, il ragazzo. Ma due begli occhi vivaci, pieni di luce, non contaminati insomma.

Bisognava andarci piano, rifletté il brigadiere.

«Come ti chiami?» chiese avvicinandosi e poi sedendosi anche lui sulla pancaccia.

«Mario», rispose lui.

La voce...

Voce educata, venne da pensare al Mannu.

«Mario Campesi?»

Il giovane confermò.

«Bene. E cosa ci fai qui?»

Pronto a tutto, il brigadiere. Pronto a rassicurarlo, a garantirgli che ai suoi genitori non sarebbe successo niente, a rimandarlo a casa con la pace nel cuore. Pronto a ogni cosa.

Tranne che sentirsi dire che era lì in caserma per pregarlo di non mettere in galera suo padre o sua madre. Perché, disse il ragazzo, se in casa c'era un ladro, quello era lui.

Dall'atrio il carabiniere Cassamagna annuì: l'aveva pensata lui che sotto c'era un mistero. Il brigadiere Mannu invece, prima di pensare ai misteri, voleva capire bene cosa intendesse dire il ragazzo. Doveva parlarci un po'. Non, comunque, in quella specie di sala d'attesa.

«Vieni con me», disse.

E salirono nel suo ufficio.

57.

La signora Canizza si aspettava un dopocena coi fiocchi, tale e quale a quelli delle sere precedenti.

«Vammi a prendere la camicia nera», le disse il marito tornato in cucina.

«Perché?» chiese Dorina immediatamente irritata. «C'è la marcia su Roma?»

«Devo uscire.»

«E dove vai?» chiese lei.

«Dai carabinieri», rispose il Canizza, spiritato.

«Inventane un'altra», ribatté la donna.

«Vorresti dire?»

«Niente, niente...» solfeggiò lei cominciando a sparecchiare.

Il Canizza tacque e la guardò. Quando la vide chinarsi per riporre una marmitta le ordinò di non muoversi.

«Ferma così!»

La Dorina capì al volo. E chi si muove! Diventò di marmo, sapeva cosa stava per capitare!

«Ma non dovevi andare dai carabinieri?» chiese, rivolta alla marmitta.

«Mica scappano», fu la pronta risposta del segretario, le braghe già a mezza gamba.

I carabinieri forse no.

Ma quello che a suo giudizio stava nascosto dentro al Cavallino... D'altronde ormai era in ballo. Non era da lui lasciare le cose a metà. Però doveva fare in fretta.

«Dai!» incitò la moglie.

58.

Pure al brigadiere Mannu non piaceva lasciare le cose a metà. E quello che aveva tra le mani, così come aveva insinuato il Cassamagna, cominciava a sembrare anche a lui un mezzo mistero.

«Cos'hai rubato, sentiamo», chiese una volta in ufficio.

Le caramelle? La marmellata?

Il ragazzo, serio, preciso: «La moneta», rispose.

Quella che aveva inghiottito e quasi lo mandava al creatore.

«E dove l'avresti trovata?» insisté il Mannu. Non gli riusciva di essere severo come se davanti avesse un vero malfattore.

«In casa», rispose il ragazzo.

«In casa di chi?»

Il giovane Campesi lo guardò facendo tanto d'occhi: non conosceva altra casa che la sua.

«La mia», chiarì.

Il brigadiere mise da parte la voglia di scherzare. Che il giovanotto gliela stesse contando? Nella casa che s'era appena lasciato alle spalle non ce la vedeva proprio una moneta d'oro zecchino!

«Cos'era?» chiese. «Un ricordo di famiglia?»

Il ragazzo fece no con la testa.

«Erano...» cominciò a rispondere.

Erano?

«Vuoi dire che ne avete altre in casa?» sbottò il Mannu.

Niente niente, adesso saltava fuori che il Campesi padre era un numismatico!

«Quattro o cinque», concluse il ragazzo.

«Tuo padre fa la raccolta?» chiese il brigadiere. Ma così, tanto per dire.

Infatti: «No», rispose il ragazzo.

«E allora?»

59.

«E allora!?» strillò Dorina Brugni.

«Allora cosa?» ribatté il Canizza.

Cos'aveva da strillare? Aveva fatto cilecca, punto e basta.

Poteva capitare, no? Non gli sembrava il caso di farla tanto lunga!

Figurarsi, con tutti i pensieri che aveva per la testa!

«Ma quali pensieri...» ironizzò la Dorina riprendendo, dopo essersi ricomposta, a sparecchiare la tavola.

Il Canizza non ce l'aveva fatta, punto e basta, aveva dovuto ritirarsi. Era partito all'attacco bene, come al solito. Ma il ritmo della sua danza aveva fatto ballare anche quel pensiero: che magari, mentre lui era lì a sollazzarsi, quello, il nemico del regime, stesse preparando la fuga o addirittura fosse già pronto per farlo.

E tutta la potenza era andata a farsi benedire.

Non disse niente alla moglie. Le donne, meno ne sanno meglio è.

«Vado e torno», comunicò.

La donna manco gli rispose. Aveva ancora, per consolarsi, una mezza colonna di morti da leggere sul giornale. Morti veri, pensò sorridendo, per i quali non ci sarebbe più stato ritorno in vita. A differenza di quello che aveva addosso suo marito, che era caduto in un momentaneo sonno per risvegliarsi, ne era certa, più vigoroso di prima e tornare a inzigarla, magari quella stessa sera.

60.

«Cinque», disse il ragazzo.

Cinque monete.

«Adesso quattro», contò il brigadiere.

«No, tre», corresse Mario Campesi.

«Ho perso il conto», osservò il Mannu.

Il giovane assunse un'aria di serietà che strappò un sorriso al brigadiere.

Erano cinque, spiegò, quando erano arrivate in casa qualche tempo prima.

«Arrivate da sole?» chiese il carabiniere.

Il ragazzo sorrise.

«No», fece.

Le aveva portate suo padre, una sera. Cinque. Le aveva mostrate a lui e a sua madre, senza dire da che parte venissero. Aveva detto che erano monete antiche, di valore, oro puro. E che potevano fare comodo. Tanto che una era sparita dopo un paio di settimane.

«Sparita?» chiese il Mannu.

Venduta.

Una sera, raccontò il ragazzo, la mamma e il papà s'erano messi a litigare. Capitava. Più spesso quando il papà non lavorava. Lui non li sopportava quei litigi, allora usciva di casa e stava in giro per un po', tanto non si accorgevano di niente, intenti com'erano a gridarsi insulti: rientrava dopo una mezz'ora, un'ora per ritrovarsi sotto gli occhi la stessa scena: sua madre seduta al tavolo con le mani sulla faccia, suo padre chissà dove, cioè in chissà quale osteria.

Insomma, quella sera la mamma aveva detto che si vergognava di continuare ad andare in bottega a far segnare, la guardavano male, come se chiedesse l'elemosina. Il papà le aveva risposto di non rompere le balle. Ma la mamma aveva insistito e aveva tirato fuori l'idea di quelle monete.

«Se sono così preziose», aveva detto, «vendiamone almeno una, così tiriamo avanti per un po'.»

Il papà aveva tentato di resistere ma alla fine aveva ceduto. Il giorno seguente in casa era comparsa la bella cifra di 200 lire e i suoi, per la contentezza, si erano baciati sotto i suoi occhi. Anche lui era stato contento. Davanti a quel bendiddio la mamma aveva chiesto al papà se poteva farsi un regalo, comperarsi una cosa che le stava sul gozzo da un bel po'. Il papà aveva detto sì senza nemmeno chiedere cosa.

«E cos'era questa cosa?» chiese il brigadiere.

«Un paio di calze.»

A rete, col filo.

Le altre quattro monete il papà le aveva nascoste. In un posto sicuro, aveva creduto lui.

«Ma è stato fesso», sparò il ragazzo.

Perché lui aveva indovinato il nascondiglio. Era successo quando la mamma era andata a Bellagio dalla nonna e s'era fermata là a dormire.

«Quella sera», raccontò il ragazzo, «il papà è uscito dopo cena.»

Aveva tirato tardi all'osteria, era rientrato un po' alticcio. Credendo che lui dormisse, aveva voluto rimirare il suo tesoro.

«Io lo stavo aspettando però, ero sveglio.»

Ascoltando i rumori, aveva intuito dove fosse il nascondiglio: in una fessura tra lo stipite e il muro della finestra di camera. La finestra, aprendosi, emetteva un cigolìo inconfondibile. Il giorno seguente aveva fatto un'ispezione, le monete erano proprio lì.

L'atmosfera di casa ne aveva guadagnato: la mamma era felice e il papà, alla sera, tornava a casa talmente stanco che non gli passava nemmeno per l'anticamera del cervello di fare un giro all'osteria.

«Così ho creduto che fosse venuto il momento giusto», fece il ragazzo.

Quello per chiedere che gli regalassero una bicicletta.

Risposta, un no quasi all'unisono.

Il brigadiere Mannu corrugò la fronte, come se quel no l'avessero risposto a lui.

«E tu?» chiese.

Il giovane arrossì, s'impappinò: il momento era arrivato.

Tutti i suoi amici ce l'avevano una bicicletta, bella o brutta che fosse. Mancava solo lui.

«E allora?»

Allora, gli servivano i soldi per comperarla, la voleva a tutti i costi 'sta bicicletta.

«Me la sognavo anche di notte», chiarì.

«Così hai fregato una moneta a tuo padre», concluse il Mannu.

Il ragazzo confermò con un cenno del capo. Fregargliela era stata una cosa semplice. Più difficile, dopo il furto, gli era sembrato nasconderla a sua volta e poi portarla fuori casa.

Così si era inventato di mangiarla.

«Tidda se pappada?» sbottò il Mannu.

Il ragazzo sgranò gli occhi.

«Te la sei mangiata?» tradusse immediatamente il brigadiere.

Inghiottita più che mangiata. A chi sarebbe venuto in mente che la moneta mancante fosse nella sua pancia?

Suo padre l'avrebbe cercata all'infinito e poi magari data per persa. Mentre lui, al momento giusto, aveva fatto il conto di andare a svuotarsi ai giardini di Puncia oppure al parco delle Rimembranze, recuperare la preziosa moneta, nasconderla per bene e poi pensare a come trasformarla in denaro.

«Invece è andata male», concluse il brigadiere.

Sì, fece il ragazzo. E per poco non ci lasciava la pelle.

61.

Mentre scendeva le scale di casa, il Canizza aveva l'affare ancora a mezza via. In strada, il montivo velenoso che fischiava dalla val Muggiasca glielo ridusse ai minimi termini.

Un freddo troia, sempre così quando andava giù il sole. E lui, a servire il Partito nonostante tutto!

Pure il giovane Campesi stava scendendo le scale della caserma per essere riaccompagnato a casa dal carabiniere Cassamagna.

«Accertati che entri in casa ma non farti vedere dai suoi», aveva raccomandato il Mannu.

Nessuno sarebbe andato in galera, aveva detto al ragazzo. Poi l'aveva trattenuto un minuto per chiedergli cosa volesse fare da grande.

«Il geometra», aveva risposto quello, con fare da uomo.

Per costruire belle case dove ci fossero cento stanze e almeno una per i bambini, e finestre in grado di riparare dal freddo.

Un uomo di dieci anni.

Il brigadiere aveva sorriso senza allegria. A dieci anni lui era già orfano. Era cresciuto in casa degli zii: zia Ninna, zio Pino, zio Efisio. Aveva giocato nel castello di Acquafredda, fatto il bagno nella baia di Porto Pino, cacciato tordi in mezzo ai cespugli di mirto e lentischio delle colline di Zinnigas. Più o meno alla stessa età del ragazzo, un giorno gli avevano chiesto cosa volesse fare da grande e lui aveva risposto. «Il carabiniere.»

Chissà quante volte cambierai idea, avevano riso in coro zii e zie.

Non l'aveva cambiata, era diventato carabiniere. Anzi, brigadiere.

«Tieni duro e ce la farai», aveva detto al ragazzo.

«Lo so», aveva risposto lui.

In quell'istante il campanello della caserma era squillato.

Davanti al portone c'era il segretario Beppe Canizza, il momento del Partito era arrivato.

62.

«Freddo troia!» sbuffò il Canizza entrando nell'ufficio del brigadiere.

E s'era preso il disturbo di uscire solo per metterlo al corrente che fuori si gelava?, chiese il brigadiere.

Eccolo lì!, pensò il Canizza. Manco il tempo di entrare e quello cominciava a fare lo spiritoso.

«No», rispose serio.

Ma obbedendo alle recenti disposizioni...

«Quali disposizioni?» lo interruppe il Mannu.

«Le nostre.»

Quelle che consegnavano gli iscritti al Partito a tenere gli occhi aperti e nel caso riferire...

«Come?» interruppe ancora il brigadiere fingendo di essersi distratto.

«Ri-fe-ri-re!» ripeté il Canizza cercando di non perdere la calma.

«Capisco.»

Bene: perché in tal caso, visto che il signor brigadiere capiva, aveva già capito il motivo che l'aveva portato ad affrontare il freddo troia di quella sera.

«Veramente no», rispose invece il brigadiere.

Il Canizza incassò il colpo. Espirò.

«Sono qui per riferire.»

«D'accordo», fece il Mannu tacendo subito dopo.

Il segretario deglutì, non doveva perdere la calma.

«Quindi riferirei...» partì.

«Cosa?» lo interruppe ancora il Mannu con aria svagata.

“Porca puttana”, pensò il Canizza.

Chiuse gli occhi un istante, giusto il tempo per immaginare di poter prendere a calci nel culo quel brigadiere e fargli fare l’intero giro del lago di Como. Lo vide, sempre in quel breve istante, giovane, con i calzoni corti, Balilla, e lui dietro a insegnargli a suon di quella musica come e quanto e perché andasse rispettata la camicia che indossava.

Li riaprì quando il brigadiere, sempre con quel tono di sonno prossimo, lo invitò a proseguire.

«Sbaglio o mi dovevate riferire qualcosa?»

“Porca puttana, sì”, pensò il Canizza.

E cominciò.

Doveva riferire che secondo indizi da lui stesso raccolti quella medesima giornata, proseguì il segretario contenendo a stento il tono della voce, presso il ristorante Il Cavallino c’era qualcosa che non quadrava.

E senza la pretesa di voler insegnare ad altri il mestiere, aggiunse anticipando di un amen il brigadiere che aveva aperto la bocca per interromperlo l’ennesima volta, senza quella pretesa quindi, lui credeva che il fatto meritasse accertamento immediato, priorità assoluta sospendendo momentaneamente quindi l’indagine che il signor brigadiere stava conducendo.

«Scusate», interloquì il Mannu, «ma quale sarebbe l’indagine che avrei in corso?»

Il Canizza ridacchiò. Ma quello credeva che avesse gli occhi nel culo, le orecchie foderate di salame e una noce al posto del cervello?

«Brigadiere», disse, «potete stare tranquillo, non dirò una parola, so mantenere i segreti.»

«Quale segreto?» ridacchiò francamente il brigadiere.

Il Canizza piegò la testa di lato, acquiescente. Era evidente che il carabiniere giocava a fargli saltare i nervi, ma non ci sarebbe riuscito: in quel momento, infatti, rappresentava la ferrea volontà del Partito nel combattere tutti i nemici del regime.

Si spiegò.

L'aveva visto poco prima il figlio del Campesi uscire dalla caserma. Uno più uno fa due: per cosa era lì, se non per la faccenda del fiorino d'oro?

Uno zecchino d'oro in casa di quei morti di fame! Chissà da dov'era arrivato. Chissà come c'era arrivato! E magari ce n'erano altri!

«O no, brigadiere?» concluse il Canizza.

Cinque, pensò il brigadiere Mannu.

Adesso tre.

E non s'era chiesto da dove fossero arrivati.

Se lo chiese mentre, affrontando il freddo troia assieme al segretario, si avviò alla volta del Cavallino.

63.

Sul viso del Resegacci, una luna piena, era passata un'eclissi quando l'uomo aveva varcato la soglia del Cavallino.

«Il piano di sopra è sotto sequestro da parte dell'autorità giudiziaria», aveva replicato il Resegacci quando quello gli aveva detto di dargli una camera.

«L'autorità sono io», aveva ribattuto l'uomo.

Poi gli aveva mostrato una tessera.

«Ma è chiuso da più di un anno», aveva obiettato l'albergatore.

Era in disordine, polveroso...

«Posso farvi saltare la licenza domani stesso», l'aveva interrotto quello.

Il Resegacci si era allora girato verso il quadro dove stavano appese le chiavi delle camere.

«Non mi avete visto», aveva detto l'ospite con in mano la chiave della camera numero 3.

«Nemmeno sentito», aveva risposto l'albergatore e l'aveva seguito salire verso il piano superiore mentre sul viso gli ritornava la solita, paciosa espressione di chi sta per addormentarsi.

Tanto che qualche ora dopo il Canizza, entrando nel ristorante in compagnia del brigadiere, anziché salutare gridò: «Sveglia!».

Il Resegacci guardò prima uno e poi l'altro, e una nuova eclissi tornò a oscurargli il viso.

«Posso essere utile?» chiese.

Fu il Canizza a prendere le redini del gioco.

«Ascolta», disse.

E che pensasse bene, prima di rispondere. Pensasse alla licenza...

"Un altro", pensò il Resegacci.

«...alla licenza del tuo esercizio prima di dire sì o no.»

«No», rispose comunque l'albergatore.

Da lui non era entrato nessun individuo sospetto qualche ora prima né, men che meno, si trovava lì, adesso, nascosto al piano di sopra.

Il Canizza si aspettava che il brigadiere gli rivolgesse uno sguardo di pietà.

«Come mai manca la chiave della stanza numero 3?» chiese invece il Mannu indicando il quadro alle spalle del Resegacci.

«Come mai...» sospirò questi.

64.

Un quarto d'ora più tardi il Mannu e il Canizza erano di già fuori, in piazza, esposti al freddo troia e con due propositi diversi: raggiungere quanto prima la caserma, quello del brigadiere; capire cosa cazzo fosse successo, quello del segretario, a partire da quando, poco prima di uscire, lo stesso brigadiere si era fatto sotto al Resegacci che sembrava fuso col bancone e gli aveva detto: «Non siamo mai stati qui, intesi? Se mai vi venissero dei dubbi pensate alla licenza!».

"E tre", aveva conteggiato il Resegacci sbattendo appena le palpebre e senza fare domande.

Al contrario del Canizza, che invece avrebbe voluto chiedere, capire come mai, dopo aver fatto irruzione nella camera numero 3, immersa nel buio, ed essersi sentiti intimare da una voce fonda e con uno strano accento di alzare le mani e non fare nemmeno un movimento, il brigadiere aveva risposto parlando un'incomprensibile lingua e, ottenuta una breve risposta nel medesimo ostrogoto, s'era girato verso di lui e gli aveva ordinato di fare dietro front. Che poi, aveva aggiunto, gli avrebbe spiegato.

Ma una volta fuori, all'aria, il Mannu si rifiutò di farlo.

«Meno sapete meglio è», disse.

Il Canizza tuttavia non voleva mollare.

«Quello però...» interloquì.

Insomma, aveva deliberatamente ignorato l'istanza di

pignoramento del tribunale di Como, li aveva minacciati, forse aveva addirittura usato un'arma, chi lo poteva dire?, non avendo acceso nemmeno la luce non erano riusciti a vederlo in faccia...

«Lasciate perdere», interloquì il brigadiere.

Lasciar perdere?

Lui, magari. Ma loro, i carabinieri?

«E voi?» chiese il Canizza.

Non gli sembrava che ci fossero reati da perseguire?...

«Di ciò non preoccupatevi», consigliò il Mannu.

«Ma come si fa...»

«Fidatevi», troncò il brigadiere. «È per il vostro bene», aggiunse.

Al Canizza saltò la mosca al naso.

Al proprio bene sapeva pensare da sé, avrebbe voluto dire. Ma tacque. Perché perdere tempo con un semplice brigadiere, sardo, quindi zuccone, e forse addirittura anti?

Più su, più oltre sarebbe andato. Dal maresciallo maggiore Ernesto Maccadò, comandante in carica della caserma di Bellano.

Battevano le nove al campanile però, non era un orario onesto per disturbare in casa d'altri.

65.

Uno spettacolo trovarsi davanti, di prima mattina, l'Os de Mort che recitava le sue giaculatorie!

«No!» rispose secco il Cerevelli, chiudendo per un istante gli occhi, giusto il tempo per rivedere il suo tesoro: aveva ricontato le monete anche quella mattina, uscendo mezz'ora prima del solito, e le aveva richiuse nella cassaforte animato da sentimenti contrastanti. Era bello averle lì, contarle, annusarle, soppesarle, ma sarebbe stato altrettanto bello non vederle più e saperle in viaggio lungo la via della sua felicità futura.

L'Os de Mort non batté ciglio. Riprese pari pari la lagna che aveva appena finito di esporre.

«Ve l'ho già detto...» lo interruppe il Cerevelli cercando nella memoria il nome o il cognome dell'assistente contrario. Ma non gli veniva, lo chiamavano tutti con quel soprannome.

«Esangui», sospirò quello, suggerendogli l'infausto patronimico.

«Ecco. Esangui, ve l'ho già detto.»

Non poteva privarsi nemmeno di uno degli operai ingaggiati per portare a termine il lavoro.

«Vi faccio presente che si tratta di un'opera di estrema urgenza!»

E poi c'erano tempi precisi nel contratto che andavano rispettati, lo sapeva bene anche lui.

«A meno di non voler pagare penali da far venire i brividi», affermò.

Ma mentiva. Non gliene fregava niente dell'estrema urgenza. Non gliene fregava niente delle penali. Non gliene fregava niente di quei tre. Non gliene fregava niente di nessuno. Gli fregava di una sola cosa: che la voce anonima che rispondeva alla parola d'ordine «lumacone» aveva dato via libera alla partenza del tesoro quella sera stessa.

Quindi non se ne parlava di licenziare in tronco i badilanti Amilcare Campesi, Lupo Sandionigi e Genesio Maccetti detto Stortòn.

«Anche se hanno abbandonato il cantiere?» alitò l'Os de Mort.

«Eh!» fece il Cerevelli.

S'erano allontanati, d'accordo. Ma erano anche tornati. Tutto sommato il lavoro procedeva secondo le tabelle di marcia.

«In fin dei conti non hanno commesso reati tali da...»

«Vi serve un reato per licenziarli?» interloquì l'Os de Mort con voce nera.

«Perché?» chiese il Cerevelli.

L'Os de Mort si limitò a rispondere con un anemico sorriso: tempo qualche ora, e glielo avrebbe servito.

66.

Da quando era scattata la licenza, il Maccadò s'era dimenticato di essere carabiniere e pure maresciallo. Venerdì sera aveva chiuso nell'armadio la divisa e da quel momento aveva seguito passo passo ogni momento della giornata di sua moglie Maristella e del secondogenito. Piano piano aveva cominciato a sentirsi come se l'avessero rinchiuso in un barattolo di miele e non era passata mai più di un'ora senza che lui, col sostegno della moglie, avesse ripetuto che di quegli affarini lì, talmente belli e teneri da mettersi a piangere per la felicità...

«Sei ne voglio!»

Come d'altronde avevano deciso assieme il giorno delle nozze. E la truppa doveva essere al completo entro la fine del decennio. Nella testa dei due non ci doveva essere posto per altri pensieri.

Né altri il maresciallo voleva farcene entrare, perlomeno finché durava la licenza.

Per cui quando, martedì mattina verso le otto, il segretario Beppe Canizza l'andò a disturbare in casa dicendogli che doveva metterlo al corrente di cose assai gravi, lo fece accomodare in sala, gli si sedette di fronte, lo invitò a parlare senza però capire granché. Era distratto. L'occhio, per tutto il tempo che durò la relazione del Canizza, continuava a scappare verso la finestra che stava alle spalle del segretario, perdendosi nell'azzurro intenso di una giornata che si annunciava fredda ma splendida di colori autunnali. L'orecchio invece era teso a cogliere i primi segni di risveglio del neonato.

Vedendo l'espressione del Maccadò, il Canizza giudicò di aver centrato il bersaglio: bene aveva fatto insomma a rivolgersi al comandante di stazione. Si permise quindi di postillare che forse il brigadiere aveva preso sottogamba la questione. Certo, disse, era giovane, inesperto, poco addentro alle cose della politica.

«Ma le recenti direttive!»

I nemici del regime… i dissidenti… la Svizzera così vicina…

Capiva la singolarità del caso, un fiorino d'oro in casa di un muratore!

Tuttavia i nemici del regime… i dissidenti…

Quando il segretario chiuse la bocca, il Maccadò aveva percepito nitidamente il primo vagito della giornata. Aveva la testa intronata dalle parole del Canizza, frasi che si incrociavano come i cavedani d'estate in gara uno contro l'altro quando gettava loro un po' di briciole di pane nel lago sotto casa. Dissidenti, nemici del regime, monete d'oro, il muratore, uno straniero, la luce accesa e spenta, il brigadiere Mannu…

Un bosco di parole di cui liberarsi quanto prima onde non rovinarsi la giornata.

«Me ne occupo immediatamente», promise al segretario.

67.

La barba non fatta, un cappottone nero buttato, col freddo che faceva, appena sulle spalle, sopra la camicia bianca, quella di servizio, ma col collo aperto: che ci faceva lì in caserma alle otto e mezzo della mattina il maresciallo Maccadò che non sembrava nemmeno un carabiniere così combinato?

«Maresciallo, è successo qualcosa?» chiese il brigadiere Mannu.

«Lo chiedo a te», ribatté il Maccadò.

Perché non gli piaceva che i suoi carabinieri si facessero bagnare il naso da un Canizza qualunque!

In blocco, l'isola da cui veniva si ribellò nell'animo del Mannu.

«Il Canizza non bagna il naso a un beneamato cazzo!» sbottò il brigadiere.

Che: «Scusate maresciallo», disse subito dopo.

Ma: «Va bene così», assicurò il comandante.

Non si aspettava una risposta diversa. E adesso che s'erano chiariti, gli spiegasse per bene cos'era successo, gli facesse capire cosa aveva spinto il Canizza ad andare a casa sua, se c'era in ballo davvero qualcosa di grosso: nel qual caso lui era disposto a interrompere la licenza e rientrare in servizio.

«Ma figuriamoci!» rise il brigadiere. «E liberiamo subito il campo dalla storia del fiorino.»

Il fatto non sussisteva sotto il profilo legale, non era di nessun interesse per i carabinieri.

«Eppure il Canizza me ne ha parlato come se tu avessi avviato un'indagine», interloquì il maresciallo.

«Su Canizza no andada mancu a funi!» sbottò il Mannu.

«Cioè?» fece il Maccadò.

«Parla perché ha la lingua, non segue nemmeno se lo tiri con una corda.»

«Va bene», approvò il maresciallo. «Invece quell'altra faccenda, il sospetto al Cavallino?»

«Quello...» sospirò il Mannu.

Ma non poté proseguire.

Lo interruppe il campanello della caserma, obbligandolo a scendere per aprire poiché il carabiniere Cassamagna era uscito per commissioni.

Dallo spioncino il Mannu vide l'Os de Mort che attendeva in atteggiamento di preghiera. Preghiera funebre, l'*Eterno riposo* o simili. Per cui, prima di aprire, si diede una toccatina.

68.

Leone fuori casa e con gli amici, Lupo Sandionigi diventava un ovino docile e obbediente quando tornava domestico, al cospetto e agli ordini della baffuta moglie Olonia che alle parole, essendo ignorante come una scarpa, preferiva sonore mestolate.

L'Os de Mort lo sapeva. La sera precedente, senza curarsi dell'orario, era andato a casa del Sandionigi con lo scopo di portare a termine la missione. In piedi, al centro della cucina, come un lugubre angelo della disgrazia, s'era rivolto direttamente alla Olonia.

«Se vostro marito mi dirà cos'ha combinato oggi assieme agli altri della squadra, lo terrò fuori da questa storia e così avrà salvo il posto di lavoro», aveva detto.

Olonia s'era lisciata il baffo.

«Sennò...» aveva aggiunto con un tono di voce preso in prestito dagli inferi dell'intestino.

Il Sandionigi stava già dormendo insieme a due dei tre figli che aveva involontariamente messo al mondo. Olonia l'aveva svegliato picchiandogli una mestolata sulla spalla. Prima di lasciarlo andare in cucina, l'aveva catechizzato a dovere, mestolo sollevato in aria e pronto a calare sulla zucca dell'uomo, così che quando l'Os de Mort se l'era visto comparire davanti, strafugnato come uno straccio, non aveva dovuto ripetere la richiesta. Aveva incassato la confessione con un ghigno da brividi. Se n'era andato senza salutare.

«Sembra che non tocchi nemmeno terra quando cammina», aveva osservato il più grande dei figli, Gerundio, che dormiva in cucina, steso su una brandaccia troppo corta per lui.

Era vero, le altrui disgrazie rendevano lieve il passo, e la vita, dell'Os de Mort.

69.

Il maresciallo Maccadò ascoltò impassibile, senza fare commenti, quanto l'Os de Mort aveva da dire: si considerava tuttora in licenza, non voleva interferire. Al brigadiere il compito di decidere i passi che riteneva opportuni. Inoltre voleva sentire ciò che il Mannu, interrotto dall'arrivo dell'Os de Mort, aveva da dire circa il presunto sospetto del Cavallino.

Mentre l'Esangui snocciolava il suo rosario, il Mannu prendeva appunti.

I nomi dei colpevoli, prima di tutto: Amilcare Campesi, Genesio Maccetti detto Stortòn e, l'Os de Mort non ebbe esitazioni, Lupo Sandionigi.

Poi stilò la lista dei reati commessi: rissa, furto, minacce, appropriazione indebita, atti osceni, insulti.

Infine prese nota del luogo dove si erano consumati i reati, l'osteria del Pellegrino.

Solo allora fu chiaro al brigadiere come mai non avessero avuto notizia di niente.

«Tocca comunque procedere», disse a titolo di commento non appena l'assistente contrario se ne fu andato.

«Bisogna», confermò il maresciallo che si aggiustò il cappottone sulle spalle volendo chiaramente far intendere che per lui era suonata l'ora di tornare a casa: si avvicinava il momento della seconda poppata del mattino, se quindi il brigadiere avesse voluto stringere i tempi e concludere la sua relazione...

Suonò invece, ancora, il campanello.
«Sarà l'appuntato», osservò il brigadiere.
Invece no.
Era lui, l'ospite del Cavallino. Pure lui sardo.
Per questo il Canizza la sera prima non aveva capito una mazza: perché il brigadiere, dopo l'avviso di quello a restare immobili e a tenere le mani in alto, aveva compreso di avere a che fare con un conterraneo e gli aveva risposto in dialetto.
«Ma chi è?» chiese il maresciallo.
Il brigadiere patì un momento di incertezza. Poi sospirò. Gliel'avrebbe risparmiata volentieri al Maccadò quella notizia. Ma a quel punto era inutile perdersi in chiacchiere, avrebbe potuto rendersi conto di persona.
«Uno dell'OVRA», bisbigliò.
Al maresciallo il cappottone scivolò dalle spalle.
Uno dell'OVRA lì a Bellano? Un odore di guai salì, prepotente, su per le narici del Maccadò.
«Ti ha detto come si chiama?» chiese, tanto per dire qualcosa.

70.

«Ximenes.»

L'uomo dell'OVRA era una versione giovane dell'Os de Mort. Nero anche lui. Nero tutto, capelli, occhi, barba. Denti, neri di fumo. E giacca, cravatta, pantaloni, scarpe e guanti.

«Ximenes?» fece il brigadiere Mannu.

Il Nero confermò con un cenno del capo.

«Sisinno Ximenes.»

C'era qualcosa di strano nel chiamarsi così?

Il brigadiere abbozzò. No, niente di strano. È che lo conosceva uno Ximenes. Uno solo, Bachisio Ximenes. Uno e quaranta di altezza, con le scarpe. Più alta di lui la doppietta che portava in spalla tutto l'anno. Scapolo, aveva fatto della caccia una religione e ci andava sempre, con e senza il fucile.

Il brigadiere risentì la voce di zia Ninna.

«Bachisio, ce li avreste un paio di conigli?»

Nel giro di due ore le bestie erano sul tavolo di cucina.

Spesso un giovanissimo Efisio Mannu l'aveva accompagnato nei suoi giri ed era stato così che aveva imparato a tirar lacci per i cinghiali, a scrutare i campi per indovinare la rimessa di una lepre oppure a ribattere senza cane le pernici. Bachisio era morto una notte, abbattuto da una fucilata a pallettoni. Dissero che aveva abbandonato la posta che gli era stata assegnata e l'altro, credendolo un cinghiale, l'aveva freddato. Nemmeno adesso però il brigadiere riusciva a credere a quella storia. Non riusciva a immaginare Bachisio commettere un errore di quel genere, da dilettante. Gli sembrava più verosimile quello che tutti avevano pensato e nessuno detto: era stato eliminato per vendetta da qualcuno che, come lui, sulla caccia ci campava.

Niente di strano, quindi, nel chiamarsi così.

«E da dove venite?» chiese il Mannu.

«Da Como», rispose il Nero.

Il brigadiere sorrise.

«Intendevo di dove siete.»

«Nuxis», fu la risposta.

«Nuxis?» sbottò il brigadiere. «Non ditemi che siete parente di Bachisio Ximenes?»

«E voi che ne sapete?»

«Io? Ma se tutto quello che so di caccia me l'ha insegnato lui!»

Il Nero chiarì che Bachisio Ximenes era suo zio.

«Fratello di mio padre», puntualizzò, «anche se non andavano troppo d'accordo. Io lo vedevo una volta l'anno, per Natale. So che è morto sparato, durante una battuta di caccia.»

Il brigadiere scosse il capo, cambiò discorso.

«E come mai fate la spia per quelli là?» chiese bruscamente.

Il Nero ingiallì.

«E voi?» ribatté.

«Io faccio il carabiniere, non la spia!»

«Moderate i termini, sennò...»

«Uè!» intervenne il maresciallo Maccadò.

Che caspita avevano intenzione di fare? Litigare? Menarsi lì in caserma?

«Ognuno fa quello che gli pare», osservò il maresciallo. E subito, poiché gli sembrò di averla detta grossa: «Forse», aggiunse.

In ogni caso altre questioni premevano, più urgenti, più gravi.

«O no?»

Il Nero approvò.

«Brigadiere», fece il Maccadò richiamando il Mannu al lavoro.

«Commenti mai seisi ai custasa partisi?» domandò il brigadiere all'uomo dell'OVRA.

«Seu beniu per una informazioni», rispose telegrafico quello.

«No eh!» interloquì il maresciallo.

Così non andava bene: spiaceva a lor signori far capire anche a lui quello che si stavano dicendo?

«Ho bisogno di informazioni», tradusse il Nero.

Ecco perché si trovava a Bellano.

71.

Anche il Nero era un esperto di caccia. Caccia all'uomo. Per quella ragione, a ottobre, da Milano l'avevano inviato presso la questura di Como dove c'era stato da ballare e cantare. Avevano fermato e interrogato ogni sorta di feccia umana: ladri, invertiti, magnaccia, *passeurs*, truffatori, cocainomani, puttane, lesbiche, comunisti, mammane, lazzaroni, strozzini e *viveurs* di tutte le età. Li avevano spremuti per benino, si erano fatti raccontare chi era riuscito a passare e chi ancora si nascondeva. Un buon lavoro, la rete s'era riempita, con buona pace di quelli che c'erano rimasti impigliati e se ne sarebbero andati a marcire in galera o al confino, ritenendosi fortunati se avessero scampato la pena di morte recentemente reintrodotta dal Gran Consiglio del Fascismo.

Era stato grazie a quel capillare lavoro di interrogatori che il Nero s'era trovato faccia a faccia con quel tipo: Amedeo Gorelli, di Torno, professione agricoltore.

«Nessun callo sulle mani però», specificò il Nero, «e baffetti curatissimi.»

La terra non se l'era mai neanche sognata. E al Nero era venuta voglia di cucinarselo un po'.

«Gliel'ho fatto stringere», disse a maresciallo e brigadiere mimando il gesto.

Glielo aveva fatto stringere eccome, a quel fighettino! Tempo ne aveva.

«Ordinerò un'indagine conoscitiva», gli aveva detto il Nero.

«Su chi?» aveva chiesto il Gorelli.

«Su di voi!»

L'espressione sicura aveva avuto un primo cedimento.

«Perché?» aveva chiesto, la voce già incrinata.

Per conoscere tutto, gli aveva spiegato il Nero, circa la sua attività di agricoltore, quanta terra avesse, dove e cosa vi coltivasse di così delicato e redditizio da non lasciargli alcuna traccia sulle mani dandogli anche il tempo di mantenere baffetti così curati.

Il Gorelli aveva cominciato a preoccuparsi.

«Se cagau in mutandasa», disse il Nero provocando un mezzo sorriso del Maccadò, che in quel caso non chiese traduzioni.

Era andato avanti, aveva rincarato la dose dicendo che il regime non tollerava più i rami secchi: i parassiti, categoria della quale lui gli sembrava fulgido esempio, andavano schiacciati.

«Posso collaborare», aveva piagnucolato il sedicente agricoltore.

Ma il Nero non aveva ceduto, aveva voluto tenerlo un altro po' sulla graticola.

«Collaborare?» aveva ribattuto sprezzante.

Credeva davvero che lui avesse bisogno della collaborazione di un inetto pari suo?

Bastava una parola e l'avrebbe cancellato dalla faccia della terra!

Voleva farsi una ventina d'anni di confino? O preferiva forse qualche bell'annetto di galera?

Che cazzo di collaborazione poteva offrire?

Il metodo aveva funzionato. Il Gorelli aveva perso la baldanza e s'era affidato anima e corpo alla bontà di Sisinno Ximenes.

72.

I

Amedeo Gorelli teneva realmente campagna. Nel senso che aveva un padre settantottenne il quale, nonostante l'età e gli acciacchi, badava ancora alla stalla e all'orto. Più di una volta il vecchio, interrogato ufficiosamente da spiette e ruffianelli, aveva risposto che Amedeo l'aiutava nei campi. Bugia, atta a coprire un figlio nullafacente che, a un certo punto, aveva cominciato a raccontare in casa di essere entrato in affari, tanto che a volte spariva per giorni interi e quando ritornava indossava sempre un vestito nuovo ed esibiva denari.

L'ingresso del Gorelli nel mondo degli affari, come lui li chiamava, era avvenuto per caso qualche anno prima: ventitreenne, sino ad allora non aveva ancora capito cosa gli convenisse fare per sbarcare il lunario. La terra era troppo bassa per la sua schiena: la prospettiva del mondo gli appariva migliore se osservata da un tavolino di caffè. E appunto al caffè, per la precisione presso il caffè Laghi in piazza Cavour a Como, passava gran parte delle giornate, dicendo in casa che usciva per cercare lavoro e ritornando a sera per dire che non gli era riuscito di trovarlo. Quel ritornello sarebbe durato all'infinito se, in un tardo pomeriggio di settembre, mentre guardava l'arrivo del battello ad Argegno, non gli fosse capitato il colpo di fortuna che aspettava.

Imbruniva, un'ariaccia fredda soffiava dal lago a decretare la fine dell'estate. Il pensiero di aver buttato un'altra giornata lo stava appena sfiorando quando una voce, «Giovanotto!» dall'accento napoletano, lo aveva riportato alla realtà.

Il Gorelli s'era guardato in giro. Dietro di sé aveva visto, non senza un sussulto, una coppia di regi carabinieri che, pur guardando nella sua direzione, non ce l'aveva con lui. Era stato piuttosto un anziano che, oberato da un'enorme valigia, faticava a percorrere la passerella per scendere dal battello. Aveva passi brevi ed era gobbo: l'aveva chiamato con l'evidente intento di farsi aiutare. La presenza dei Regi alle sue spalle aveva convinto il Gorelli al bel gesto. Quindi aveva afferrato la valigia del vecchio, che era davvero pesante, e l'aveva trasportata sino alla banchina. Lì il vecchio aveva insistito: non abitava lontano, se il buon cuore del giovanotto l'avesse aiutato a portare la valigia sino a casa l'avrebbe ricompensato con una bella mancia.

L'Amedeo non si sentiva il tipo del cameriere o del facchino, l'idea della mancia gli repelleva. Ma due lirette in tasca facevano comodo. Aveva abbozzato e seguito passo passo lo zoppicante individuo che si era inoltrato in Argegno, sino a fermarsi davanti a un portone.

Lì era avvenuto il miracolo.

Perché mentre il vecchio frugava in tasca cercando una moneta per ricompensare il giovanotto, era successo che i grigi baffi dell'uomo s'erano staccati dal labbro superiore, cadendo a terra.

Il Gorelli era di sangue freddo, non aveva fatto una piega.

«Avete perso i baffi», s'era limitato a osservare.

L'altro si era fugacemente passato l'indice sul labbro superiore e verificata l'assenza del pelo posticcio.

«Eh già», aveva mormorato.

«Eccoli qua», aveva ribattuto il Gorelli dopo essersi chinato a raccoglierli.

«Grazie», aveva detto il vecchio.

«Grazie un cazzo», era stata la replica dell'Amedeo.

L'altro l'aveva guardato un istante, silenzioso: aveva capito che non se la sarebbe cavata con due lire di mancia.
«Agostino Colluccello», s'era presentato.
L'Amedeo non aveva battuto ciglio.
«Salite», s'era arreso il Colluccello, «che vi spiego.»

II

Agostino Colluccello era persona nota alla questura di Como. Aveva cominciato a mettersi in luce con una truffa ordita ai danni dei reduci della prima guerra mondiale. All'inizio del 1922, spacciandosi per avvocato, aveva imbrogliato parecchi intelvesi raccontando la fola di una grossa causa che stava intentando contro il governo affinché riconoscesse ai combattenti un indennizzo per il mancato guadagno durante il periodo bellico. Più di uno era caduto nella trappola. A fregare il Colluccello era stato l'avvento del regime mussoliniano. Coloro che gli avevano versato una quota per finanziare l'impresa, certi che Mussolini avrebbe riconosciuto le loro giuste ragioni senza bisogno di andare per avvocati, avevano preteso la restituzione del denaro. Cosa che Agostino non era stato in grado di fare avendolo sperperato. La vertenza si era risolta in due tempi: nel corso del primo il Colluccello era stato malmenato, nel secondo era stato denunciato, giudicato e condannato a un paio d'anni di galera. All'uscita, sapendo di essere un osservato speciale, aveva tralasciato di impicciarsi in traffici che potevano colludere con la politica e si era dedicato al contrabbando. Furbo, ma sfortunato, di tanto in tanto capitava nelle reti delle guardie confinarie. Per cavarsela, poiché era un pesce piccolo dalle orecchie grandi però, s'era piegato a fare il delatore, denunciando i traffici di cui aveva notizia. Col tempo la sua tecnica si era raffinata. Soprattutto quando non aveva merce di scambio, informazioni da offrire in cambio della personale libertà, ricorreva a una serie di travestimenti per passare inosservato.

La sera del fatale incontro col Gorelli, nella pesante borsa portava un carico di orologi rubati, provenienti dalla Svizzera: smerciandoli, si sarebbe garantito sei mesi di sopravvivenza. Non fosse capitato l'incidente del baffo caduto a terra, il Colluccello avrebbe cominciato dal giorno seguente a battere piazze e mercati. Invece aveva dovuto fare i conti con quel giovanotto che, una volta salito nel suo appartamento da scapolo, era andato subito al sodo.

«Cosa avete lì dentro?» aveva chiesto il Gorelli indicando la valigia.

«Il mio pane», aveva risposto il Colluccello, melodrammatico. Quindi aveva aperto la valigia esibendo, in un brillio d'oro e d'argento, almeno un centinaio di orologi.

Amedeo s'era sentito padrone della situazione. E a un bivio. Poteva ricattare il Colluccello, farsi dare dieci, venti orologi quale prezzo del suo silenzio, e chiuderla lì.

Oppure...

Aveva scelto l'altra strada, proponendo al Colluccello di entrare in affari con lui. Gli aveva detto che avrebbero allargato il raggio d'azione, aumentato il volume degli affari grazie alla capillare conoscenza di un territorio che il Colluccello non aveva mai battuto. Addirittura aveva offerto la stalla del padre come rifugio per merci ingombranti o imbarazzanti.

«Oggi con gli orologi, domani chissà!» aveva esclamato il Gorelli.

Agostino Colluccello aveva accettato ed era uscito suo malgrado dalla società un anno più tardi quando, con la stessa tecnica della soffiata anonima che tante volte gli aveva garantito l'impunità, l'Amedeo l'aveva fatto arrestare dalle guardie di frontiera. Ormai non serviva più, era una palla al piede, un piccolo manovale del contrabbando incapace di pensare in grande, come invece Amedeo Gorelli aveva cominciato a fare.

73.

«C'è un lumacone in partenza da qui», disse il Nero, rivelando il contenuto della soffiata che gli aveva fatto il Gorelli.

Lo sguardo del Mannu incrociò quello del maresciallo. Al Maccadò scappò francamente da ridere.

«Ma via», esclamò, afferrando il cappotto e rimettendoselo in spalla, «non è mica la settimana grassa!»

Il Nero non mosse un muscolo.

Anche lui, sulle prime, aveva pensato che il Gorelli volesse fare il furbo. Così, tanto per mettere le cose in chiaro, gli aveva sparato uno sberlone che l'aveva sollevato dalla sedia. In lacrime l'Amedeo s'era prostrato ai suoi piedi: non aveva alcuna intenzione di prenderlo in giro. Nel gergo che lui e i suoi compari s'erano dati, lumacone, o lumagòt, come più spesso dicevano, indicava un carico importante, prezioso, che doveva passare il confine in un senso o nell'altro, a tutti i costi. Non contava quando e come. Non contava il tempo che ci sarebbe voluto. Contava il risultato, che il carico giungesse a destinazione. Da cui il nome in gergo, lumacone.

«Ah!» fece il Maccadò senza più sorriso sulle labbra.

Un carico di quel genere, proseguì il Nero, era sempre qualcosa di prezioso: documenti, oggetti. O persone! Nessuna ipotesi andava trascurata.

Quindi: «A voi risulta qualcosa?» chiese.

Movimenti sospetti, facce strane…

Il maresciallo scoccò uno sguardo al brigadiere Mannu.

«Per intanto...» fece questi.

«Eh, sono furbi!» commentò il Nero. «Bisogna saperci fare per beccarli!»

Fu il Maccadò a intervenire. Aveva notato infatti che la bocca del brigadiere, all'equivoca uscita del Nero, si stava per aprire: certamente ne sarebbe uscito qualcosa di spiacevole.

«L'appuntato Misfatti», buttò lì.

Il naso lungo in dotazione alla caserma, l'utile serva che raccattava chiacchiere e pettegolezzi...

«Ecco, forse lui...»

«E dov'è?» chiese il Nero.

Appunto, dov'era?, chiese il Maccadò.

Il brigadiere avrebbe voluto rispondere che da quando lui era in licenza l'appuntato se la pigliava comoda.

«Non può tardare», rispose evasivo il brigadiere.

«Tu intanto va'», disse il maresciallo.

«E qui in caserma?» chiese il Mannu.

Anziché rispondere il Maccadò lasciò andare un sospiro prepotente come una scuffia di vento: voleva dire che nel frattempo avrebbe tappato lui il buco.

«D'altronde la storia del Fiaccoletta conviene chiarirla alla svelta», commentò.

L'Os de Mort non era tipo che si potesse impastellare con qualche fregnaccia e non parlava a vanvera. Secondariamente c'erano di mezzo lavori, pubblici come i soldi che li finanziavano, ulteriore ragione per non prendere sotto gamba la cosa.

«La legge è legge», concluse il maresciallo guardando in tralice il Nero.

74.

«E non ammette ignoranza», aveva sentenziato l'avvocato Ariberto Stefanardi.

Lindo residuo dell'ormai tramontata belle époque, ottantenne, scapolo, una leggendaria fama di libertino sulle e alle spalle, apartitico, apolitico e aconfessionale, fedele unicamente alla cravatta alla Lavallière e all'ottantaduenne domestica Irma che governava la sua casa, lo Stefanardi non lavorava più da un pezzo ma non smetteva di dare consigli a chi glieli chiedeva ricorrendo a lui poiché, oltre all'esperienza, rilasciava consulenze gratuite.

Aveva fatto così il pavido orafo Pandolfi, andandolo a trovare la sera precedente. S'era presentato, tremolante come una gelatina, poco prima dell'ora di cena, pietendo un consiglio che lo togliesse dalle ambasce. Di giudici e tribunali il Pandolfi aveva un concetto infernale. E da quando il professor Cerretti gli aveva dato l'incarico di confezionare il collier per l'Olghina, l'orafo aveva cominciato a sentirsi i ceppi ai polsi e il conte di Montecristo l'aveva di già visitato più volte in sogno.

Sulla porta di casa la Irma gli aveva fatto notare che quella era l'ora meno adatta per disturbare l'avvocato. Il Pandolfi, allo stremo, le aveva detto che si trattava di questione di vita o di morte. La domestica, fattasi subito il segno della croce, era andata a riferire e lo Stefanardi, davanti a tanta riferita gravità, aveva dato udienza al Pandolfi, ascoltandolo pazientemente e spesso interrompendolo per chiedergli di ripetere, poiché l'orafo di tanto in tanto abbassava la voce come se temesse che qualcuno, oltre all'avvocato, potesse ascoltarlo.

Alla fine dell'esposizione, una mezz'ora secca, lo Stefanardi aveva espresso il suo parere.

«Certo», aveva detto, «ci sarebbe l'attenuante della buona fede.»

Ma bisognava capire a che punto fossero le indagini dei carabinieri. E se c'erano delle indagini. Quindi, in sostanza, se ci fosse reato.

L'orafo, a quel punto, aveva opposto una logica obiezione: «Se i carabinieri non ne sanno niente andarglielo a dire equivarrebbe ad autodenunciarmi!».

«Lapalissiano!» aveva confermato il vecchio avvocato.

Bisognava andarci coi piedi di piombo, indagare con sobrietà e senza fare nomi.

Lo sguardo implorante del Pandolfi era valso più di tante parole.

«D'accordo», aveva detto lo Stefanardi.

Ci avrebbe pensato lui, di tempo ne aveva. E solo dopo, con le idee un poco più chiare, si poteva decidere la linea di condotta, tenendo presente, appunto, che la legge non ammetteva ignoranze di alcun tipo.

75.

«Giusto voi, brigadiere!»

Efisio Mannu era appena uscito dalla caserma ma, anziché partire di volata verso l'osteria del Pellegrino, s'era fermato a scrutare di qua e di là nel caso apparisse l'appuntato Misfatti: gli avrebbe passato immediatamente il compito di salire a piedi sino a Lezzeno per interrogare il Fiaccoletta.

Era invece comparso l'avvocato Stefanardi, splendidamente vestito come suo solito, un'armonia di colori, dal marron del cappello al giallo delle scarpe, passando per il verde marcio del cappotto che ben s'intonava alla tersa giornata autunnale.

Conoscendo la logorrea dell'avvocato il brigadiere gli disse che andava di corsa.

«Dovrei parlarvi di cosa privata e urgentissima», ribatté lo Stefanardi insensibile alla fretta del Mannu.

«Qui, in mezzo alla strada?»

L'avvocato schiacciò gli occhi con un sorrisetto affabile.

«Non ho certo affermato che il nostro abboccamento debba avvenire qui, coram populo.»

«Ben questo volevo dire», fece il brigadiere.

«Possiamo parlare in caserma?»

Già quella breve schermaglia gli era costata cinque minuti, calcolò il Mannu.

«Perché non ne parlate col signor maresciallo?» chiese.

«Il maresciallo Maccadò?»

«Sì.»

«Ma...»

«In questo momento si trova nel suo ufficio.»

«Lo facevo in licenza a causa del lieto evento», si meravigliò lo Stefanardi.

«Vi assicuro che è lì, anche se informalmente.»

«Ma bene!» sbottò l'avvocato.

Pure il passo che stava per fare lui era informale, giusto una chiacchierata: niente di meglio che farla con un maresciallo che, pur presente, era come se non ci fosse.

«Caro brigadiere, arrivederci e grazie», salutò l'avvocato ripartendo col passo misurato del dandy e lasciandosi alle spalle, per quanto parve alle narici del brigadiere, un odore di caldarroste.

76.

Caro camerata.

Ancora!

Beppe Canizza aprì nervosamente la busta.

Ma che cazzo voleva, che cazzo aveva ancora da scrivere quel Bombelli?

Il segretario smadonnò, camminando in tondo nella barberia vuota di clienti.

Cosa voleva?

Facile immaginarlo.

Caro camerata, mi permetto di scriverti nuovamente per sollecitare una tua risposta circa la questione cui ti accennai...

«Accennai!?» si chiese ad alta voce il Canizza: quattro pagine fitte, mezza mattina per leggerle!

... nella precedente missiva. Numerose infatti sono allo stato le domande di assunzione giunte negli uffici dello scatolificio. Nessuna peraltro può vantare un curriculum eccellente come quello proposto da chi sai tu.

«Io non so niente!» esclamò il segretario rivolgendosi direttamente al foglio di carta che aveva in mano.

Se nel frattempo hai già inoltrato la relazione richiesta...

«Sì», fece il barbiere, «aspetta e spera!»

... ti prego di perdonare la mia insistenza giustificandola con la necessità di risolvere presto e bene una faccenda che, come avrai capito, mi sta molto a cuore.

«E della quale invece a me frega meno di un cazzo!» commentò il Canizza, appallottolando la lettera poco prima della chiusa con i prescritti saluti fascisti.

77.

Questione di un minuto, massimo due, e brigadiere e appuntato si sarebbero incrociati.

Quando il Misfatti spuntò da via Porta, reggendo nella destra una borsa della spesa, il Mannu era già nella Pradegiana e stava attaccando la salita che l'avrebbe condotto all'osteria del Fiaccoletta.

Incontro, comunque, ci fu. Tra l'avvocato però, ormai a pochi passi dalla caserma, e l'appuntato stesso cui lo Stefanardi, dopo un cortese saluto, chiese di adeguare il proprio passo al suo.

«Tanto», affermò, «abbiamo la stessa meta.»

«Venite in caserma?» s'incuriosì il Misfatti.

«Giustappunto», confermò l'avvocato.

«E qual buon vento?»

«Devo scambiare poche parole col signor maresciallo», spiegò lo Stefanardi.

Gli avesse detto che andava a denunciare un duplice omicidio il Misfatti ci sarebbe rimasto meno male.

«Ma...» stava per obiettare chiedendo lumi, quando:

«Alla buon'ora!» calò dall'alto la voce del Maccadò che, non sapendo più con quali argomenti intrattenere il Nero e nemmeno più sopportandone la funebre vista, s'era messo da qualche minuto alla finestra dell'ufficio dalla quale godeva un'ampia vista sul paese e soprattutto sulla sua casa alla Calchera.

Un piccolo miracolo di trasfigurazione si compì allora

sotto gli occhi dell'avvocato che, pur uso ai più stravaganti trasformismi, stentò a credere: sul viso del Misfatti, sino ad allora ilare, calò una colitica, dolente maschera. La mano sinistra dell'appuntato, quella libera dalla borsa della spesa, corse a protezione del basso ventre.

«Vivo per caso!» uggiolò entrando in caserma. Dopodiché impose ai presenti il fantasioso resoconto della notte appena trascorsa.

«In un andirivieni tra il cesso e il letto!» per evidente colpa di qualche cibo avariato che lui e la sua signora avevano incautamente consumato col che, aggiunse sollevando la borsa della spesa, quella mattina s'era dovuto piegare, oltre che a imperiose flatulenze, all'ingrato compito di provvedere lui stesso agli acquisti quotidiani in vece della sua signora, rinunciando forzatamente alla sua solita, impeccabile puntualità.

78.

«Allora maresciallo che ne dite?» chiese lo Stefanardi terminata l'esposizione del caso.

Esposizione impeccabile, forbita. Concepita nel ridondante stile aulico per il quale lo Stefanardi era diventato celebre presso il tribunale di Lecco e non solo quello. Ma, poiché il vecchio principe del foro non aveva voluto scoprire le carte, criptica. Tanto che il Maccadò non comprese un accidente.

«Direi che sarebbe meglio se scendeste tra noi mortali», rispose infatti. Parlare come mangiava.

Dando, specificò, nome e cognome agli attori del fatto che, sino ad allora, erano stati evocati con vaghe declinazioni.

Il primo, «un eccellente personaggio», e a seguire «l'eccellente personaggio di cui sopra».

Il secondo come «L'incauto acquirente».

La terza come «La supposta fraudolenta».

Che poi erano diventati «l'incauto e la supposta già citati».

Già che c'era, proseguì il maresciallo, gli avrebbe anche fatto un gran piacere se avesse dato corpo al «misterioso oggetto» al centro del presunto fatto criminoso.

«Così nessuno di noi due perderà ulteriore tempo», concluse il Maccadò.

Articolando la parola «tempo», il viso del maresciallo prese una piega amara, l'occhio gli scappò all'orologio:

l'ora della seconda poppata era ormai passata, addio. Sospirò, di concerto con l'avvocato che nel frattempo si era arreso alle richieste del carabiniere.

«In tutta confidenza», soffiò lo Stefanardi.

Il Maccadò allargò le braccia: un cristo in croce.

«Vi ascolto», disse. Non si poteva pretendere di più da un maresciallo fuori servizio.

In tutta confidenza i fatti si erano svolti così.

Giorni prima, presso l'oreficeria Pandolfi, mentre il titolare era assente, impegnato a riparare una pendola a casa dell'ingegner Scassacani, sostituito al banco dalla moglie Consolata che spesso affiancava il marito nella bottega e si sostituiva a lui quando era necessario, si era presentata la «supposta fraudolenta» nei panni di Anita Campesi, moglie del muratore Amilcare Campesi. La presenza in oreficeria di una nullatenente, quale la donna in oggetto, avrebbe dovuto, o potuto, mettere sull'avviso la Pandolfi. Ma lei, filantropa, anima candida al pari del marito, non aveva fatto domande se non quella, classica, che si rivolge a chiunque entri in un pubblico esercizio.

«Desiderate?»

La donna, a detta di Consolata, aveva dapprima esibito un certo impaccio: da attribuire probabilmente all'imbarazzo di trovarsi in un ambiente composto, raffinato e silenzioso, ben diverso da quelli che la poveretta era solita frequentare. Alla domanda la Campesi era dapprima arrossita violentemente poi aveva infilato una mano sota el scosà che indossava, tanto che sulle prime la signora Pandolfi aveva preso quel gesto per quello di chi cerca, per poi estrarla, una pistola. Invece la Campesi aveva ritirato la mano stretta a pugno, aveva teso il braccio verso di lei e poi, aprendo le dita con un gesto che alla sensibile Consolata aveva ricordato lo sbocciare di un fiore, aveva mostrato ciò che nascondeva: una moneta.

«Vorreste acquistarla?» aveva proposto di getto.

Professionale, l'orafa aveva preso un monocolo e per un lungo minuto aveva valutato la moneta: d'oro zecchino, antica, riportava certe scritte in latino e una data, millequattrocento e qualcosa. Ne aveva stimato il valore attorno alle 150 lire ed era stata tentata di offrire qualcosa di più, tanto era evidente che di quei soldi la donna aveva estremamente bisogno. Le aveva dato, infatti, ben 200 lire.

A sera Consolata aveva mostrato l'acquisto al marito e al Pandolfi era venuto un mezzo colpo. Trattavasi infatti di un ducato veneziano del doge Francesco Foscari. Quella notte, a causa dei pensieri, il Pandolfi non aveva chiuso occhio. Per qualche giorno aveva taciuto, macerandosi nelle speculazioni sul singolare caso. Poi si era deciso a parlarne con la moglie, soprattutto dopo la faccenda del collier. Domenica sera avevano entrambi deciso di rompere gli indugi.

«E si sono rivolti a me.»

«Fin qua ci siamo!» sbottò il maresciallo Maccadò interrompendo lo Stefanardi. Suonavano le dieci e trenta. Aveva rinunciato allo spettacolo della seconda poppata. Ma nulla gli impediva di verificare, telefonando, che tutto fosse filato per il meglio.

«Permettete un solo istante», si scusò con l'avvocato.

E sollevò la cornetta nel momento in cui il Resegacci del Cavallino la deponeva.

79.

L'aveva deposta con garbo. Con uno di quei gesti molli che ricordavano la crema pasticciera, grazie ai quali il Resegacci s'era meritato il soprannome di Pancotto.

Poi però se l'era presa coi santi e anche coi morti, considerato il mese.

Proprio quella notte gli doveva arrivare un lumagòt?

«Va bene», aveva detto.

Altro non poteva fare o dire.

Gli ordini non si discutono. Ciascuno doveva fare la propria parte. E lui, oltre a quella che gli competeva, doveva fare i conti con quel mal di testa che gli era capitato in albergo la sera precedente.

Un bel problema, del quale lui solo doveva trovare la soluzione.

In fretta, tra l'altro: c'era poco da riflettere. Non c'erano alternative o tempo da sprecare.

Se l'ospite se ne fosse andato per conto suo in giornata, prima della consegna, buon per tutti e due. Se no, in un modo o nell'altro, avrebbe dovuto sistemarlo. Il lumagòt aveva la precedenza assoluta: in qualunque cosa o persona consistesse, non si poteva rischiare il fallimento, la ditta garantiva la consegna, quindi... quindi era meglio che si preparasse all'evenienza di doversi liberare dell'importuno.

Sbuffò, il Resegacci, nervoso.

Un passo alla volta, si disse.

Prima di tutto: dove diavolo aveva messo quell'appunto?

80.

Il piccolo aveva bevuto a sazietà, poi fatto il ruttino.

"Molto bene", pensò il maresciallo Maccadò tornando poi a rivolgersi allo Stefanardi.

«Manca un nome», disse riferendosi all'eccellente personaggio.

«Lo so», confessò l'avvocato.

«Ditelo, quindi», fece il maresciallo.

Lo Stefanardi guardò da sotto in su il carabiniere, sorta di avviso a tenersi forte.

«Lo dico ma è come se non lo facessi», avvisò prima di rivelarlo, in un soffio. Soffio che provocò una smorfia di disappunto sul viso del maresciallo perché tra tutti gli eccellenti personaggi, veri o presunti, che il paese poteva vantare, dal podestà Bonaccorsi al prevosto don Boldoni, al dottor Lesti, al notaio Anfuso, al direttore didattico Percalli, al segretario comunale Antonino Carrè, al direttore del cotonificio ingegner Menaballi, il nome che il Maccadò avrebbe volentieri fatto a meno di sentire era proprio quello del professor Cerretti.

Il primo pensiero che ebbe dopo la rivelazione fu che l'eccellenza del personaggio gli avrebbe negato la vista anche della terza poppata. Tenne per sé il sospetto.

«E come sarebbe coinvolto il professore?» chiese invece.

Abile, meditò lo Stefanardi. Ma lui era avvocato, mica un cucù qualunque: vedeva le trappole delle parole e sapeva tenersene alla larga.

«Non lo so, non ho affermato che c'entri», rispose.

Ribadì che era lì solo per riferire un fatto: cioè, tanto per chiudere il resoconto, che il professore in persona circa una settimana prima era entrato nell'oreficeria del Pandolfi per ordinare all'artigiano di confezionare un collier con una moneta d'oro simile a quella che sua moglie aveva acquistato dalla Campesi. Da quel momento l'orafo aveva perduto la pace interiore, un timore gli si era insinuato nell'animo.

«Quale timore?» chiese il Maccadò.

«Ma come quale, maresciallo!?» sbottò l'avvocato, le rughe della fronte spianate.

Il timore che la moneta acquistata dalla moglie del muratore fosse di provenienza furtiva! E che lui, benché incauto acquirente, fosse incorso nel reato di ricettazione!

«Vi sarà noto», spiegò l'avvocato, «che mesi fa il Campesi ha preso parte, quale dipendente avventizio dell'impresa edile Cerevelli, alla ristrutturazione della palazzina del professore.»

«L'occasione fa l'uomo ladro», aggiunse lo Stefanardi, «non tocca a me insegnarvelo, maresciallo!»

E le due monete, a detta dell'orafo, erano simili: d'oro zecchino entrambe, preziose, appartenenti, anno più anno meno, alla stessa epoca. Potevano essere pezzi di una stessa collezione.

«Che non mi sembra proprio poter provenire dalla casa di un muratore.»

Quindi, tanto per chiudere la chiacchierata, i due Pandolfi s'erano decisi per l'azione e, nella veste del titolare del negozio, rivolti a lui per averne consiglio.

«Ottenendo da me un patrocinio informale», puntualizzò lo Stefanardi, «e la promessa di un amicale abboccamento per cercare di capire a che punto stanno le cose.»

"Quindi c'erano in ballo due monete, non una", rifletté il maresciallo. "Poteva essere una coincidenza!"

«Veramente...» bofonchiò tanto per dire qualcosa.

«Lo so, lo so», interloquì l'avvocato.

Sapeva che, a causa del fausto evento, per il quale si permetteva di porgere le più sincere congratulazioni a lui e signora, il maresciallo stava godendo un periodo di più che meritata licenza.

Ma forse qualcuno dei suoi validissimi collaboratori stava già lavorando attorno al caso, se caso c'era!

«Affinché la giustizia trionfi e i poveri Pandolfi ritrovino la tranquillità perduta!» esclamò con enfasi l'avvocato.

Insomma, c'era ricettazione oppure si era di fronte a un pietoso atto di umanità compiuto in perfetta buona fede?

Le cose cambiavano, osservò ancora lo Stefanardi, secondo come e chi le guardava.

81.

Non sempre.

Il Fiaccoletta, per esempio: era nato candela e candela sarebbe morto.

Alla quarta negazione: «Avete subito minacce recentemente?».

«No.»

«Avete avuto a che fare con individui rissosi, violenti o che in qualche modo abbiano turbato l'ordine del vostro esercizio?»

«No.»

«Avete visto di recente i badilanti Amilcare Campesi, Lupo Sandionigi, Genesio Maccetti detto Stortòn?»

«No.»

«Siete certo di non avere crediti nei confronti dei testé nominati?»

«Sì! No!»

«Sì o no?»

«Sì, sono sicuro che no!, non ho alcun credito con coloro che avete appena nominato.»

Il brigadiere Mannu s'era lasciato cadere le braccia lungo i fianchi. «Allora arrivederci e grazie», aveva detto. E s'era avviato lungo la mulattiera che da Lezzeno scendeva verso Bellano per fare rientro in caserma dove all'appuntato Misfatti stava venendo un filo, vero, di mal di pancia.

82.

Poco prima di chiudersi nel suo ufficio con l'avvocato Stefanardi, il maresciallo gli aveva affidato il Nero.

«Occupatevi di quest'uomo», gli aveva detto.

Un maresciallo in licenza poteva dare ordini?

In ogni caso aveva ubbidito e aveva ascoltato le richieste di quel menatorrone vestito di nero che non aveva nemmeno avuto la buona creanza di presentarsi.

Domande, invece.

Se aveva notato facce sospette, se aveva notizie di movimenti altrettanto sospetti, se sapeva chi eventualmente potesse ospitare e nascondere individui sospetti, se sospettava qualcuno di attività ostili al regime, se tali sospetti fossero ancora allo stato di sospetto puro o non già supportati da prove concrete, se l'eventuale sospettato avesse un nome e un cognome e fosse già nel mirino dei controlli da parte di loro carabinieri...

No, no e no, non aveva potuto fare altro che rispondere l'appuntato Misfatti. Sentendosi però, via via che quello snocciolava il suo rosario sospettoso, sempre meno carabiniere e sempre più delinquente, mercé gli occhi neri dell'inquisitore, il cui sguardo sembrava volergli perforare l'osso cranico per arrivare nel punto esatto dove si nascondeva la verità. Così che a un certo punto una strizzettina dolorosa al basso ventre l'aveva avvisato che stava per giungere l'ora di una visita al cesso.

«Sentite», aveva allora proposto interrompendo il Nero, «signor...»

Niente da fare.

«Sì?» aveva semplicemente detto.

L'appuntato gli aveva spiegato quale fosse il suo compito in caserma: le informazioni.

«Se volete quindi vi posso mostrare le copie delle stesse, quelle che riguardano l'ultimo mese.»

Il Nero aveva fatto un cenno di assenso.

«Vado a prenderle», aveva gioito l'appuntato. Senza aggiungere che, prima di ogni altra cosa, si sarebbe chiuso per una decina di minuti nel cessetto della caserma, lontano dallo sguardo cupo di quel lavativo – o lassativo? – tutto vestito di nero.

83.

Mulattiera del cazzo, tappezzata di foglie di castagno marce e ricci macerati dall'umidità. Infida, scivolosa. Con le scarpe che aveva ai piedi, il brigadiere Mannu rischiava di andare col culo per terra ogni due per tre.

Non poté fare altro che scendere con ridicoli passettini da fighetta sperando che nessuno lo notasse, poiché si rendeva conto che, così, faceva né più né meno la figura di una macchietta buona per la filodrammatica. Soprattutto lo preoccupava il pensiero che il maresciallo sospettasse che se la stesse prendendo comoda, come invece, al Nero, suggerì di fare l'appuntato Misfatti dopo avergli messo sotto il naso la pila delle informative più recenti. Della colica non c'era più traccia tra le pieghe del suo intestino: gli era bastato starsene chiuso una decina di minuti nel cesso, guardando dalla finestrella il movimento in piazza Grossi per smorzare l'onda del dolore e soprattutto guadagnare il diritto a passare la rogna. Erano ormai le dieci e trenta passate infatti, ora in cui, d'ordine, gli toccava andare alle Regie Poste per ritirare la corrispondenza della stazione.

Per cui: «Fate pure con comodo», aveva detto al Nero.

E se avesse avuto bisogno di qualcosa, si rivolgesse al carabiniere Cassamagna, da poco rientrato in caserma.

84.

Eccolo, trovato!

Il Resegacci tirò un bel sospiro, il primo passo era compiuto. Si asciugò il sudore dalla fronte, perché aveva temuto di averlo perduto.

Invece, per fortuna, c'era.

Dispiegò, sotto gli occhi famelici, con quelle sue belle dita tonde, luganeghette, il famoso foglietto.

Acqua di Sedlitz.
Sale inglese.
Soluzione di Debouve e Gourin.

«Perfetto», mormorò.

Come diavolo si potessero tenere a mente quei nomi era un mistero. Ma mica era tenuto a farlo. Si fece un caffè col quale brindò al ritrovamento.

Poi si mise in tasca l'appunto e uscì.

85.

«Uscito», rispose il carabiniere Cassamagna alla domanda del maresciallo.

L'appuntato Misfatti era uscito per recarsi alle Regie Poste e poi anche in municipio dove aveva detto lo attendevano faccende da sbrigare senza peraltro specificare in cosa consistessero.

«Il brigadiere?»

Il brigadiere non era ancora tornato.

Il Maccadò guardò l'orologio, le undici erano passate da pochi minuti.

«E... quello?» chiese ancora.

«Quello nero?» rimandò il Cassamagna.

«Proprio.»

Quello nero, chiuso nell'ufficio del signor brigadiere, stava compulsando carte, le famose informative.

86.

Informativa del 7 ottobre 1930 avente oggetto l'infortunio sul lavoro occorso a De Magnani Ernesto.

Il De Magnani, uomo sobrio e di cui mai la locale stazione si è dovuta occupare salendo su un ponteggio cadeva al suolo per il cedere di un asse. Non si poteva ascrivere all'incuria della ditta o degli operai il cedimento di detto asse.

Informativa del 13 ottobre 1930, avente oggetto una richiesta della ditta Codego di Verolanuova relativa all'ordine di un ingente quantitativo di piastrelle per pavimenti effettuato presso la bellanese Bignami & fratelli.

La ditta bellanese Bignami & fratelli, produttrice di piastrelle per pavimenti, è azienda economicamente solida ma soggetta ai variabili umori dei soci, fratelli, i quali spesso litigano tra di loro, mettendo a dura prova la pazienza di clienti e fornitori.

Informativa del 15 ottobre 1930 avente oggetto Panbianchi Sergio, Eccelsi Leonardo e Didionigi Luca in relazione alla domanda presentata dai nominati per essere assunti dalle Ferrovie dello Stato.

Nulla da eccepire circa l'affidabilità e la moralità di Eccelsi Leonardo e Panbianchi Sergio. Circa il Didionigi si osserva che la di lui madre, concepitolo nel 1908 senza aver contratto regolare matrimonio, lo affidava poi alle cure delle suore del Brefotrofio della Divina Bontà in località Tresenda, provincia di Sondrio, per riprenderlo due anni più tardi e ritornarlo nuovamente alle stesse suore dopo un anno di convivenza. Dal palleggio il Didionigi aveva ricavato una certa quale instabilità di carattere che lo rendeva individuo propenso a sconforti o accessi d'ira.

Informativa…

87.

«Acqua di Sedlitz», ordinò il Resegacci.

Il farmacista Previtali, che aveva un viso simile a quello di un Galeno il cui calco in gesso campeggiava cupamente dalla parete di sinistra della farmacia per chi entrava, non si scompose.

«Per un clistere derivativo», chiese, «oppure in polvere?»

Il Resegacci ebbe un attimo di indecisione. Non sapeva cosa rispondere. Sparò a caso.

«Polvere.»

«Fanno...»

«Del sale inglese», proseguì imperterrito il Resegacci.

«Sciolto o in buste?»

«Le buste da quanto sono?»

«Dieci grammi e...»

Il Previtali, didattico, avrebbe voluto spiegare che una busta sarebbe bastata per tirare a pomice un uomo di ottanta chilogrammi, ma il Resegacci non glielo consentì.

«Due buste», comandò.

«Basta così?» chiese lo speziale.

«No.»

«No?»

«Vorrei anche una soluzione di Debouve e Gourin.»

Il Previtali si fece smorto. Non erano affari suoi, ma con tutta quella roba...

«Avete dei cavalli?» chiese, non resistendo alla curiosità e subito scusandosi per l'incauta intrusione negli affari privati di un cliente.

«No», rispose comunque e lietamente il Resegacci.

Allora doveva sgorgare una tubatura intasata, rifletté il farmacista.

Ma tenne per sé il pensiero.

88.

Informativa del 24 ottobre 1930.

La confetteria Viglienghi di Lecco chiedeva lumi su Scazzotti Maria necessitando di assumere una commessa ed essendosi lei offerta.

Il Misfatti rispondeva che della moralità della Scazzotti non ci si poteva fare garanti essendo noto che la stessa, non più tardi di sei mesi prima, si era offerta a Reginaldo Parperi, proprietario della casa di tolleranza sita in Lecco in via dell'Isola numero 14, quale prestatrice d'opera e rifiutata dallo stesso Parperi poiché proveniente da Bellano, paese in cui anch'egli era nato.

Informativa del 31 ottobre 1930 riguardante Libero Vergottini.

Nessuno aveva chiesto informazioni circa il soggetto ma l'appuntato Misfatti si faceva un dovere di informare la tenenza di Lecco che il Vergottini, socialista dichiarato, già noto per azioni di disfattismo e dissidenza, era il principale sospettato quale autore di una scritta in calce comparsa sul lungolago Tommaso Grossi tre giorni prima e che recitava «Crapa pelada piazza di piocc», nella quale tutti i maggiorenti del paese avevano ravvisato, deplorandola, una precisa intenzione di svillaneggiare Sua Eccellenza il Presidente del Consiglio Benito Mussolini.

Finito di leggere quest'ultima il Nero sbuffò.

Non era quella la strada giusta. Bisognava, pensò, che prendesse in mano lui la situazione, coordinasse lui le indagini. Se, insomma, in quel paese si nascondeva un carognone, solo lui poteva snidarlo, non certo quei tre carabinieri che si occupavano di piastrelle, orfani e potenziali troie. Immaginò come, immersi in quella miseranda routine, si fosse ammosciato il loro istinto indagatore. Gli potevano essere utili però, a patto che si lasciassero guidare dalla sua esperienza.

«Carabiniere!» gridò.

Il Cassamagna, che per non perdere l'attimo si era prudentemente appostato appena fuori dalla porta, scattò.

«Comandi!»

«Dite al signor maresciallo che ho necessità di parlargli.»

89.

Proprio quando aveva cominciato a sentirsi sicuro il brigadiere Mannu era scivolato. Mancavano una decina di passi alla fine di quella mulattiera del cazzo, la scalinata che dall'ingresso basso del cimitero portava in piazza della chiesa era già in vista.

Un attimo di distrazione e, via!, il piede sinistro era scivolato su un ciottolo, il Mannu aveva perduto l'equilibrio ed era caduto all'indietro, atterrando prima col sedere e poi con la schiena. Prima di alzarsi s'era guardato in giro per assicurarsi che nessuno avesse assistito al volo. Quindi aveva ripreso la strada restaurando l'andatura da fighetta, un passettino dopo l'altro sino a quando era sbucato in piazza della chiesa dove aveva finalmente potuto riprendere un'andatura normale.

Qualcosa però non andava. Fu lo scaccino Bigè a insinuargli il dubbio. Lo incrociò, si salutarono senza fermarsi ma, fatti due passi, il Mannu ebbe la sensazione che quello gli avesse piantato lo sguardo sulla schiena. Pure passando davanti al forno del Panozzi, in piazza santa Marta, il brigadiere ebbe la netta impressione che due donne, intente a ciacolare sulla soglia della bottega, gli guardassero la schiena. Infine quando, a metà via Cavour, due bambini risero al suo passaggio, il brigadiere decise che gli ci voleva uno specchio per guardarsi dietro.

La barberia del Canizza era lì, sottomano. Controllò da fuori, era vuota.

Entrò.

"Era ora", mormorò il Canizza.

Era ora che il brigadiere gli spiegasse per bene la manfrina della sera prima.

Gli si fece incontro.

«Venite avanti tranquillo», disse, «non c'è nessuno.»

«Ho bisogno di uno specchio», non perse tempo il Mannu.

Dapprima per vedere e poi per togliere un'enorme foglia di fico che gli si era appiccicata e modellata sul didietro: tanto bene che a guardarla di fretta sembrava che lui se ne andasse in giro con le chiappe all'aria.

«Tenete», disse il brigadiere allungandola al Canizza.

«Ma...»

«Buttatela via.»

«Veramente...» interloquì il barbiere.

«Scusate ma ho molta fretta», troncò il Mannu.

Tanta, davvero, al pensiero che il signor maresciallo non vedeva l'ora di tornarsene a casa.

90.

Non la vedeva, infatti.

Non vedeva più l'ora.

Lontani lontani gli sembravano la casa, il neonato, le poppate.

Irraggiungibili ormai, da quando, dopo aver incassato le confidenze dell'avvocato Stefanardi, aveva dovuto far fronte alla perentoria richiesta del Nero.

«Ho bisogno di tutti gli uomini che potete mettermi a disposizione!»

«Tutti gli uomini siamo quattro», aveva risposto il Maccadò venendo meno alle regole del buon italiano. «Di cui uno è in licenza», aveva anche postillato parlando di sé come di un altro.

«Lo si può sempre richiamare», aveva suggerito il Nero: urgenti motivi di servizio!

«E già», s'era afflosciato il maresciallo.

Ma a cosa diavolo gli servivano?

Era stato lì lì per chiederlo, vinto dall'ineluttabilità del suo destino, quando il brigadiere Mannu aveva suonato annunciando il suo ritorno.

Ormai erano le undici e trenta.

91.

Tutto pronto, gli acquisti appena effettuati in farmacia disposti con ordine sul tavolo della cucina: il Resegacci si fregò le mani dopo aver ripassato il piano. Per scrupolo aveva anche dato libertà al cuoco il quale, giovane e con una nuova morosa piuttosto viscolina, avrebbe voluto abbracciare il suo datore di lavoro per il regalo.

«Oggi cucino io», aveva detto l'albergatore che in verità ai fornelli se la cavava piuttosto bene.

Tanto, per il lavoro che ci sarebbe stato...

«A domani», aveva salutato.

Poi aveva guardato l'orologio.

Uèla, le undici e trenta!

92.

Pure Lidio Cerevelli aveva chiesto l'ora.

«Ci vuole ancora molto?» gridò poi.

Gridò, anche se il capomastro cui aveva rivolto la domanda era di fronte a lui, quasi sull'attenti davanti al tavolaccio nella baracca di quattro pali e tetto in lamiera che ospitava una specie di ufficio di direzione dei lavori. Gridò per vincere le voci, le grida, i rumori di mazze, picconi e badili che riempivano l'aria. Ma anche per dare sfogo alla tensione che col passare delle ore aveva sentito montare dentro di sé.

«Ci siamo, quasi», ruggì il capomastro.

«Come quasi?»

Il capomastro lo invitò a fidarsi: entro sera il muro, intercapedine compresa, sarebbe stato completato.

«Speriamo», esalò l'Os de Mort che era lì sin dalla mattina.

Nonostante avesse parlato sottovoce, lo sentirono bene sia il capomastro sia il Cerevelli. Un alito di carogna si diffuse nella baracca.

«Avete dei dubbi?» chiese il capomastro.

«Sì», dichiarò l'assistente contrario.

Gli pareva che la base andasse rinforzata di più. E, anche, che andasse fatta più larga per sostenere la pressione di una colonna di dieci metri di cemento. Il capomastro non replicò, né lo fece il Cerevelli: scrupoloso o carogna che fosse, l'Os de Mort non ci avrebbe pensato più di tanto a chiedere la sospensione dei lavori e una perizia suppletiva.

Il Cerevelli ragionò alla velocità della luce.

«Facciamo come dice lui», ordinò poi. «Rinforziamo!»

93.

Il brigadiere Mannu si presentò al maresciallo con un viso da santo bastonato.

Si scusava, disse, per aver impiegato così tanto tempo tra andare e venire. Inutilmente tra l'altro, perché il Fiaccoletta aveva negato ogni cosa.

«Quindi...» tentò di concludere il Mannu allargando le braccia.

«Quindi niente», tagliò corto il Maccadò.

Caso chiuso, pratica archiviata, fuori uno!

«E avanti un altro!» disse con sofferenza.

«Sarebbe a dire?» chiese il brigadiere.

«Abbi pazienza un minuto», lo invitò il superiore. «Avvocato Stefanardi? Prego.»

L'avvocato era lì, seduto nell'ufficio del maresciallo. Si riscosse da un'immobilità contemplativa che gli aveva disegnato sul volto un ineffabile sorriso. Tossicchiò e senza alzarsi dalla sedia riassunse brillantemente i fatti.

«Ci preme quindi sapere se abbiamo ricevuto denunce da parte del professore», concluse il Maccadò.

Il nome preferiva evitare di pronunciarlo, scaramanzia.

«Denunce di furto, naturalmente», precisò lo Stefanardi.

«No», replicò subito il brigadiere.

Un sorriso paradisiaco comparve sul volto del Maccadò. Lo sguardo filò immediatamente al suo cappottone. Fece un passo verso l'appendiabiti.

«Però...» buttò lì il Mannu.

Il maresciallo bloccò la marcia di avvicinamento. Il Mannu lo guardò, si strinse nelle spalle: glielo avrebbe detto prima se non fosse stato interrotto dall'arrivo dell'Os de Mort. L'avvocato piegò la testa di lato, come invitando il brigadiere a concludere la frase.

C'era una cosa che, spiegò il Mannu, sia il signor maresciallo sia il signor avvocato era utile sapessero.

Un passo indietro, il Maccadò tornò alla sedia.

«Cioè?»

Aveva l'ugola stretta.

«Che le monete in questione sono cinque», comunicò il brigadiere.

Il maresciallo sedette, lo Stefanardi sgranò gli occhi.

«Cinque?» sbottò. «La faccenda si complica.»

«Come cinque?» si aggregò il maresciallo, la voce un soffio.

«Cinque in partenza. Adesso tre», disse il brigadiere.

Sul viso del maresciallo calò l'inverno. L'avvocato invece ringiovanì.

«E come sarebbe?» chiese.

Il brigadiere sollevò la mano destra con le dita ben staccate una dall'altra.

Cinque erano quelle che il muratore Campesi aveva portato in casa prendendole chissà dove.

Meno una, e nascose il pollice, quella che s'era incastrata nella gola del ragazzo.

Meno un'altra, e abbassò l'indice, quella che la moglie del muratore aveva venduto ai Pandolfi.

«Per un totale residuo, appunto, di tre», finì di conteggiare.

94.

«E adesso?» uscì dalla gola del maresciallo, un groppo unico per il resto.

«Denunce non ce n'è, lo ribadisco», andò in suo soccorso il Mannu.

«Però...» interloquì lo Stefanardi.

«Avvocato, scusate», fece ancora il brigadiere.

Gli sembrava importante, continuò, quasi decisivo osservare che, oltre al fatto che non ci fossero denunce...

«Potrebbe anche non averla fatta. O non ancora», osservò l'avvocato. «Si sa com'è fatto il professore... A volte preferisce risolvere le cose da sé.»

«D'accordo», disse il Mannu sospirando.

Ma poteva anche darsi che non ci fossero denunce perché non c'era furto!

Insomma, si spiegò il brigadiere, se il professore era un collezionista una volta operato il ragazzo e trovatasi per mano quella moneta l'avrebbe riconosciuta se fosse stata sua.

«O no?»

«Lo ammetto», rispose l'avvocato.

«Quindi possiamo con tutta ragione ritenere che non ci sia alcun fatto delittuoso su cui indagare», concluse il brigadiere.

Il Maccadò, che aveva seguito il colloquio come se fosse a bordo di un ring, guardò riconoscente il brigadiere.

"Bravo!" pensò. Gli aveva sistemato l'avvocato.

Sembrava, invece.

Perché subito dopo lo Stefanardi emise un singolare sbuffo dal naso: segno che, se anche era finito al tappeto, stava comunque rialzandosi.

«Tuttavia...» rilanciò infatti.

Nonostante non potesse che concordare col limpido ragionamento del signor brigadiere...

Il Maccadò strinse gli occhi, quelle che uscivano dalla bocca dello Stefanardi non erano parole, vaselina pura piuttosto.

... non poteva dimenticare di essere avvocato.

Lui avvocato, e loro carabinieri.

«E allora?» chiese il Mannu.

E allora, proseguì l'avvocato, se la sentivano in tutta coscienza di trascurare una formale dichiarazione?

«Scusate, avvocato», prese la parola il maresciallo, «ma di quale formale dichiarazione state parlando?»

Ma di quella, rispose lo Stefanardi, che avrebbe rilasciato di lì a un minuto a tutela dei Pandolfi nella quale si preparava a mettere nero su bianco quanto già detto a voce poco prima e che sarebbe divenuta il primo atto ufficiale di quella vicenda oscura.

«Se non c'è delitto meglio per tutti», affermò l'avvocato.

Ma se c'era, prima o poi sarebbe saltato fuori e allora l'onestà di comportamento dei due orafi non avrebbe potuto essere messa in dubbio.

«Limpidi nell'agire», sentenziò lo Stefanardi.

Perché, aggiunse, cinque monete d'oro nel patrimonio personale di un poveraccio quale il Campesi non riusciva a immaginarle.

Ma non toccava a lui scoprire da dove provenissero.

95.

«Vero», ammise il brigadiere Mannu.

Ma dopo, quando lo Stefanardi, con passo frusciante, se n'era già andato. E a quattr'occhi col maresciallo, che faceva tenerezza quanto il suo cappottone afflosciato sulla sedia.

Fu guardando quello e non il superiore che il Mannu, in qualità di facente funzione di comandante, si permise di riassumere la situazione.

Che, punto primo, lui carabiniere, in quanto tale, non poteva fare lo struzzo e fingere di non sapere. Ma, punto secondo, gli pareva che per non schiacciare calli sarebbe stato meglio prendere la faccenda un po' alla larga. Quindi, punto terzo, la prima cosa da fare sarebbe stata appurare dove il muratore aveva preso quelle monete. Però, punto quarto, gli sembrava opportuno non allarmare il muratore stesso dandogli l'agio di inventarsi balle depistanti. Allo scopo, punto quinto, suggeriva di sentire il suo, pur occasionale, datore di lavoro, geometra Lidio Cerevelli, noto frequentatore della casa del Cerretti, per sapere se il professore avesse una collezione di monete e se il Campesi avesse mai avuto occasione di arrivarle a tiro. In caso, punto sesto, di risposta affermativa si poteva procedere alla convocazione del muratore e relativa strizzatura.

Derivava, punto settimo, da quanto sopra, la necessità di mandare qualcuno a Ombriaco per chiedere al Cerevelli di scendere in caserma.

E gli sembrava, concluse, punto ottavo, che quella missione spettasse all'appuntato, ormai tornato dalle Regie Poste, visto che lui era appena rientrato e non aveva nessuna voglia di rimettere a rischio le ossa su quella mulattiera del cazzo.

Dopodiché, nono e ultimo punto, il signor maresciallo era libero di tornare alla propria casa e ai propri affetti.

«E il Nero?» sbottò il Maccadò.

E già, il Nero.

96.

Brigolava, il Nero, aveva già il piano bello e pronto. Puntuale, preciso, infallibile. Che avrebbe lasciato a bocca aperta quei carabinieri cacciatori di piastrelle e zoccole.

Punto primo, anche lui: innanzitutto richiamare dalla licenza quello che mancava.

«Lasciate stare», rispose il Maccadò affranto, «già fatto.»

«Bene.»

Perché aveva bisogno di tutti gli uomini della caserma...

«Per farne che?» si intromise il Mannu.

Smorto, il Nero lo guardò.

Punto secondo.

«Presidiare il paese», telegrafò.

«In quattro?» schizzò fuori dalla bocca del maresciallo, cinque con lui?

Sul viso del Nero si dipinse un sorriso d'astuzia: era ovvio che avesse sottomano la soluzione. C'era anche un punto terzo, ma non aveva intenzione di rivelarlo subito.

«Mi servirà una mappa», comunicò per tutta risposta.

Il carabiniere Cassamagna bussò in quel momento.

«Che sia già arrivata?» scherzò mica tanto sottovoce il Mannu.

«Scusate, maresciallo...» disse il Cassamagna.

«Che c'è?»

Se non c'erano contrordini, lui andava a preparare, ormai era mezzogiorno.

«Per tre, quattro o cinque?» si informò.
Il Maccadò era allo stremo.
«Per quanti vuoi», disse in un soffio.

97.

L'Os de Mort si defilò per lasciare campo libero all'appuntato Misfatti, posizionandosi una decina di metri fuori dalla baracca.

Sentiva niente, ma non gli importava.

Conosceva già il motivo della presenza del carabiniere.

Gli bastava guardare per averne conferma: il Cerevelli aveva osato sfidarlo ed eccolo servito!

L'appuntato Misfatti che parlava col sedicente geometra, certamente per chiedergli di indicargli i tre rei, Genesio Maccetti, Lupo Sandionigi, Amilcare Campesi, onde tradurli in caserma.

E il Cerevelli che si metteva le mani nei capelli, indicava con un ampio gesto del braccio il cantiere e rispondeva concitato, sicuramente cercando di muovere a compassione l'appuntato, dicendo che in un momento come quello non poteva privarsi nemmeno di un uomo.

Quindi il Misfatti che rispondeva, senza parole però, semplicemente allargando le braccia, la legge è legge, gli ordini non si discutono.

E le altre braccia, quelle del Cerevelli che cadevano lungo i fianchi.

Una catacombale euforia invase l'animo dell'Os de Mort quando vide i due guardarsi in viso per qualche istante senza parlare e poi il Cerevelli chiamare il capomastro, dirgli qualcosa e poi...

E poi qualcosa non quadrò.

Fu quando, partito il capomastro, il Misfatti fece un gesto con la mano al Cerevelli, un servizievole "dopo di voi", e questi si avviò in compagnia dell'appuntato.

98.

Il Resegacci si sentiva come un pistolero prima di un duello, teso al punto giusto e pronto a entrare in azione.

Aveva già acceso il fuoco per metter su un risottino alla sua maniera, invenzione sua, risotto del laghèe. Poi un paio di lavarelli burro e salvia.

Prendere o lasciare, il menu era quello.

99.

Pasta e fagioli. Non c'era altro. Un avanzo oltretutto. Discretamente abbondante, ma...

Il carabiniere Cassamagna non era certo che sarebbe bastato per quattro o addirittura cinque persone.

Guardò la pentola dove giaceva sconsolato, quasi presentisse di non riuscire a soddisfare l'appetito dei commensali, l'avanzo freddo della pasta e fagioli.

Il modo per rimediare c'era. Trucchetto, furbizia da oste. Che aveva imparato negli anni in cui, in quel di Rivanazzano, prima di farsi carabiniere aveva lavorato presso la trattoria della Rana Felice, aiuto cuoco. Minestroni, zuppe e consommé erano sempre pronti, poiché il proprietario, secondo la necessità, comandava di diluirli con acqua di fonte. È vero che alla fine del giochetto venivano servite sciacquature scipite, ma, se qualcuno se ne lamentava, l'oste padrone non faceva che incolpare lui, gratificandolo di calci in culo davanti alla clientela, per dimostrare la serietà della sua gestione. Era stata anche quell'umiliazione a fargli scegliere l'Arma. Tuttavia adesso quell'esperienza tornava utile.

Aggiunse quindi cinque, sei mestoli d'acqua all'appiccicoso ammasso, spruzzò una generosa manciata di sale e mise a scaldare a fuoco lento.

Così, ragionò il Cassamagna, se non gli stomaci avrebbe almeno avuto di che riempire i piatti. Pure nel caso si fosse aggiunto alla compagnia l'appuntato Misfatti e magari, perché no?, anche il geometra Cerevelli che era appena giunto in caserma scrollando la testa perché non capiva.

100.

Non capiva il motivo della convocazione in caserma, l'appuntato Misfatti non era stato in grado di chiarirglielo nonostante glielo avesse chiesto più volte adeguandosi al passo da turista del Misfatti, mentre lui avrebbe voluto scendere dalla mulattiera come se sciasse.

«E proprio in un momento critico per i lavori», sparò d'un fiato al Maccadò non appena gli fu davanti.

Alla parola «critico» il Nero, che all'ingresso del Cerevelli s'era avvicinato alla finestra e s'era messo a scrutare con intenzione il panorama, si girò.

«La mappa!»

«Datemi un minuto», disse il maresciallo a Lidio.

Ce ne vollero quasi cinque per trovarla. Nel terzo cassetto di sinistra della scrivania. In verità un po' incartapecorita, giallastra.

«È tutto quello che abbiamo», disse il Maccadò tendendola al Nero che la afferrò con due mani.

Il Maccadò tornò a rivolgersi al Cerevelli.

Aveva una sola domanda da fargli.

«Dite.»

Il Maccadò fece per parlare. Qualcosa lo bloccò, annusò l'aria.

«Pasta e fagioli», spiegò il brigadiere.

Sulla fronte del Nero comparvero rughe: ben altro bolliva in pentola, e quelli pensavano a mangiare?

D'impeto uscì dall'ufficio per dare immediatamente avvio al punto terzo del suo piano.

101.

«Mangiare?» chiese il Resegacci incredulo.

Ma se sembravano sull'orlo della tomba!

Lui tremolante come una gelatina, lei invece ferma, fin troppo, rigida, come fosse caricata a molla. Pallidi e magri entrambi, li circondava un odore di vecchio armadio.

Erano entrati al Cavallino quando mancavano pochi minuti a mezzogiorno. Sentendo il campanello dell'ingresso, il Resegacci s'era battuto le mani sui fianchi: finalmente la partita cominciava. Invece s'era trovato faccia a faccia con quei due ectoplasmi: che fossero scappati dalla casa per anziani?

«Buongiorno», aveva esalato la donna mentre l'uomo, dopo essersi guardato in giro per un po': «Com'è tutto cambiato», aveva sospirato.

«Cambiato cosa?» aveva chiesto il Resegacci per la sua disgrazia.

Perché, alla sua uscita, la donna era partita in tromba e parlando come se avesse un flauto in gola gli aveva innanzitutto detto che si chiamava Bertina Sentierini in Veranazzi. E il Veranazzi, che era il marito, sentendosi chiamato in causa, era uscito dalla tomba, s'era chinato appena appena, giusto per non spezzarsi, e aveva declinato il proprio nome: Ostento.

Era cambiato tutto, o quasi tutto, da quando loro due, lei diciannove, lui venti anni, nel 1870, s'erano sposati lì, a Bellano, benedetti nell'unione dall'allora parroco don Tremonti.

Sapeva lui che lì, dove sorgeva Il Cavallino, all'epoca c'era una gran villa?

Sapeva niente, aveva risposto il Resegacci.

Con tanto di giardino a lago, aveva sospirato il trasparente Ostento.

«Te lo ricordi?» aveva chiesto lei.

«Come potrei...»

«Eh!» aveva mormorato l'Oscar, «come potrebbe... sessant'anni fa...»

Invece...

«Come potrei dimenticarlo?» era sbottato lui, anemico.

Dimenticare il luogo in cui l'aveva vista per la prima volta! Non solo se lo ricordava. Ma aveva ben presente anche la giornata, il momento preciso in cui lei gli era apparsa.

«Era il suo primo giorno di servizio in casa dei signori», aveva specificato Ostento.

Fine settembre. Un'aria languida nel cielo. Un'aria di addio, di partenza. Mancava un mese alla chiusura della villa. E poi i proprietari...

«Gente di Como, gli Scarti della seta, sapete?»

«Morti da un pezzo», aveva specificato Bertina.

«Sì, morti anche loro», s'era accodato l'uomo.

Un mese ancora e poi i proprietari sarebbero ritornati in città.

Bertina era stata assunta il giorno prima: una delle serve s'era beccata il tifo e, come si usava all'epoca, era stata licenziata in tronco. Bertina l'aveva sostituita e al suo apparire quel primo giorno di servizio...

«La grazia e l'armonia», aveva detto Ostento.

Il Resegacci aveva annuito.

«Capite?» aveva chiesto Ostento.

Più o meno...

«La grazia e l'armonia della stagione, i suoi colori... l'ansia di cogliere il momento, il tempo che fuggiva...» aveva ansimato Ostento.

Tutto gli era sembrato riassunto in lei quando l'aveva vista in quel lontano e tardo pomeriggio mentre serviva il tè.

«E me ne sono innamorato», aveva confessato l'uomo.

Era ora, aveva pensato il Resegacci, un occhio alla porta, nella cui cornice sperava di vedere comparire quello da un momento all'altro, e un altro all'orologio che segnava le dodici passate da una decina di minuti.

Bertina aveva squittito.

«Anch'io», aveva detto.

Anche lei s'era innamorata. Non subito. Cioè, subito. Ma non l'aveva dato a vedere, non sarebbe stata cosa. E, col beneplacito dei genitori, aveva seguito i signori nella casa di Como, assunta in pianta stabile dopo le buone prove che aveva offerto durante il mese di settembre.

Giusto un mese più tardi però aveva fatto ritorno a Bellano.

Laggiù, in quel di Como, né lei né Ostento erano riusciti a tenere segreta la loro passione. La signora Laura Boriggia in Scarti se n'era accorta: non le sfuggiva niente, era dovunque e aveva spie nella servitù. Così, era stata licenziata su due piedi: la padrona non permetteva che tra il personale servente si allacciassero relazioni, ritenendole dannose all'andamento del servizio e alla dignità della casa stessa.

«A casa quindi», aveva confermato Bertina.

Con in tasca le quattro lire della liquidazione e nel cuore un peso al pensiero di ciò che l'attendeva.

«Cioè?» aveva chiesto il Resegacci che ormai era caduto nelle maglie della vicenda.

«Botte», aveva risposto Bertina.

«Botte?»

«Da orbi!»

Perché i suoi genitori non avevano voluto credere all'innocenza del suo racconto.

Chissà cosa aveva combinato!

S'era comportata da sfacciata?
Aveva rubato?
Aveva rotto qualcosa di prezioso?
Aveva dato scandalo?
Non lo voleva dire?
Giù botte allora, botte da orbi, che prima o poi la lingua le si sarebbe sciolta e avrebbe confessato.
Botte per un mese. Tanto che a un certo punto era stata tentata di confessare una colpa che non aveva, purché smettessero.
Sennonché...
«Senza vederla non era più vivere», era intervenuto Ostento.
Aveva sopportato un lungo mese e alla fine aveva preso la sua decisione: s'era licenziato, nonostante la Boriggia gli avesse detto che se ne sarebbe pentito. Coi quattro stracci che componevano il suo bagaglio e in tasca i risparmi era salito a Bellano con la precisa intenzione di portare all'altare la Bertina.
«Bene!» aveva esclamato il Resegacci.
«Mica tanto», l'aveva corretto la Bertina.
Perché erano cominciate nuove botte.
Per chissà quale colpa, aveva perduto un posto d'oro. Non solo, adesso aveva anche la pretesa di sposare uno spiantato, un buono a nulla che di mestiere cosa mai faceva?
«Sapevo fare un po' di tutto e niente di preciso, oltre al cameriere», aveva detto Ostento. «Ma avevo vent'anni e la buona volontà non mi mancava.»
Ai genitori di Bertina quell'affermazione era sembrata avere le stimmate del lazzarone. E, guardandogli le mani linde, pulite, senza un callo, lo avevano giudicato inabile al lavoro. Così avevano messo sotto chiave la Bertina e avvisato il giovanotto di tenersi alla larga.
«Ma l'amore vince su tutto», aveva interloquito la donna, trovando anche un po' di sangue per arrossire.

Perché Ostento non s'era arreso. Da Bellano se n'era andato, deciso a trovare un lavoro che lo riabilitasse agli occhi dei genitori di lei. Era finita però che aveva dato fondo ai risparmi e un lavoro vero e proprio ancora non l'aveva trovato. Non che non l'avesse cercato: ma scaricare sacchi dai comballi o azionare un mantice per tutta la giornata non erano occupazioni consone alle sue forze.

Sempre stato esilino, l'aveva difeso la Bertina: un fisico pipì montato su un carattere tranquillo e compassato, un animo da cerimoniere.

«Appunto», aveva confermato Ostento.

Appunto, perché, alla disperazione, l'uomo s'era rivolto al signor prevosto, a quel don Tremonti...

«Che a farlo santo subito sarebbe la cosa più giusta», aveva commentato Bertina.

Il sacerdote, dopo averlo ascoltato per bene, s'era convinto della bontà dei loro sentimenti. Conosceva la testardaggine dei genitori di Bertina: aveva chiesto solo qualche giorno per pensarci e infine aveva fatto loro la proposta. Un suo collega, tal don Giustasassi, prevosto in Carcano, paesino del comasco, cercava da tempo un sagrestano: giovane, affinché gli garantisse continuità, e sposato, in modo da mettersi al riparo da colpi di testa.

«Accettai senza esitare», aveva detto Ostento.

«Bravo!» era esploso il Resegacci.

Don Tremonti aveva anche affrontato i genitori della Bertina: che non si opponessero alla divina volontà!

Li aveva quindi maritati e il giorno stesso, subito dopo il rito, erano partiti a bordo di un biroccio, verso la loro nuova vita.

Da allora non erano mai più ritornati a Bellano.

Solo quel giorno, scaduto il sessantesimo anniversario delle nozze, avevano deciso di farlo, sentendo una specie di richiamo. Viaggio di nozze, d'argento e d'oro, anniversario da festeggiare degnamente.

E per farlo, dopo aver assistito alla messa in parrocchia e aver pregato per tutti i morti che s'erano lasciati alle spalle, adesso erano lì, nel luogo dove sorgeva il teatro del loro antico amore, e volevano mangiare.

«Va bene», si arrese il Resegacci mentre suonavano le dodici e trenta.

In fondo, un piatto di minestra non si negava a nessuno.

102.

Ebbene sì, aveva appena risposto il Cerevelli alla domanda del maresciallo: il Campesi aveva fatto parte della squadra che aveva ristrutturato parte della palazzina del professore.

«Anzi...» gli sfuggì.

«Anzi cosa?» spararono all'unisono brigadiere e maresciallo.

Lidio smadonnò mentalmente.

Scemo che era! Adesso per contargliela, altro che un minuto!

Meno male che stavano suonando le dodici e trenta e su al cantiere si sarebbero fermati per mangiare, mezz'ora, non di più.

«Massimo all'una devo essere su», disse.

«E io a casa», ribatté senza crederci il Maccadò.

Avanti, quindi.

Allora, riprese il Cerevelli, gli era scappato un «anzi» perché era stato in quell'occasione che si era reso conto di quanto il Campesi fosse in gamba. Grazie a una finestra, una finestra bifora, dotata di raffinati serramenti che dava sul lato della strada e che il professore aveva voluto far chiudere per aprirne una identica sul lato che dava nel cortile interno. Lavoro di fino di cui il Cerevelli aveva dato incarico a tal Pressanti che, dopo una settimana, era ancora al punto di partenza. Fino a che si era trattato di smontare i serramenti e oscurare la finestra, tutto liscio. I guai erano cominciati dopo, quando s'era trattato di farne una identica. Un giorno, davanti agli ennesimi balbettii del Pressanti sulla difficoltà del lavoro, al Cerevelli era scappata la pazienza.

«Chiamerò qualcun altro!» era sbottato.

«Ci vuole niente», era uscito a dire il Campesi.

L'aveva guardato senza parlare.

«In due giorni è fatta», aveva ribadito il muratore.

Detto e fatto. Un lavoretto coi fiocchi. Rare le mani che lavoravano così bene. Peccato che appartenessero a una testa matta, a un umore instabile, incline all'anarchia.

Tant'è che i carabinieri in persona gli stavano chiedendo informazioni su di lui.

«Si può sapere quindi cos'ha combinato?» chiese il Cerevelli.

103.

La riva di Morcate.

La riva di Gittana.

La riva delle Tre Madonne.

«La confinaria», contò ancora l'appuntato Misfatti.

«Confinaria?» chiese il Nero. «Perché mai?»

«Boh», rispose l'appuntato, «la chiamano così.»

«Va bene, andiamo avanti.»

L'appuntato tornò a corrugare la fronte cercando di fare mente locale.

«La riva della spiaggetta», riprese mentre il Nero prendeva appunti e segnava con una ics sulla cartina.

Era stato lui a sequestrare il Misfatti nell'ufficio del brigadiere. Non c'era tempo da perdere e mentre il maresciallo sbrigava le sue beghe di campagna lui aveva voluto andare avanti col piano e, col Misfatti, voleva compitare un elenco completo dei punti critici del paese.

Sulle prime l'appuntato non aveva capito cosa quello intendesse per punti critici.

«I luoghi», gli aveva spiegato il Nero, «dai quali un uomo che necessita di fuggire può agevolmente e nascostamente salire su una barca per traversare il lago di notte.»

"Minchia!" aveva pensato l'appuntato.

In un paese con quattro chilometri di costa, ce n'erano di posti, come li chiamava quello, critici! Rientranze, grotte, darsene, rocce, rivette…

S'era messo a disposizione. Tanto, s'era consolato, non

mancava molto alla pausa pranzo, dopodiché avrebbe escogitato il sistema per passare a qualcun altro l'onore di sopportare quel grattacoglioni.

Quando le dodici e trenta risuonarono nelle sue orecchie, il Misfatti, con un sospiro e tono di voce conclusivo, sparò: «La riva dei Pelatèe! Conciatori di pelli».

«Va bene», sospirò il Nero. «Andiamo avanti.»

Avanti?

Ma lo sapeva o no quello che tra i tanti doveri di un carabiniere c'era anche qualche diritto, come mangiare?

E non lo sentiva nell'aria, lieve, morbido, l'invitante profumo della pasta e fagioli che il carabiniere Cassamagna continuava a diluire con acqua, un mestolo dopo l'altro?

E voleva andare avanti?

Roba da matti!

104.

Davvero, roba da matti!

Risotto.

Due lavarelli due, a testa.

Un quarto di vino bianco, lui.

Lei, rosso: il bianco le faceva acidità.

Tutto sbafato alla velocità del suono, come se fossero sessant'anni che non mangiavano.

Il Resegacci, per la sorpresa, attratto, affascinato dallo spettacolo dei due vecchietti che, nonostante fossero senza denti, avevano fatto sparire quel bendiddio in un batter d'occhio, s'era dimenticato di mangiare.

Non solo.

Aveva dimenticato il lumagòt, l'atteso ospite che invece non arrivava, il tempo che passava.

All'una però dovette tornare coi piedi per terra. Fu quando l'Ostento lo chiamò con un gesto della mano per chiedere se fosse possibile avere due belle fette di formaggio di latteria.

«Di quello invecchiato», specificò, che faceva pizzicare un po' la lingua.

A patto che non gli crepassero lì, osservò il Resegacci con assai poco stile.

«Faremo due passi poi, per digerire», lo tranquillizzò la Bertina. «Ho tanto desiderio di rivedere la puncia del Cane.»

105.

La puncia del Cane.

La riva dei Cantoni.

Quella dei Tavazzi.

«Il sàs de l'olòc. Sasso dell'allocco.»

La darsena dei Figlioletti, sotto la villa omonima, disabitata in quella stagione, ottimo posto per nascondersi.

La riva di Pesàt.

La riva del Moc.

La riva sotto l'ospedale e quella un po' prima dell'albergo Meridiana.

L'appuntato Misfatti si fermò un istante per tirare il fiato e inalare il profumo, sempre più denso e affascinante, della pasta e fagioli.

«Basta?» chiese il Nero.

«Ma va'!» fece l'appuntato.

Ce n'erano, ce n'erano ancora di punti critici di merda!

Ma si doveva concentrare. E così, a stomaco vuoto...

«Avanti allora!»

Avanti!

106.

«Resti tra noi», soffiò il maresciallo Maccadò.

Ma, dopo averci pensato più di un minuto, aveva considerato che, forse, il Cerevelli aveva la risposta che cercavano.

In fin dei conti, oltre ad aver lavorato in casa sua, non girava voce che fosse in una certa intimità col professore?

Più con la nipote, è vero. Però, se non era zuppa, era pan bagnato.

Quella nipote che lui non aveva mai visto ma che l'appuntato gli aveva descritto come brutta oltre ogni dire...

Però nipote, e del professor Cerretti.

Quindi...

«Tra noi», ribadì.

Perché era cosa delicata, delicatissima...

Facesse conto di non essere in caserma...

«D'accordo», disse il Cerevelli.

Tenesse presente che loro carabinieri non avevano alcuna prova, nemmeno mezza, uno straccio, un'ombra...

«Va bene.»

Che si muovevano nel buio, ben attenti a non pestare calli...

«Ci siamo intesi.»

... al solo scopo di capire...

«Maresciallo...» proruppe il Cerevelli picchiando il dito sul quadrante dell'orologio: ormai era l'una!

«D'accordo», fece il Maccadò. «Per quanto vi consta,

in casa del professor Cerretti esiste una collezione di monete antiche?»

Per un istante al Cerevelli venne meno il vocabolario.

«Perché?» chiese dopo un po'.

Fu la prima parola che gli ritornò alla lingua.

Fra tutte, forse la meno adatta.

107.

Un'insinuante puzza di bruciato cominciò a solleticare le narici del Cerevelli.

Fu lui, tra tutti, il primo a sentirla.

Prima ancora di quella, vera, che mise in all'erta il naso di volpe dell'appuntato Misfatti.

«Vuoi vedere...» mormorò tra sé, piantando in asso il Nero e filando nell'ufficio del maresciallo dove trovò tutta la compagnia naso per aria, intenta a fiutare.

108.

Il carabiniere Cassamagna, visto che gli altri tiravano tardi, s'era portato avanti e aveva mangiato la parte di sua spettanza della pasta e fagioli: non male, un po' salata, forse.

Poi aveva abbassato al minimo la fiamma del fornello. Quindi, seduto, le gambe allungate sotto al tavolo, la testa sostenuta dalle mani intrecciate dietro la nuca, aveva lasciato andare un rutto e, al ritmo dei borbottii che salivano dalla pentola, non aveva resistito e s'era addormentato.

Manco l'ingresso di maresciallo, brigadiere e appuntato lo svegliò.

Al vederlo, il Maccadò si portò un dito alle labbra.

«Sssh!» fece.

Quel viso giovane che nelle pieghe del sonno aveva assunto un fare bambinesco lo commuoveva, gli faceva pensare al sonno in cui probabilmente era immerso adesso il suo secondogenito: peccato rovinare l'incanto in cui era avvolto il Cassamagna.

Il Mannu spense il fornello. L'appuntato invece, dopo aver dato un'occhiata al contenuto della pentola, scosse la testa, tutto da buttare. Uscirono camminando sulla punta delle scarpe. Subito dopo il carabiniere si svegliò. A sua volta annusò l'aria, percepì odore di bruciato. Volse lo sguardo al fornello: poteva essere la pasta e fagioli?

Si grattò la testa. Gli sembrava di ricordare che aveva solo abbassato la fiamma. O l'aveva spenta?

«Boh», mormorò.

In ogni caso l'avanzo di pasta e fagioli era da buttare.

109.

«L'elenco è pronto», concluse il Nero.

Il maresciallo, rientrando in ufficio, se l'era ritrovato di lato alla scrivania, in posa di comando, lo sguardo acceso. Dietro di lui il Misfatti, faccia da fame e capelli lievemente scompigliati.

Lo guardò per un istante, stupendosi tra sé del fatto che in quel breve lasso di tempo appena trascorso s'era quasi dimenticato di lui. E, completamente, dell'elenco, ammesso che gliene avesse parlato.

«Che elenco?» chiese.

«Quello dei punti critici.»

«Critici...»

«Esattamente», confermò il Nero. «Quelli che andranno presidiati a partire da...»

«Presidiare?» interloquì il Maccadò in bambola. «Ah!, certo», si corresse assumendo l'espressione di una foglia in novembre.

Ma il Nero non proseguì.

Occhieggiò il Cerevelli che stava ancora seduto, le mani in tasca adesso.

Era il caso di parlare dei fatti loro davanti a estranei?, voleva dire quello sguardo.

110.

Fuori, all'aria aperta!

Lontano da quell'odore di bruciato!

Il Cerevelli, sulla soglia della caserma, inalò almeno un paio di litri d'aria. E il sentore di bruciaticcio, di cui aveva le narici impregnate, salì e dilagò con prepotenza nel cervello.

Se i carabinieri stavano ficcando il naso in quella faccenda non c'era più nemmeno un secondo da perdere.

Come avevano fatto a sapere, era un mistero.

Pure quanto ne sapevano era un mistero.

Terzo mistero, doloroso, dove volevano arrivare?

Vatti a fidare del tono del Maccadò, delle domande che gli aveva fatto. In via informale! Niente di più facile che dietro ci fosse un bel trappolone se lui avesse sbagliato le risposte.

Le aveva sbagliate?

No, non gli pareva.

D'altronde mica poteva negare che il Campesi avesse fatto parte della squadra che aveva ristrutturato parte della palazzina del Cerretti. E circa la presenza di una eventuale collezione di monete d'oro in casa del professore, aveva fatto bene a star sul vago.

«Proprio non saprei dire.»

Ma adesso?, si chiese il Cerevelli.

Fossi carabiniere cosa farei adesso?

Cazzo, si rispose, interrogherei il Campesi!

Magari sempre informalmente, ma comunque lì, in caserma, facendogli intendere che erano sulle tracce di certe monete d'oro e stavano interrogando questo e quello, cercando di capire da dove fossero sbucate...

Bon, si disse il Cerevelli, basta fare il carabiniere.

Fossi il Campesi invece, cosa risponderei?

La verità, porca puttana!

Cioè di averle trovate, e non rubate, mentre, per obbedire a un ordine del sedicente geometra Cerevelli, stava ispezionando i locali delle ex scuole di Santa Marta onde farsi un'idea precisa di quanti uomini e quanto tempo servissero per portare a termine rapidamente il lavoro: era evidente che, pur non credendolo possibile, aveva lasciato qualche moneta e il Campesi, trovandole, le aveva intascate. Altrettanto evidente che i caramba stavano fiutando qualcosa.

Poco oltre il cimitero il Cerevelli si fermò: doveva tirare il fiato e riordinare le idee.

Bando alle parolacce!

Però, vacca puttana!, quando ci volevano...

Perché, si disse tornando per un momento ancora carabiniere, se tale fosse stato non avrebbe dato pieno credito alla dichiarazione di una testa matta come quella del muratore, avrebbe verificato: cioè, avrebbe riconvocato sé stesso, ovvero Lidio Cerevelli, per chiedere se, prima dell'ispezione del Campesi, avesse notato la presenza di un buco nel muro.

Nel caso cosa avrebbe risposto?

Sì?

No?

Boh!

Di una sola cosa il Cerevelli si sentì certo: qualunque cosa avesse detto, un conto era farlo col suo tesoro al sicuro, un altro sapendolo ancora a rischio.

E di un'altra cosa soprattutto era certissimo: che non c'era nemmeno un secondo da perdere.

111.

«Presidiare onde impedire che il carico annunciato prenda il largo», aveva appena finito di spiegare il Nero.

«Va bene», consentì il maresciallo. Fin lì c'era arrivato anche lui.

«Ma quanti sono questi punti critici?» chiese.

Il Nero non li aveva contati. Fece un cenno all'appuntato Misfatti che rispose agitando la mano nel gesto del più o meno: «Una ventina».

«Bene», disse il maresciallo. Perché era a quel punto che i conti si ingarbugliavano.

«E noi invece?» il maresciallo.

«Quelli che siamo», rispose il Misfatti.

«Ecco», fece il maresciallo.

Come si poteva pensare di presidiare, di notte, venti punti cosiddetti critici in cinque?

Il Nero sorrise. Evidentemente sapeva come risolvere il problema.

Il punto quarto del suo piano.

«Voglio immaginare che anche in questo paese esista una sezione di Partito.»

Maresciallo e brigadiere si guardarono.

Fu l'appuntato a rispondere.

«Certo.»

«Convocatemi il segretario», ordinò il Nero. «Lo voglio qui tra dieci minuti.»

112.

Il Canizza aveva appena finito di fare scarpetta nel piatto che, solo un quarto d'ora prima, conteneva una porzione di cassœûla sufficiente per due, quando il campanello squillò.

Masticando l'ultimo boccone intriso di puccia, sapeva benissimo che la cassœûla voleva la polenta ma se ne fregava, preferiva il pane.

Ordinò alla moglie: «Chiunque sia, mandalo al diavolo!».

La Dorina si alzò, andò alla finestra, scostò appena la tendina e sbirciò di sotto.

«E se fossero i carabinieri?» chiese poi.

113.

Il Misfatti obbediva e taceva. Mica glielo sapeva dire il motivo di quella urgentissima convocazione in caserma.

Però aveva fame. Quindi, una volta fuori, gli disse di precederlo, lui dietro.

Cazzo, al Canizza venne più di un sudore! Che l'appuntato temesse una sua fuga? E perché? Il misterioso incontro della sera prima gli suggerì l'idea di essersi trovato, seppur involontariamente, nel posto sbagliato e al momento sbagliato.

Involontariamente?, ribatté una vocina.

Ma se era andato lui in caserma, se ce l'aveva portato lui il brigadiere al Cavallino!

Dio santo, se fosse rimasto attaccato alla Dorina invece di dare retta a quel bigolo del federale e ri-fe-ri-re!

Per non dire delle parole del brigadiere, oscure, misteriose: meno ne sapete meglio è!

A metà strada, il segretario ripeté la domanda: proprio il signor appuntato non aveva la più pallida idea del motivo per il quale lo stava accompagnando in caserma?

No, rispose il Misfatti.

Sapeva, però, di avere una fame imperiosa. E che dai vestiti del Canizza emanava un potente effluvio di cassœúla. In mancanza di meglio l'appuntato aveva deciso di approfittarne, accontentando per il momento il solo olfatto: prima o poi sarebbe venuto in mente anche agli altri che ogni tanto bisognava mangiare!

Quando il segretario fu nell'ufficio del maresciallo, al cospetto di questi, del brigadiere e di quello tutto vestito di nero, si sentì come se fosse davanti al Tribunale Speciale. Era ormai pronto, comunque, a sentirsi accusare di qualcosa.

Il Nero aveva parlato, guardandolo negli occhi, misurato, preciso, determinato.

«Volete i nomi?» balbettò il Canizza.

Il Nero fece sì col capo.

O bestia, tutto lì?, pensò il barbiere e sorrise sollevato.

Voleva i nomi? Eccoli.

Panateo Astenio.

Uletti Fanzio.

Pellicani Luigi.

Zucchetti Primo.

Codega Anzio.

Sepolti Chiaro.

Settici Pinetto.

Decimi Arengo.

Dipoi Cesto.

Belini Creto.

Profumo Vinci.

Menaballi Persio.

Civetti Ernio.

Cerevelli Lidio.

«Avanguardisti alcuni», puntualizzò il Canizza, «camerati tutti, comunque. Sempre pronti alla chiamata del Partito, che peraltro non ha avuto molte occasioni sino a oggi per metterli alla prova.»

«Bene», fece il Nero: insieme con lui, il segretario, il Maccadò, il Mannu, il Misfatti e il Cassamagna facevano venti. I punti critici erano belli e sistemati.

«L'occasione è arrivata», comunicò all'assemblea. «Alle quattro vi voglio tutti qui!»

Un lungo sospiro invase l'aria dell'ufficio. Era stato il Misfatti, verso cui conversero gli sguardi di tutti.

«Se nel frattempo mangiassimo qualcosa?» chiese.

Fu sul Nero che gli occhi di tutti tornarono: ormai comandava lui!

Fu d'accordo.

«Anche perché di tempo per cenare questa sera non ce ne sarà.»

Ragione di più, concluse tra sé l'appuntato, per salutare la compagnia e partire al volo verso casa, dove la moglie l'avrebbe accolto con una serie infinita di lamentele per via del ritardo.

«E voi?» chiese il Maccadò al Nero, temendo di doverne sopportare la vista anche mentre mangiava.

«Ho sentito dire che la cucina del Cavallino è ottima», disse questi.

«Vero», confermò il maresciallo. L'avrebbe detto anche se faceva schifo.

«Sempre che sia ancora aperta a quest'ora», osservò il Mannu.

Il Nero non fece una piega.

«Se non lo fosse gliela faremo riaprire», mormorò senza sorriso.

114.

«Come no!» fece il Resegacci frenando a stento l'entusiasmo.

Aveva quasi perso la speranza di vederlo tornare e cominciato a preoccuparsi per quello che gli toccava fare di lì a poche ore: ricevere il carico, aspettare che facesse notte, mettersi in barca e portare il lumagòt di là, qualunque cosa fosse. Era un lavoro che voleva tranquillità, nessun impiccio tra i piedi per filare via liscio, come stare in una catena di montaggio, una filiera che non ammetteva interruzioni di sorta. Il lavativo che gli era capitato tra i piedi la sera prima rischiava di diventare un ostacolo all'operazione. E chi, insieme con lui, gestiva quei traffici non avrebbe certamente gradito incidenti di percorso.

Per cui: «Come no!» ribadì.

Per uno come il signore, declamò sorridendo, cucina sempre aperta.

«Vi posso preparare un bel risottino e un paio di lavarelli burro e salvia. Gradite?»

Gradiva. Ma di lavarelli gliene bastava uno.

«E da bere, bianco o nero?» chiese il Resegacci.

«Gazzosa.»

Gazzosa? Non avrebbe mai sperato, il Resegacci, in tanta fortuna.

115.

Due fili di pasta la signora Maccadò li avrebbe preparati per entrambi, aveva detto il maresciallo al brigadiere.

«A meno che tu non preferisca fare compagnia a quello», aveva aggiunto, scherzando.

E due fili di spaghetti la signora Maccadò li aveva preparati volentieri.

Però non per giocarci, come il Mannu stava facendo dopo due bocconi.

«Già sazio?» chiese il Maccadò rivolgendosi a lui ma guardando estasiato la moglie Maristella che, seduta a capotavola, teneva in braccio su pippiu che tittava e tittava.

«Riflettevo», rispose il brigadiere.

«Sul Nero?»

«No.»

Su quello, per quanto odiosi fossero lui e il lavoro chè faceva, aveva le idee chiare, nemmeno un dubbio: non era venuto a Bellano per niente. A suo giudizio, però, gli affari che trattavano gente come quella non era cosa che potesse riguardare i carabinieri.

«Politica», soffiò il Mannu.

E a lui, personalmente, dare la caccia a qualcuno per la sola ragione che non la pensava al suo stesso modo faceva schifo.

«D'accordo», fece il maresciallo. «E allora?»

Il brigadiere osservò per un momento il groppo di spaghetti sulla forchetta: dirlo, non dirlo?

«Dimmelo, va'», lo invitò il padrone di casa.
«Il Cerevelli», sputò il brigadiere.
«Il Cerevelli cosa?»
«Boh. Però non riesco a non pensarci», rispose il Mannu.
Non riusciva a cacciarselo di testa.
«E come mai?»
«Sciocchezze.»
Ma gli era suonato strano quel «perché?».
Quello che gli era uscito di bocca di getto dopo che il signor maresciallo gli aveva chiesto delle monete.
Rispondere a una domanda con un'altra domanda...
Gli era sembrato che il Cerevelli volesse sapere dal maresciallo il motivo di quella domanda, come per prepararsi la risposta giusta.
«È un'impressione mia naturalmente, vaga, vaghissima», continuò il brigadiere. «Però, poi, quel gesto che ha fatto...»
... quel gesto che aveva fatto subito dopo, infilarsi le mani in tasca...
«E be'?» chiese il Maccadò.
Be', gli fece eco il brigadiere, il tono della voce già più sicuro, sino a un minuto prima quell'orologio spinto sotto gli occhi del signor maresciallo sembrava il padrone unico della sua vita...
Aveva presente il maresciallo?
All'una, non oltre, doveva essere su al cantiere!
Poi invece... non gli importava più del tempo che passava, addio orologio, come se gli fosse venuto in mente qualcosa di più importante.
«Ma cosa?»
«Magari lo sapessi», rispose il Mannu.
Il maresciallo diede un'occhiata al bimbo che ciondolava.
«Non so che dirti...» mormorò.
Pure il brigadiere aveva notato che su pippiu stava scivolando verso il sonno. Abbassò il volume della voce.

«Secondo voi sarebbe tempo perso se andassi dal Campesi a chiedergli dove ha trovato quelle monete?» chiese sottovoce.

Il Maccadò rispose quasi in silenzio.

«A patto di non mancare lo storico appuntamento delle quattro», disse nel momento esatto in cui la testa del Maccadò piccolo crollava tra gli abbondanti seni della signora.

116.

Alle quattro del pomeriggio la caserma dei carabinieri sembrava una piazza d'armi.

Per questioni di spazio e comodità i convenuti erano stati lasciati nell'atrio al piano terra, mentre il Nero aveva salito un paio di gradini della scala che portava agli uffici.

Prima di presentarsi al manipolo di camicie nere, insieme con il Canizza aveva valutato uno per uno i punti critici nonché le qualità, fisiche e intellettuali dei convocati assegnando ai più dotati, di massa muscolare soprattutto, quelli maggiormente disagiati, nascosti, periferici, insomma gli approdi che un transfuga avrebbe certamente prediletto. Poi aveva concordato la linea d'azione: ciascuna sentinella dotata di un fischietto, un fischio prolungato il segnale d'allarme. Di fischio in fischio l'avviso sarebbe arrivato a lui che, presente nel molo su una barca a motore sequestrata per ragioni di ordine pubblico al pescatore Vignavola, sarebbe partito alla volta dell'inevitabile cattura.

«Mi sembra perfetto», aveva commentato il Canizza.

«Lo è», aveva sigillato il Nero.

C'era brusio nell'atrio, i convocati si stavano chiedendo l'un l'altro cosa mai stesse succedendo. Il Nero attese che la concitazione si calmasse prima di prendere la parola, spiegare il piano e assegnare a ciascuno il proprio posto di guardia.

Il carabiniere Cassamagna aveva arieggiato le stanze.
Nell'aria, quindi, non c'era più odore di bruciato.
Però, a un certo punto…

117.

A un certo punto il Resegacci s'era chiesto se non stesse esagerando ed era rimasto in dubbio se aggiungere o meno un concentrato di soluzione di Debouve e Gourin al caffè che l'ospite aveva chiesto per chiudere il pranzo.

Insomma, nel risotto aveva messo un mezzo bicchiere d'acqua con cui aveva disciolto una intera busta di soluzione salina purgativa, «Acqua Sedlitsensis» era scritto sulla confezione; il lavarello l'aveva condito con il sale di Cheltenham composto, il sale inglese (solfato di magnesio secco, solfato di sodio secco, sale comune), e nella gazzosa aveva diluito una busta dell'insapore polvere di Sedlitz.

Sulla base delle esperienze precedenti, l'albergatore aveva calcolato che l'ospite aveva mandato giù una dose di lassativo sufficiente a tenere sul cesso, per tre giorni di fila, non un uomo ma un cavallo. E, sempre secondo i suoi calcoli, poiché dal momento in cui s'era seduto a tavola a quello in cui gli aveva ordinato il caffè era ormai trascorsa un'ora, non poteva mancare molto a che cominciasse ad avvertire un certo disagio.

Invece non aveva ancora dato il minimo segno di allarme. Quindi, in considerazione di ciò, sbalordito per l'insolita resistenza, aveva, come da istruzioni, fatto bollire per due minuti la soluzione purgativa di Debouve e Gourin, solfato di magnesio, caffè torrefatto e acqua, l'aveva filtrata un paio di volte concentrandola e l'aveva zuccherata.

Infine non aveva potuto fare altro che attendere.

E aveva cominciato a credere di aver raggiunto lo scopo quando, spiandolo mentre stava ritornando in caserma, l'aveva visto fermarsi all'altezza del molo e allargare un poco le gambe, come se dovesse mollare una vigorosa scorreggia.

118.

Proprio di quella s'era trattato.

Il Nero l'aveva sentita nascere e poi crescere dentro subito dopo aver sorbito l'ultimo sorso di caffè, invero sin troppo zuccherato.

Era stato per quel motivo che, nonostante fosse ancora presto, aveva preferito uscire dal Cavallino e mollarla nell'aria.

Un'altra gli era scappata mentre aveva imboccato piazza Tommaso Grossi e una terza quando il carabiniere Cassamagna gli aveva aperto il portone della caserma, cogliendo l'occasione per mormorare che prima o poi l'amministrazione avrebbe dovuto porre mano al problema delle fogne che proprio sotto la piazza correvano e i cui effluvi spesso impestavano l'aria.

Verso le quindici e trenta, mentre i primi convocati cominciavano ad affluire e dopo aver definito il piano col segretario, il Nero aveva chiesto al maresciallo Maccadò il permesso di usufruire del cesso della caserma. C'era rimasto un quarto d'ora e ne era uscito vergognandosi della qualità dell'aria che s'era lasciato alle spalle.

Però, finalmente, s'era sentito la pancia sgombra.

E meno male! Perché adesso gli toccava conquistare col suo carisma una ventina di uomini, indottrinarli sul compito che li attendeva e ottenere da loro un'obbedienza pronta, cieca e assoluta.

119.

Alle quattro passate da una manciata di minuti, con l'atrio brulicante di camerati quasi silenziosi, il Nero aveva deciso di prendere la parola.

Doveva essere istrionico, catturare con un colpo di mano, come si fa con le mosche, la stima, la fiducia e l'attenzione dei presenti.

Ci voleva, in partenza, una frase ad hoc.

«Siete qui per un solo motivo», aveva esordito: «servire la Patria!»

Bersaglio centrato, anche l'ultimo brusio si spense, la Patria faceva sempre un certo effetto.

Adesso doveva catalizzare l'attenzione di tutti.

«Scommetto che la maggior parte di voi non sa cosa sia un lumacone!»

Altro centro, le facce dei presenti assunsero la tinta dell'ignoranza.

«Ve lo dirò io, adesso e in poche parole. E ascoltatemi con attenzione, non ho l'abitudine di ripetere!»

Poi si era fermato.

Per un lungo minuto era sembrato assorto in chissà quali pensieri.

Stava contando invece. Aveva contato e ricontato.

«Ne manca uno», aveva detto.

«Manca il mio brigadiere», s'era levata la voce del maresciallo. «È fuori per ragioni di servizio.»

Era stato in quel momento che il Nero aveva sgranato

gli occhi, infilato una mano nella tasca dei pantaloni per prendere un fazzoletto col quale aveva cominciato a tergersi la fronte.

«Non preoccupatevi», aveva detto allora il maresciallo, notandone il pallore, forse dovuto a rabbia, perché il Mannu stava disobbedendo al suo imperativo ordine. «Tempo qualche minuto e ci sarà anche lui.»

Anziché rispondere il Nero s'era passato il fazzoletto sul viso.

«Non è questo il punto...» era riuscito a mormorare.

Dopodiché aveva chiuso gli occhi e un mefitico odore aveva cominciato a invadere l'aria dell'atrio.

120.

Fu un attimo. Se il maresciallo Maccadò non l'avesse colto, il Nero sarebbe caduto testa all'indietro sulle scale col rischio di fracassarsi l'occipite. Per sua fortuna il maresciallo, con uno scatto degno della gioventù, riuscì ad afferrarlo per il bavero della giacca e tenerlo in equilibrio. Gli diede una rapida occhiata: aveva il viso diafano, l'occhio perso, la pupilla sgranata come se stesse avendo visioni.

«Cassamagna!» gridò.

Il carabiniere fu immediatamente al suo fianco.

«Maresciallo», esclamò, «ma questo si sta...»

«Lo vedo anch'io!» ribatté il maresciallo. «Anzi lo sento!» corresse subito.

«E continua a farne!»

«E vuoi che non me ne renda conto? Fa' finta di niente, afferralo per i piedi e mettiamolo sdraiato.»

«Dove?» chiese il Cassamagna.

«Sulla panca della camera di sicurezza», ordinò il Maccadò.

La folla dei presenti, ammutolita per il drammatico spettacolo, fece ala al passaggio dei due carabinieri che trasportavano quello che, per il colore del viso, sembrava a tutti gli effetti un cadavere. E tale lo avrebbero giudicato, non fosse stato per i rumori infernali che provenivano dal suo addome.

«Qualcuno vada a chiamare il dottore», gridò il maresciallo dopo aver steso il Nero sulla pancaccia.

«Vado io», rispose una voce dall'atrio, quella del Cerevelli che per la seconda volta nello stesso giorno non vedeva l'ora di uscire dalla caserma dei carabinieri.

121.

Il Canizza in persona era andato a cercarlo al cantiere, Lidio c'era arrivato da non più di mezz'ora e aveva già la voce roca per quanto aveva gridato, spronando i muratori a darsi da fare senza perdere un secondo per rinforzare la base di quel cazzo di muro (il bando alle parolacce era stato archiviato), correndo da una parte all'altra del basamento, fermandosi di tanto in tanto, davanti all'Os de Mort che impalato fissava i lavori senza batter ciglio per chiedergli senza ottenere risposta se andasse bene come stava andando.

Quando il Canizza gli si era presentato, silenzioso perché a sua volta a corto di fiato, il Cerevelli aveva avuto tutto il tempo per pensare: "Che cazzo vuole questo qui!".

Poi glielo aveva chiesto, cassando la parolaccia.

Poche balle, in un momento del genere nessuno poteva mancare, nemmeno lui, non c'era sicurezza pubblica che tenesse!, era stata la risposta del segretario.

Il Cerevelli l'aveva guardato come se fosse ubriaco.

«Mancare a cosa?» gli aveva chiesto.

Il segretario s'era dato una manata sulla fronte, s'era scusato. D'altronde, nella frenesia del momento…

Poi, con fare segreto, gli aveva spiegato quello che bolliva in pentola.

La prima tentazione di Lidio era stata quella di mandare a dar via il culo il segretario, la convocazione e il destinaccio: con tutto quel movimento infatti quello si prospettava come il giorno peggiore per la spedizione. Bisognava, merda!, rinviare. Gli era apparsa una visione: Helga. Vestita però, vestitissima.

Suo malgrado aveva seguito il Canizza

E un'altra visione gli era apparsa, più tardi, nell'atrio della caserma, quando dalla bocca del Nero era uscita quella parola, «lumacone»: sempre Helga, sempre vestita, di spalle, che gli faceva ciao ciao con la manina.

In quel momento aveva compreso che non solo era il caso di rinviare la spedizione, ma che il suo capitale, la felicità della sua vita futura, non era più un segreto e correva il serio pericolo di finire in mani altrui.

Gli era quasi venuto da piangere.

Invece...

122.

Altro che rinviare!, pensò sulla soglia della caserma.

Consegna immediata e che il pacco partisse come da programma quella stessa sera. L'accidente che era capitato a quel menagramo tutto nero era una benedizione del cielo. Anzi, un segno. Prima che si riprendesse o che qualcuno della sua stessa razza lo sostituisse, bisognava approfittarne.

Il Cerevelli si infilò in via Manzoni. La direzione era opposta a quella che avrebbe dovuto prendere, lo studio del dottor Lesti stava appena dopo il ponte sul Pioverna... Ma il Cerevelli aveva negli occhi la visione della svizzera, di nuovo nuda, nudissima, nonostante l'arietta che tirava lì in contrada e il buio della sera che cominciava a calare. E poi, ragionò tra sé, non ci avrebbe messo più di qualche minuto.

In vista dello studio però ebbe un'altra sorpresa, l'ennesima della giornata: dentro c'era una luce, segno che c'era qualcuno.

Il geometra Vitali, quello che aveva lavorato con suo padre e di cui lui ogni tanto si serviva, stava chino su un disegno. All'ingresso del Cerevelli arrossì, colto di sorpresa.

Ma gli poteva spiegare, disse.

Il figlio di un suo fratello, raccontò, aveva acquistato tempo prima un terreno per farci la casa e adesso s'era deciso: lui s'era preso l'impegno, «Gratuitamente, neh!», di preparare i disegni necessari.

«Avevo bisogno di un tecnigrafo», disse. «Ne ho approfittato...»

Avrebbe voluto avvisarlo che si pigliava quella libertà, l'aveva anche cercato, salendo fin su al cantiere...

«Ma non c'eri...»

Così, approfittando del fatto di avere una copia delle chiavi dell'ufficio...

«D'altronde sono sicuro che non mi avresti negato il favore», concluse il Vitali.

«Certo che no», rispose meccanicamente Lidio.

Solo che adesso bisognava che andasse fuori dai coglioni, pensò.

«Però...»

«Però?»

Insomma, adesso gli serviva restare lì da solo perché... aveva un appuntamento con...

«Se ve lo dico non direte niente a nessuno?» chiese il Cerevelli annaspando alla ricerca di una balla che suonasse credibile.

«Una tomba!» fece quello.

Tombe, cimiteri, funerali...

«Col signor prevosto!» sparò il Cerevelli.

Proprio lui! Voleva prospettargli certi lavori ma lontano da orecchie indiscrete.

«E con quella perpetua in canonica...» lasciò intendere Lidio.

«E lo so, lo so», sorrise il Vitali.

«Ci siamo capiti», disse Lidio cercando con la forza del pensiero di spingere l'uomo ad andarsene.

Coi suoi disegni sotto il braccio, il Vitali si avvicinò alla porta ma si fermò di nuovo, girandosi verso il giovanotto.

«Sono contento», disse, «che per l'impresa si prospettino tempi d'oro.»

A sentir nominare il metallo, il Cerevelli ebbe un brivido.

«Grazie», gli uscì.

«Tuo padre ne sarebbe orgoglioso», disse ancora il Vitali prima di andarsene insieme coi venti minuti che, calcolò Lidio, gli aveva fatto perdere.

123.

Venti minuti di ritardo all'appuntamento con la storia!

D'altronde c'era voluto del tempo. Prima di tutto il brigadiere era dovuto andare sino al ruscelletto di Gora per trovare il Campesi. Poi il muratore aveva tentato di fare lo gnorri.

«Monete? Quali monete?»

Aveva tentato la carta della compassione: gli pareva che se fosse stato possessore di monete d'oro l'avrebbe trovato lì a fare un lavoro che nemmeno un somaro?

Il Mannu aveva tirato dritto.

«Sì», aveva risposto.

Perché non erano certo quattro o cinque monete d'oro, pur zecchino, pur di valore, che avrebbero potuto risolvere per la vita i problemi di una famiglia. Quindi, se si trovava lì, non era per farsi commuovere dalla sua fatica ma per sapere dove le aveva trovate.

«Io...»

«Dove, come e quando», l'aveva interrotto il brigadiere.

Che rispondesse. Lì, oppure, se preferiva, in caserma.

Il Campesi aveva ceduto.

Però, a sua volta, aveva voluto sapere come dove e quando il brigadiere era venuto a conoscenza della cosa.

A quel punto il Mannu s'era trovato un po' in difficoltà, mica poteva mettere di mezzo il figlio, il ragazzino...

«È un segreto e badate bene di non farne parola con nessuno», gli aveva detto, filodrammatico, «nemmeno con vostra moglie.»

Era un'indagine segretissima, appena all'inizio, ogni fuga di notizie avrebbe potuto comprometterla.

Guai per chi avesse messo il bastone tra le ruote dei carabinieri.

E un premio, invece, per chi, come lui in quel momento, collaborava.

«Quale premio?» aveva chiesto il muratore.

Che ne sapeva il Mannu!

«Ve lo dirò a tempo debito», aveva risposto il brigadiere riprendendo la via della caserma.

Non era nemmeno scivolato sulla dannata mulattiera e alla vista del portone pensò al manipolo di volontari che il suo conterraneo stava istruendo.

Gli venne da ridere.

Ma, una volta dentro, il sorriso si tramutò in un'espressione interdetta.

Un po' l'odore che c'era nell'aria...

E un po' che il Nero sembrava stare sempre peggio, gli disse il Maccadò dopo avergli riassunto i fatti.

Era freddo.

Non rispondeva ai richiami.

Aveva lo sguardo allucinato come se sotto gli occhi avesse il posto che gli stavano preparando all'inferno!

E il dottore non arrivava!

«Portiamolo all'ospedale», suggerì il Mannu.

«Fate venire una macchina», ordinò il maresciallo.

Poi, sottovoce, guardando diritto negli occhi il brigadiere: «Giuro su Dio che se questo ci lascia la pelle sarà mia cura sistemare per bene quella bestia di dottore», disse gelido.

124.

Quella bestia del dottore stava beatamente fumando la quinta delle sette sigarette che si concedeva quotidianamente quando il Cerevelli entrò nel suo studio affannato e vociante.

«Presto, presto!»

Il Lesti schiacciò la sigaretta nel posacenere, era solo a metà, gli dispiacque ma si consolò pensando che l'avrebbe recuperata più tardi permettendosene eccezionalmente un'ottava, e balzò in piedi.

«Cosa succede?» chiese.

«In caserma», gridò il Cerevelli.

Ma in caserma ormai non c'era più nessuno. Tranne il carabiniere Cassamagna il quale, coi dovuti modi, gli fece presente che, non vedendolo arrivare, il signor maresciallo aveva disposto di trasferire l'agonizzante in ospedale con la macchina messa a disposizione dal pizzicagnolo Modesto Avariati.

125.

Polso filiforme.

Pupilla midriatica.

Riflessi quasi assenti.

Ritmo cardiaco di galoppo e cute diaccia.

«La vita di quest'uomo è appesa a un filo», diagnosticò il professor Cerretti dopo aver visitato il Nero.

La prognosi quindi era riservata, riservatissima.

E la colpa, affermò levando l'indice verso il soffitto della saletta di primo soccorso, non era solo dell'accidente che l'aveva ridotto in quello stato larvale.

«Ma anche di chi ha temporeggiato sottraendo minuti preziosi ai soccorsi!»

Il maresciallo Maccadò non riuscì a tacere, professore o no.

«Noi il dottore l'abbiamo chiamato immediatamente», ribatté.

Semmai era stato lui a prendersela con troppo comodo, il dottor Lesti.

Che in quel momento stava entrando nell'astanteria dell'ospedale Umberto I.

126.

Al suo ingresso tredici camerati che, come un maleaugurante corteo funebre, s'erano trasferiti dalla caserma all'ospedale, sbigottiti per lo spettacolo cui avevano assistito e in ansia per le sorti del Nero, tacquero all'istante.

Non tutti.

Uno, che stava di spalle all'ingresso e non si avvide della comparsa del dottore, non frenò la lingua.

«Il maniscalco», stava dicendo, «altro che il medico doveva fare!»

Il dottor Lesti comprese al volo ciò che avevano discusso sino a pochi istanti prima.

Era lì per quello, capire cosa fosse successo.

«Dov'è?» chiese, rivolto a tutti e a nessuno in particolare.

«Chi?» sorse una voce.

«L'agonizzante.»

Tredici mandibole si sporsero in avanti a indicargli la saletta di primo soccorso.

127.

Mai il carabiniere Cassamagna aveva visto così il signor maresciallo.

Pallido. Gli occhi stretti, le pupille due puntini neri. Per di più senza divisa che sembrava, con quella faccia, in tutto e per tutto simile a uno abituato a far fuori la gente a colpi di lupara.

E la voce.

«Dov'è?»

Fonda, cupa, una sentenza di ergastolo o di morte.

Toccava rispondere, pensò il Cassamagna.

Ma chi? Chi stava cercando il signor maresciallo?

Lo guardò senza parlare, imbarazzato, rimpiangendo i calci nel culo che si beccava dal cuoco di Rivanazzano, prima di farsi carabiniere.

Più forte di un calcio, la voce del maresciallo lo riportò alla realtà.

«Allora, dov'è?»

«Ma chi?» pigolò il Cassamagna.

Ecco, pensò, l'aveva fatto: aveva risposto con una domanda a una domanda del superiore. E adesso l'avrebbe pagata. Infatti il Maccadò sgranò gli occhi. Il carabiniere si vide legato a una sedia, le mani strette dietro la schiena, pronto per essere fucilato come un disertore o una spia.

«Scusami», disse invece il Maccadò.

Voleva sapere dove fosse il... il..., per la rabbia che aveva in corpo non gli veniva nemmeno il nome.

«Il Cerevelli», corse in suo aiuto il brigadiere Mannu.

128.

Proprio lui.

Il geometra, che poi geometra non era, Cerevelli Lidio.

Perché, prima di tutto, per colpa del Cerevelli il professor Cerretti aveva avuto parole di biasimo nei confronti di loro carabinieri, accusandoli di aver preso sotto gamba la situazione del Nero e ritardandone il ricovero.

«Caro maresciallo, scusate se ve lo dico ma ognuno dovrebbe fare il suo proprio mestiere», aveva sentenziato davanti ai presenti nella saletta, cioè suor Balba e suor Palmenta, l'assistente chirurgo Sprimacciati, il Canizza e il brigadiere che era entrato giusto in tempo per sentire la tirata del professore.

Poi, sempre grazie al sedicente geometra, quando, bollente di rabbia e di vergogna, aveva visto entrare nella saletta di primo soccorso il dottor Lesti lo aveva affrontato con un impeto da carro armato.

«Giusto voi!» era esploso, tanto che suor Palmenta aveva ritirato la testa tra le spalle come una quaglia nell'erba.

Nel silenzio assoluto del locale aveva accusato il dottore di omissione di soccorso.

E davanti a testimoni!

Quegli stessi che, subito dopo la sua sparata, avevano udito la difesa del dottore.

«Maresciallo vi sbagliate, e grossolanamente!»

Perché tra l'avviso di chiamata e il suo ingresso in caserma erano passati tre, quattro minuti al massimo e non la mezz'ora che il Maccadò gli aveva sbattuto in faccia.

Inoltre, ma era faccenda personale, ancora grazie al Cerevelli s'era perso un altro paio di tittate del bambino, quando avrebbe potuto godersele nella sua casa con tutto comodo.

Il comodo che invece ed evidentemente s'era preso il Cerevelli.

Quindi, dov'era?

129.

Mezz'ora per andare dalla caserma allo studio del dottore. Tanto, troppo, lo sapeva anche lui, mica era scemo.

D'altronde, tra le balle del Vitali, prendere e portare la cassetta al Resegacci e infine andare a chiamare il dottor Lesti, tanto c'era voluto.

Ma cos'era mai mezz'ora di fronte all'eternità che gli si stava aprendo davanti?

Il Cerevelli aveva ricominciato ad avere sotto gli occhi la Helga, nuda e invitante.

La scacciò. Con dispiacere ma la scacciò. Doveva.

Doveva pensare a come giustificare quel lasso di tempo nel caso, più che probabile visto che quello era finito in ospedale, qualcuno gliene chiedesse conto.

Bon, disse tra sé mentre si dirigeva verso casa. Questione di resistere ancora pochi giorni. Difendere le posizioni.

Sorrise perché, in quanto a quello, era sicuro che avrebbe avuto in sua madre Lirica un alleato insuperabile.

E salendo le scale di casa accentuò la zoppìa.

130.

Bastavano due linee di febbre o quattro colpi di tosse e Lirica tornava a essere la madre premurosa e oppressiva che l'aveva chiamato Didino sino a quando, ventenne, lui glielo aveva severamente proibito. Da quel momento in avanti Lidio aveva sempre fatto di tutto per nascondere questo o quell'acciacco onde evitare lo spettacolo di vedersela capitare in ufficio o sui cantieri con questo o quel decotto.

Quel paio di volte in cui, negli anni passati, una febbre da cavallo l'aveva steso a letto, non c'era stato niente da fare, gli era toccato sopportare la tortura di tornare Didino.

E come va Didino? Come ti senti Didino? Hai male qui Didino? Hai male lì e hai fame hai sete hai sonno e vuoi questo vuoi quello o quell'altro...

Per non dire delle risposte che sua madre dava a coloro che andavano a trovarlo.

Il suo Didino stava così e cosà.

Visitarlo?

Sì, si poteva, ma un minutino solo, guai stancarlo, d'altronde il suo Didino era da sempre stato gracilino...

Quindi, quando il maresciallo Maccadò e il brigadiere Mannu si presentarono all'uscio di casa Cerevelli per avere chiarimenti, si trovarono di fronte a un ostacolo insormontabile.

Dicessero a lei, rispose Lirica dopo averli ascoltati: tra

loro due, fece notare, non esistevano segreti quindi era certa che avrebbe saputo rispondere né più né meno come suo figlio che, al momento, dormiva.

«Dorme?» sbottò il brigadiere.

«Sì, poveretto», confermò Lirica.

Dormiva sotto l'effetto analgesico e rilassante di una potente dose di sedativo Marchetti, assunta dopo l'incidente che gli era capitato un'oretta prima.

«Ma quale incidente?» chiese il maresciallo.

Una storta alla caviglia, la destra, mentre correva ad avvisare il dottor Lesti che in caserma c'era bisogno del suo intervento. Nonostante il dolore, acuto, talmente forte da aver rischiato di svenire, il suo valoroso figliolo, conscio dell'urgenza, si era ugualmente trascinato sino allo studio del medico conducendolo poi addirittura in caserma e solo dopo, compiuto il dovere, aveva raggiunto la sua casa, per sottoporsi alle cure del caso.

131.

Ma al carabiniere Cassamagna non sembrava che il Cerevelli zoppicasse quando era ritornato in caserma.

Non poteva giurarlo però. Aveva in testa troppe cose, troppe immagini della giornata che stava finendo. Quindi, giurare per il sì o per il no, non se la sentiva.

«Forse varrebbe la pena di chiedere al dottor Lesti», suggerì.

«Giusto, certo, faremo così», approvò il maresciallo Maccadò.

Però, domani.

Mancavano due poppate, e lui non voleva perdersene nemmeno una. Aveva buttato un intero giorno di licenza nel cesso, va be', era così che andava la vita di un carabiniere. Attorno agli altri, però, aveva già steso filo spinato.

Domani, quindi.

E al brigadiere Mannu il compito di interrogare il dottor Lesti.

132.

Seguì una notte tribolata.

Per il Nero che continuava a stare più di là che di qua, ragione per cui il professore aveva ordinato sorveglianza continua.

Per suor Beozia, suora infermiera, che lo dovette assistere poiché il Nero, ancorché assente, emetteva comunque frequentissimi flati che toglievano il respiro.

Per il Cerevelli che contava i minuti e non riuscì a prendere sonno poiché pensava al suo tesoro che in quel momento stava attraversando l'infido lago e magari sul fondo di quello, per un errore di manovra del Resegacci o un'onda presa male, avrebbe potuto finire.

Per Lirica che, da madre ansiosa, andava e veniva dalla camera del figlio per sincerarsi sulla sua salute e chiedere come stava, se volesse qualcosa eccetera eccetera.

Per il carabiniere Cassamagna che cercava di ricostruire il momento in cui il Cerevelli era entrato in caserma e un po' era sicuro che non zoppicasse e un po' sì, così che non gli riuscì di chiudere occhio.

Per il brigadiere Mannu che non riusciva a togliersi di testa il Cerevelli. Non ci vedeva chiaro... Quel Cerevelli... mah! Non la contava giusta, a suo giudizio. Ma ci volevano prove per dimostrarlo, e non ne aveva.

Per il maresciallo Maccadò perché il secondo nato pianse per gran parte della notte a causa di coliche gassose delle quali la signora marescialla si assunse la piena responsabilità avendo lasciato il piccolo attaccato al seno più del dovuto per prolungare il piacere del marito.

Per il Canizza cui lo stesso maresciallo, dopo che il Nero era stato trasferito in corsia, aveva ordinato di rimandare a casa i camerati accorsi alla chiamata e quelli invece di sciogliere l'adunanza gli si erano stretti attorno reclamando di sapere per quale motivo erano stati sottratti a lavoro e famiglia e lui era rimasto come quel della Mascherpa poiché l'uomo dell'OVRA non gli aveva spiegato un cazzo circa la ragione del presidio, dicendogli che lo avrebbe appreso insieme con gli altri, così che alla fine uno dei fedeli l'aveva salutato chiamandolo segretario dei miei coglioni.

Per Dorina Brugni cui tutto quel girarsi nel letto del marito aveva dapprima fatto sospettare un nuovo miracolo e poi, disillusa e scornata, aveva impedito il sonno.

Per l'Os de Mort che aveva visto disattesa la richiesta di licenziare in tronco i tre badilanti e quindi, dopo cena, carta e penna in mano aveva avuto l'intenzione di scrivere una circostanziata relazione per il podestà ma, ora dopo ora, aveva toccato con mano quanto fosse difficile scrivere chiaro e semplice. Aveva rinunciato alla relazione non però alla speranza di dare una bella lezione al Cerevelli. Se certe esperienze che aveva di già avuto si fossero confermate, avrebbe potuto servire al sedicente geometra una bella gatta da pelare. Per esserne certo aveva dovuto aspettare che schiarisse un po' e tra uno sguardo alla finestra e uno alla sveglia aveva dormito poco poco.

Per il muratore Campesi cui la moglie Anita aveva promesso che se si fosse coricato accanto a lei ne avrebbe approfittato per piantargli un coltello nella schiena e quindi, nell'incertezza, tentò di dormire seduto su una sedia della cucina, il capo appoggiato al tavolo.

Per la moglie del muratore che non dormì un accidente temendo che il marito approfittasse del suo sonno per infilarsi nel letto.

Per Mario Campesi che pregò tutta la notte chiedendo al cielo la grazia di far finire suo padre, piuttosto che sottoterra, in galera.

L'alba del nuovo giorno sorse su un paese con le occhiaie.

133.

Le più fonde furono quelle di Oscar Resegacci, che aveva pure lui passato una notte di tormenti.

Era partito la sera prima, tranquillo come il lago che era un olio, perché dell'inquietante ospite non aveva visto più nemmeno l'ombra. Evidentemente, aveva dedotto, la purga ingurgitata col pranzo l'aveva bloccato da qualche parte e, ovunque fosse, adesso cercava di ritrovare un minimo di continenza prima di ritornare a rompere le balle alla gente che cercava di campare la vita come poteva.

Tutto bene all'andata. Ma al ritorno, quando ormai era lontano dalla riva, si era levato un tivano obliquo e cattivo come l'aglio che, nonostante la sua energia, l'aveva spinto verso Bellagio, obbligandolo a un percorso a zig zag per ritornare a Bellano che gli era costato il triplo del tempo. Era entrato in darsena che erano quasi le cinque. Una volta in albergo aveva preso un foglio di carta, ci aveva scritto sopra «Chiuso per malattia» e l'aveva attaccato alla porta del Cavallino. Poi s'era ficcato a letto, i muscoli tutti un dolore, come se l'avessero bastonato.

Ma alle sei del mattino, quando dormiva da non più di un'ora, Lidio Cerevelli era lì, attaccato al campanello di casa sua.

134.

Alle sei del mattino la suora infermiera che aveva assistito per tutta la notte il Nero diede l'allarme.

«È morto!»

«Morto?» fece il professor Cerretti. Aveva dato disposizione di essere avvisato immediatamente di ogni cambiamento o novità sullo stato del degente.

«E chi lo dice?» aggiunse.

Suor Beozia si spiegò: non scorreggiava più da quasi un'ora. Quindi, poiché quei rumoracci impietosi e asfissianti erano stati l'unico segno di vita del ricoverato, non sentendoli più aveva concluso che il decesso fosse avvenuto.

«Va bene madre», la rassicurò il professore. «Adesso vada a riposare.»

E, a sua volta, partì per sincerarsi dello stato del paziente.

135.

Davanti al cartello, al Cerevelli era venuto un colpo.

Poteva essere che le sue fantasie notturne si fossero avverate?

Non aveva più staccato il dito dal campanello. Neanche quando era comparso il Resegacci.

Fu questi, infatti, con voce arrugginita, a fargli notare che, visto che era lì, poteva smettere di suonare.

«Scusate», disse, completamente in bambola, Lidio.

«E allora?» chiese subito dopo.

Il Resegacci gli mollò uno sguardo torbido: bastava guardarlo in viso per capire come avesse passato la notte. Ma il Cerevelli voleva sentirlo dalla sua voce.

«Tutto bene», disse.

«Partito?»

«E arrivato!»

«Quindi...» esalò il Cerevelli.

Quindi, tagliò corto il Resegacci, qualunque cosa lui avesse portato di là quella notte, a quell'ora era già stata consegnata a chi di dovere o nascosta dove doveva o in partenza per dove doveva andare.

«No!» sparò l'albergatore notando che il Cerevelli stava per dire qualcosa. Non gli chiedesse niente perché lui non sapeva niente di niente. Le cose funzionavano così, ognuno faceva il suo senza impicciarsi di altro. E grazie a quel sistema tutto filava liscio.

Lo sguardo del Cerevelli si spostò dal viso scuro del

Resegacci alla cima della montagna dalla cui vetta si godeva la vista della Svizzera. Sul suo viso calò un pallore lattiginoso.

«Io...»

Gli sarebbe piaciuto condividere quel momento di purissima felicità col Resegacci, farlo partecipe del fatto che col suo remare, anche controvento, aveva contribuito a gettare le basi della sua nuova vita.

Ma al Resegacci non fregava una mazza della felicità altrui, aveva sonno.

Quindi: «Se siete d'accordo io tornerei a dormire».

E, d'accordo o no che fosse il Cerevelli, gli chiuse la porta in faccia.

136.

A Lirica una bottarella di sonno era venuta giusto sul far dell'alba.

Eh, l'età, i vent'anni erano ben lontani!

Quando s'era risvegliata erano le sei e un quarto, sei e venti al massimo. Sveglia, un po' intronata, aveva immediatamente percepito l'angoscia per quell'incauto sonno che l'aveva tolta alle cure del figliolo.

Corse nella sua camera da letto ma Didino non c'era più!

O bella!, aveva mormorato tra sé la donna.

E poiché la sua fantasia indulgeva spesso alla disgrazia, l'immagine dei due carabinieri che si erano presentati alla porta di casa il giorno prima e avevano fatto dietrofront senza spiegare il motivo della visita si insinuò nei suoi pensieri, gettandola nel panico.

Panico breve, perché di lì a un minuto Lidio comparve e…

«Lidio!» esclamò la donna.

Lidio sorrise: ne aveva cento e più di scuse per giustificare la sua breve assenza nel caso sua madre avesse voluto sapere cos'era uscito a fare, l'avrebbe scelta a caso, tanto gliene fregava ormai di essere credibile.

Aspettò quindi l'inevitabile domanda della madre.

«Sì?»

«Ma tu…»

«Io cosa?»

Ma come, cosa?

«Non zoppichi più!»

Il Cerevelli aggrottò la fronte.

E già che il giorno prima zoppicava! Ma certo, certo che adesso non zoppicava più, né lui né la sua vita.

Il volto del giovanotto si spianò in un sorriso.

«Se vuoi», disse alla madre, «se ti fa piacere, posso ricominciare a farlo.»

E si avviò verso la sua stanza fischiettando e zoppicando con enfasi.

Lirica lo stette a guardare sbalordita sino a che il giovane scomparve dietro la porta della camera.

Ma era il modo di fare quello, il modo di trattare una madre che era stata in pena per lui quasi tutta la notte?

137.

Non zoppicava.

Il dottor Lesti fu categorico. E si accese l'ennesima sigaretta dopo una notte passata a girarsi e rigirarsi nel letto al pensiero del maresciallo. C'era già stato qualche screzio tra di loro tempo addietro, all'epoca della prima gravidanza della signora marescialla, e da quel momento in avanti non s'erano più usmati tanto. Gli rodeva però l'idea che potesse ritenerlo un cattivo medico o che addirittura stesse meditando contro di lui qualche vendetta. Con quei pensieri in testa, addio sonno, il dottor Lesti non aveva fatto altro che rivoltarsi tra le lenzuola e fumare, una sigaretta dopo l'altra, in camera da letto. Era scapolo, poteva permettersi di farlo.

Quando il brigadiere Mannu era entrato nel suo studio verso le otto e trenta del mattino, il dottore si stava accendendo l'ennesima sigaretta col mozzicone della precedente. Mentre il brigadiere gli spiegava il motivo della sua presenza lì, il dottore se l'era bella e fumata.

Il Mannu aveva posto la domanda, il dottore aveva un'altra sigaretta tra le dita, ma ancora spenta.

«Nemmeno per idea», aveva risposto.

Non zoppicava.

Dopodiché s'era infilato in bocca la sigaretta, se l'era accesa e con la prima boccata aveva soffiato fuori fumo e soddisfazione.

«Cosa succede?» aveva chiesto.

«Qualcosa che ancora non sappiamo», aveva detto il Mannu.

Bella risposta!

138.

Sulla soglia del portone il carabiniere Cassamagna lo avvisò che l'appuntato Misfatti era arrivato e il caffè era pronto: due ottime ragioni per stare alla larga ancora un po', rifletté il brigadiere Mannu. Quanto meno veniva in contatto con l'appuntato tanto meglio stava. E riguardo al caffè che faceva il carabiniere era un vero miracolo che non avesse ancora ammazzato qualcuno.

Guardò il cielo, nuvoloso ma con uno squarcio d'azzurro che faceva ben sperare.

«Adesso che ci penso», disse al Cassamagna, «ho ancora una cosa da fare prima di salire in ufficio.»

«Intanto però il caffè si raffredda», obiettò il carabiniere.

«Prima il dovere», sentenziò il Mannu.

Un caffè vero sapeva dove andare a berselo: dal signor maresciallo, per riferire quello che il dottor Lesti gli aveva detto.

«Titta eh!» commentò dopo aver rimirato per qualche minuto il bambinello, roseo, paffuto e con un sorriso di beatitudine.

Il Maccadò non riuscì a trattenere un sorriso davanti all'entusiasmo del brigadiere.

«Ma se ti piacciono tanto i bambini perché non ti sposi e non ne fai di tuoi?» chiese.

«Quelli degli altri maresciallo», rispose il Mannu. «Solo quelli degli altri mi piacciono.»

«Un caffè?» propose il Maccadò. «Oppure ti sei già deliziato con l'estratto di liquirizia della caserma?»

Mentre il maresciallo armeggiava con la caffettiera, il Mannu si spostò nell'ampia sala della casa che godeva di una straordinaria vista sul lago. Lo squarcio di azzurro si andava lentamente allargando, nuvole correvano, fuggivano, verso Como, la Svizzera, fregandosene dei punti critici, degli uomini, della politica...

Fu il Maccadò a interromperne i pensieri. Pure lui pensieroso, perché sapeva che il brigadiere non era andato lì solo per un caffè e per guardare su pippiu.

La domanda gli uscì di botto, quasi contro volontà, mentre entrava in sala col vassoio in mano.

«Novità?»

«Non zoppicava», rispose semplicemente il brigadiere.

Il Maccadò assentì col capo.

Deglutì.

Sentiva l'ala di un nuovo guaio battergli vicino alla fronte.

«E il Nero?» chiese.

139.

Riservata, non più riservatissima la prognosi.

«Un bel progresso», spiegò la suora messa a guardia del degente.

Non era più quella della notte, ma un'altra che, dopo la relazione della consorella, s'era portata appresso una fialetta di essenze di campo da mettersi sotto il naso all'occorrenza.

C'erano ragioni per ben sperare quindi. Il che però non voleva dire che il Nero fosse in grado di ricevere visite. Nemmeno da parte dei carabinieri i quali, disse la suora, si sapeva, erano usi a fare domande.

«Ma a uno che non può parlare che senso avrebbe farne?»

«Non parla?» chiese il brigadiere Mannu, che sino a quel momento aveva sperato di farsi dire dal compaesano qualcosa di più di quanto non avesse detto.

«Non può, non riesce, poveretto!» confermò la suora.

«Ma parlerà?»

La religiosa allargò le braccia.

«È nelle mani del Signore», fece presente, segnandosi. E lei avrebbe pregato per la sua salvezza.

«È la mia missione», aggiunse.

Certo, approvò il Mannu. Pure lui era lì in obbedienza alle regole della sua missione, quella del carabiniere. E aveva tre o quattro cose da chiedere al malato.

Però, sospirò, se non parlava...

«Secondo il professore ci vorrà ancora un po'», lo informò la suora.

«Speriamo in Lui», soffiò il Mannu indicando con l'indice il soffitto della stanza.

La suora sorrise.

«Voi andate a messa?» chiese.

«Sempre», mentì il brigadiere. Ma subito corresse il tiro. «Quando naturalmente il servizio me lo consente.»

Bene, disse la suora, allora che lo stesse a sentire. Non appena il degente avesse recuperato, a Dio piacendo, l'uso della parola, sarebbe stata sua premura avvisarlo immediatamente.

Parola sua, di suora.

«Suor come?» chiese il brigadiere.

«Repranda», declinò quella.

Il Mannu controllò l'ora, nove passate. Pure il pericolo del caffè della caserma era passato. Poteva ormai, doveva, anzi, andare.

140.

A guardarlo da lontano, in quell'ora limpida del mattino, il cantiere di Ombriaco sembrava una specie di presepe: presepe di operai, chi col badile, chi con la mazza o col piccone in mano. E tutti quanti fermi, immobili. Avvicinandosi, l'impressione di presepe svaniva, cancellata dalle imprecazioni che salivano dalle bocche dei badilanti verso il cielo azzurro che faceva da cornice.

Che cazzo aveva voluto significare l'Os de Mort quando, alle sette e trenta spaccate, aveva detto: «Lavori sospesi sino a nuovo ordine!».

Cosa gli era saltato in testa?

Qualunque cosa fosse, s'erano detti obbedendo comunque all'ordine, le promesse erano promesse e la paga doveva restare doppia o tripla, anche se erano costretti a stare lì, le mani in mano. Ma ad aspettare cosa, l'avvento del Messia?

No, del Cerevelli.

Il direttore dei lavori.

Che aveva reso amare le ore notturne dell'Os de Mort ma gli stava addolcendo quelle del mattino.

Carogna sin nel midollo, il pomeriggio precedente, quando il Canizza s'era portato via Lidio, pure lui, senza far parola, aveva abbandonato il cantiere ed era rientrato a casa. Perché sapeva bene quello che sarebbe successo, ci contava.

Senza nessuno che li controllasse e li spronasse, gli operai avrebbero rallentato il ritmo del lavoro, perdendo tempo in chiacchiere o a bere o a fumare, illudendosi così di poter guadagnare un paio di giornate di paga doppia o tripla. Primo fra tutti, alle sette del mattino, era salito al cantiere e verificato la bontà della sua intuizione: la base del muro, bindella in mano, era più o meno allo stesso livello del giorno prima, gli attrezzi abbandonati qua e là anziché depositati nell'apposito gabbiotto.

Se qualcuno credeva di farlo fesso, e con lui la pubblica amministrazione, si sbagliava. Ne aveva sistemati di più furbi e se il Cerevelli e la sua banda credevano di poter mungere le casse comunali come se fossero una delle tante vacche che stavano nelle stalle dei dintorni avrebbero dovuto ricredersi.

Senza il direttore dei lavori nessuno doveva toccare niente, nemmeno un sasso.

Lo attese sino alle nove.

A quell'ora, all'apice dell'euforia, l'Os de Mort, preso atto che del Cerevelli non s'era vista neanche l'ombra, prese la decisione e s'avviò per avvisare innanzitutto l'autorità.

141.

«Sequestro del cantiere?» ripeté, incredulo, il brigadiere Mannu.

L'appuntato Misfatti confermò con un cenno del capo.

Proprio.

Non era mai stato così felice di vedere il brigadiere come quella mattina. Talmente contento che, vedendolo finalmente arrivare, aveva lasciato solo l'Os de Mort nel suo ufficio ed era corso di persona ad aprirgli il portone. Poi, nell'atrio, l'aveva messo al corrente della novità: l'Os de Mort era lì in caserma per chiedere in via ufficiale la messa sotto sequestro del cantiere di Ombriaco.

Cazzi suoi!, aveva pensato mentre parlava.

Chi era il facente funzione di comandante?

Il brigadiere Mannu.

Servito, quindi.

Pochi minuti dopo l'Os de Mort riattaccò la litania a beneficio del brigadiere.

Innanzitutto riteneva i lavori eseguiti in evidente violazione degli accordi intercorsi tra impresa appaltatrice ed ente commissionante, da cui discendeva l'opportunità di una perizia suppletiva onde evitare sprechi di denaro pubblico e rischi futuri per i fruitori dell'opera stessa: c'erano ritardi dolosi facili da verificare, personale inadeguato, numericamente e qualitativamente, soggetti protervamente mantenuti sul posto di lavoro nonostante l'evidente, dimostrabile inaffidabilità. Pure i materiali impiegati a suo giudizio meritavano una verifica da parte di un occhio imparziale ed esperto. E tanto per chiudere dal pomeriggio precedente non si avevano notizie del direttore responsabile geometra Lidio Cerevelli!

Al nome il brigadiere ebbe uno scatto.

Ancora lui!

«Quindi, sequestro del cantiere», finì di celebrare l'Os de Mort.

Mmm!, mormorò il Mannu.

Ma qual era la procedura?

142.

Quel sentore di guaio, quell'ala malefica che gli aveva sfiorato il viso quando il Mannu gli aveva detto del Cerevelli, del fatto che secondo il dottor Lesti non zoppicava, era sparito.

La bellezza di una intera giornata da passare tutta in famiglia era tornata. Addirittura troppo bella, come non fosse reale.

Invece lo era.

Erano quasi le dieci del mattino e il maresciallo Maccadò, lo sguardo alla finestra verso il lago, stava elencando tutte le piccole gioie godute sino a quel momento.

La notte. È vero, il piccoletto aveva dormito solo a tratti, svegliandosi e piangendo. Ma alle sue orecchie era stata musica e musica era stata la ninna nanna che sua moglie gli aveva cantato a più riprese per tranquillizzarlo. Tutti e tre nel lettone matrimoniale a farsi caldo l'un l'altro, a mormorarsi idee, progetti, parole lanciate nel buio senza confini della stanza grazie al quale tutto sembrava possibile, le difficoltà, i problemi, cose da niente.

Poi aveva assistito alla prima poppata, e alla seconda.

Dio, come tittava su pippiu! E che Madonna era la marescialla!

S'era fregato le mani, contento come un bambinello: quella giornata prometteva di essere una pagina di vangelo.

E, alle gioie già godute, cominciò ad aggiungere quelle che sarebbero arrivate di lì a poco. Prendersi in braccio il piccolo e cantargli qualche canzoncina. Dare, cogliendola alla sprovvista, un bacio alla signora Maccadò e farla arrossire, perché certe cose lei non le voleva fare alla luce del sole. Assistere, naturalmente, alla terza poppata e poi aiutare la moglie a preparare il pranzo. Anzi, già che c'era, dirle di starsene tranquilla che al pranzo quel giorno avrebbe pensato lui.

Stava organizzando il menu, pasta corta melanzane e mozzarella, quando il campanello di casa squillò.

Il Maccadò mollò la visione del lago e le fantasie, ma anziché correre alla porta di casa si fece sulla soglia della cucina dove sua moglie stava riordinando.

«Aspetti qualcuno?» chiese.

Chiuse gli occhi in attesa che Maristella gli rispondesse sì.

«No», invece.

«E tu?» chiese subito dopo la donna.

Nemmeno lui. Né voleva che qualcuno lo andasse a cercare proprio adesso che stava per giungere il momento della terza poppata.

Aprì per trovarsi di fronte il brigadiere Efisio Mannu.

Non parlò, non chiese.

Il brigadiere disse che non gli avrebbe rubato che pochi minuti, giusto il tempo per essere aggiornato sulla procedura da seguire in un caso come quello.

«Che caso?» uscì dalla bocca del Maccadò.

Il Mannu strinse i tempi, riassunse, tagliò il traguardo del resoconto col fiato corto.

Pure al maresciallo, che aveva solo ascoltato, il fiato mancò.

«Sequestro di cantiere?» sbottò.

Un casino!

«Entra, va'», disse al brigadiere.

Non era cosa che si poteva spiegare in un minuto, non sulla porta di casa, non mentre stava per avere inizio la terza poppata della giornata.

143.

Maristella Maccadò, col piccolo attaccato, se ne stava seduta sull'unica poltrona del salotto, sotto lo sguardo del marito, in piedi.

In piedi pure il brigadiere Mannu, ma girato di spalle, per rispetto.

Il maresciallo aveva appena ripetuto che era un bel casino, sua moglie l'aveva immediatamente redarguito.

«Le parolacce, Nè!» accennando al bambino.

«Ma come vuoi che le senta?»

«E che ne sai!»

Va bene. In ogni caso restava un bel problema.

Nemmeno a lui, disse il Maccadò, era mai capitata un'emergenza del genere. Tuttavia aveva presente la procedura perché di tanto in tanto se l'era ripassata.

Bisognava innanzitutto avviare un'ispezione in loco.

«In due», chiarì il Maccadò.

Sentire le parti, interrogare i testimoni, stendere una relazione, inoltrarla all'Ispettorato del Lavoro, mettersi a disposizione di quest'ultimo e dell'Ispettore che sarebbe immancabilmente arrivato per, a sua volta, ispezionare il luogo, sentire le parti, interrogare i testimoni, stendere una relazione e via di questo passo.

Né si potevano dimenticare le questioni di ordine pubblico che inevitabilmente si sarebbero poste: le proteste degli operai sospesi dal lavoro, per esempio, oppure quelle degli evacuati dalle case, da cui, con tutta probabilità, la necessità di presidiare…

«Presidiare!» sorrise amaramente il maresciallo.

... il luogo sottoposto a sequestro.

Maledicendo tra sé la malvagia matematica del destino, il Maccadò concluse che, per far fronte all'evento, senza trascurare la routine, la caserma doveva schierare tutti gli uomini a disposizione.

Guardò su pippiu che nel frattempo aveva concluso la sua terza poppata.

«Tu e il Cassamagna cominciate ad andare su», ordinò.

Appuntamento più tardi, in caserma.

Non lo disse, ma era implicito.

144.

Il dito, nodoso, dell'Os de Mort stava indicando al brigadiere Mannu e al podestà, fremente per l'intralcio, come secondo lui tra il disegno del muro e il muro stesso ci fossero perlomeno dieci centimetri di differenza nell'altezza e venti buoni buoni in larghezza.

Si era di fronte a un mancato rispetto degli accordi presi, affermò. Poi tirò su col naso: odor di truffa.

Stavano tutti e quattro nella baracchetta del direttore dei lavori. Nel silenzio che calò dopo le parole dell'Os de Mort, il brigadiere levò un momento gli occhi dal disegno per guardare un soldo di sole che finalmente compariva e vide l'ombra. Quella del Cerevelli che si allungò sul muro in minaccia di sequestro.

Solitamente le ombre non disturbavano l'Os de Mort. Quella del Cerevelli però gli provocò una smorfia di dispetto.

Erano le undici, o poco più. Il brigadiere Mannu fotografò per bene il figliol prodigo. Prese nota delle mani, entrambe infilate in tasca e del sorriso, fesso, che aveva stampato in viso.

«E la caviglia come va?» chiese.

«Insomma...» fu la risposta.

«Vi avevano dato per disperso, lo sapevate?»

Disperso?

Perso, piuttosto. Perso nel sogno che stava per diventare realtà. E che, appunto, gli aveva fatto perdere un po' di tempo, ritardando il suo arrivo sul cantiere, perché aveva dovuto attendere che le Regie Poste aprissero gli uffici. Poi, dopo aver dettato il telegramma indirizzato alla Spettabile Ditta, e che ditta!, Ritter di Zurigo, informandola di aver inviato il preventivo richiesto e di essere in attesa di un cortese riscontro di ricevuta. S'era anche dovuto piegare alla necessità di inventare un sacco di balle per rispondere all'indebita curiosità dell'impiegato Menarelli che, essendo pettegolo come una serva, gli aveva chiesto se aveva in ballo affari con gli elvetici.

Ma al brigadiere questo non doveva interessare, rifletté infine il Cerevelli.

Però era lì, sotto i suoi occhi, al cantiere.

Che ci faceva?

«Cosa ci fate, qui?» chiese, accorgendosi in quell'istante del podestà che poco prima e discretamente si era allontanato per fare una pisciatina.

«Domanda pertinente», rispose il brigadiere.

Il carico della risposta, però, spettava al podestà, che prima tossicchiò, come di regola, poi disse.

145.

«Mi sono fidato di voi, ma a quanto mi viene riferito ho fatto un grave errore visto che preferite navigare altrove piuttosto che stare qui a seguire, come sarebbe vostro dovere, lavori di ESTREMA URGENZA!»

La fronte del Cerevelli si corrugò.

«Sarebbe a dire?» chiese con prudenza.

Sarebbe a dire che il lì presente…

«Esangui», suggerì l'Esangui.

… che il lì presente Esangui, verificate inadempienze gravi nei lavori e l'assenza del direttore sin dal pomeriggio del giorno prima, s'era deciso a chiedere il sequestro del cantiere!

Sequestro del cantiere?

Lui assente?

E quando?

«Ieri pomeriggio», rispose, da dietro il podestà, l'Os de Mort.

«E cosa potevo fare?» ribatté Lidio.

Era forse colpa sua se il Canizza l'aveva praticamente sequestrato, sequestro vero e proprio!, blaterando attorno a misteriose, indifferibili ragioni di Partito?

«Quali ragioni?» chiese il podestà.

«Boh», rispose il Cerevelli.

Ma aveva tanto di testimoni per confermare che non mentiva: uno era lì, lo stesso brigadiere.

Allo sguardo del podestà, il Mannu confermò.

«E l'assenza di questa mattina?» chiese l'Os de Mort, da sottoterra.

«È presto detto», rispose Lidio senza guardarlo.

Ma era forse colpa sua se, mentre usciva di corsa dalla caserma per andare a chiamare il dottor Lesti, s'era preso una storta coi fiocchi alla caviglia che, per il dolore, l'aveva tenuto sveglio tutta la notte e solo a furia di impacchi di salvia e malva gli aveva permesso di salire piano piano, non senza difficoltà, al cantiere?

Il Mannu stava per chiedergli testimoni della storta, pronto a opporgli le parole del Lesti e quelle dello stesso Cassamagna. Ma il Cerevelli era ormai un fiume in piena: mica poteva, proprio adesso, rischiare un sequestro del cantiere con tutte le menate conseguenti, magari anche un bel processo.

Gli operai se l'erano presa comoda?

Cosa poteva farci lui?

Niente!

Anzi, una cosa sì!

Spronarli ancora di più, non perderli d'occhio nemmeno per un minuto da adesso in avanti, farli lavorare dodici ore al giorno, anche di notte se necessario, pur di rispettare gli accordi e la consegna!

La foga del Cerevelli era tale che il podestà lo invitò a calmarsi: nemmeno a lui l'idea di mettere sotto sequestro il cantiere bloccando lavori che andavano finiti in fretta e bene andava a genio.

«Vediamo di parlarci chiaro», disse.

Considerava come incidenti di percorso i fatti capitati nelle ultime ore, e come tali li archiviava.

Però che il Cerevelli avesse ben presenti le conseguenze cui sarebbe andato incontro se, da quel momento in avanti, le cose non fossero andate come dovevano.

«Mi sono spiegato?» chiese il podestà.

Sul viso del Cerevelli spuntò un sorriso, aveva vinto.

«Non c'è tempo da perdere», rispose.

146.

Giovedì mattina, secondo l'articolo pubblicato dal «Gagliardetto» a firma del maestro Crispini, il paese stava vivendo ore di fremente attesa per la Giornata del Ringraziamento.

Fremente o no che fosse l'attesa, faceva un freddo della madonna. Alla prima telefonata che giunse in caserma, rispose il carabiniere Cassamagna. Brevemente, un borbottio.

«Chi era, che voleva?» si informò il brigadiere.

Niente, uno sbaglio, l'ospedale, una certa suor…

«Repranda?»

Il Cassamagna restò di stucco.

«Proprio», confermò.

«Richiama immediatamente», ordinò il Mannu.

Ci vollero cinque minuti buoni prima che la suora giungesse al centralino.

«Come da promessa io avevo…» sussurrò la superiora.

«Parla?» tagliò corto il Mannu.

La suora esitò un istante.

«Sì, ma…»

«Ma?»

«È quasi incredibile… se non l'avessi sentito io, con le mie orecchie…»

«Parla o no?» chiese seccamente il brigadiere.

«Per parlare parla», confermò suor Repranda.

Però…

«Però cosa?» fucilò il Mannu.

Era cosa da vedere, rispose la suora. Vedere e soprattutto sentire.

«Allora vengo subito», disse il brigadiere, nonostante il pomeriggio precedente avesse promesso al maresciallo di dimenticare la faccenda.

147.

Proprio.

Glielo aveva promesso mettendosi quasi sull'attenti dopo che il maresciallo, con un tono vagamente ufficiale, glielo aveva chiesto.

Erano nel suo ufficio.

Il Maccadò infatti, finita la terza poppata, s'era avviato mestamente alla volta della caserma avvisando la moglie che non aveva la minima idea dell'ora in cui avrebbe potuto fare ritorno.

«Ma non sei in licenza?» aveva chiesto la donna.

«Sì, 'sti ca...»

«Nè!» l'aveva interrotto Maristella.

«Scusa.»

Ma lui non era un santo martire e l'idea di doversi bruciare un'altra giornata per ascoltare podestà, Os de Mort e Cerevelli, stendere formale verbale da produrre all'Ispettorato del Lavoro e attendere ordini superiori, gli faceva dimenticare di essere a portata di voce di un esserino che secondo la moglie memorizzava tutto ciò che sentiva.

Non era ancora l'una invece quando s'era trovato faccia a faccia col brigadiere Mannu solo soletto che, sul volto il sorriso di chi sapeva di portare buone notizie, gli aveva comunicato che la faccenda s'era ricomposta.

Niente sequestro!

Quindi una mezza giornata salvata, da dedicare a godersi le gioie della famiglia.

«Però...» aveva buttato lì il brigadiere.

«Però?»

Se si poteva permettere di rubargli ancora un minuto, ci teneva a dirgli che quel Cerevelli non lo convinceva del...

«Ah no, eh!» l'aveva interrotto il maresciallo.

E poi: «Basta», aveva decretato.

Basta.

Loro carabinieri dovevano occuparsi delle cose di competenza. Grane ne avevano già abbastanza senza bisogno di andarsele a cercare. Gli restavano pochi giorni di licenza, aveva mormorato.

«E farei conto di godermeli minuto per minuto.»

Per cui, che gli facesse una cortesia, un favore personale.

«Dimenticati tutta la storia, il Nero, il Cerevelli... non sono affari nostri», aveva detto.

«D'accordo», aveva risposto il Mannu.

«Me lo prometti?»

«Sì.»

Secondo l'uso, però, dei marinai.

148.

S'era svegliata in piena notte, cominciò a raccontare suor Repranda nella corsia dell'ospedale davanti alla porta della stanza dov'era ricoverato il Nero.

«Ammetto di essermi lasciata vincere dal sonno.»

Tuttavia non si sentiva in colpa. Perché, nonostante le raccomandazioni del professore, lei già la sera prima aveva capito che il degente non era più in pericolo di vita.

«Val più la pratica talvolta, sapete brigadiere?»

E lei in quanto a pratica, visto che da cinquant'anni bazzicava ospedali e malati, poteva farla in barba a tanti dottorini! Comunque s'era addormentata e s'era risvegliata bruscamente in piena notte richiamata dal sonno da un rumore che sulle prime le era sembrato quello di una pentola dove bollissero fagioli.

«Avete presente?» chiese la religiosa.

Sì, rispose il brigadiere, aveva presente.

Ma non si poteva arrivare al sodo?

Evidentemente no, poiché suor Repranda riprese dicendo: «I fagioli erano lì, nella stanza».

«Che cosa?»

Ma via, era un modo di dire!, sorrise la suora. Ovvio che non ci fossero pentole e fagioli nella stanza di un ricoverato! Ma il rumore era quello e veniva direttamente dalla gola del degente. «Il quale, non mi crederete...»

«Stava parlando!» corse alla conclusione il Mannu che non vedeva l'ora di entrare nella stanza del Nero.

«Meglio!» lo stupì la suora.

Di più.

«Stava pregando!»

«Cosa faceva?»

Pregava!

Anche lei, sulle prime, non aveva capito bene cosa dicesse, era rimasta un po' così, stordita. Allora s'era avvicinata, s'era chinata per sentire meglio. Così, senza possibilità di dubbio, aveva compreso: da quelle labbra stava uscendo una fila ininterrotta di avemarie, paternoster, virgofidelis, agnusdei, e via di questo passo.

«Quindi se può pregare...» interloquì il brigadiere.

«E no, un momento», fece la suora. Non era mica finita. Perché, dopo l'attimo iniziale di entusiasmo, aveva voluto riflettere. Insomma, in cinquant'anni di ospedale ne aveva visti di matti, gente che da un giorno all'altro perdeva il ben dell'intelletto.

«Volete dire che...»

Ma contro la suora era una battaglia persa, al brigadiere non riusciva di finire una frase.

«Altolà!» intimò la religiosa seguendo l'indice del Mannu che si picchiava la tempia.

Che quello fosse ammattito, non era affar suo. Certe cose però, anche nella follia, volevano rispetto. Tutte quelle preghiere sprecate, senza senso... Così gli aveva detto che se voleva pregare lei era lì per quello: ma con ordine, seguendo una logica, come Santa Madre Chiesa insegnava.

«E sapete qual è stata la prima cosa che mi ha detto?»

Le aveva detto di chiamare un prete!

«Un prete?»

«Un sacerdote, sì. Per confessarsi.»

Il Mannu restò senza parole. Suor Repranda invece ne aveva ancora una discreta scorta.

«Chissà cosa passa nella testa di un uomo quando sfiora la morte», osservò.

Lei sapeva solo ciò che si diceva, che un morituro rivedeva in un istante tutta la sua vita. E se la vita era stata piena di nefandezze, peccati e brutture e costui aveva la fortuna di risorgere non poteva fare altro.

Il brigadiere restò muto, non tentò nemmeno una risposta.

«Pentirsi.»

Pentirsi e redimersi.

Il prete glielo aveva chiamato subito. Povero don Tremecoli! Anziano e morsicato dall'artrite com'era, in un amen s'era levato dal letto e, tra uno scric e uno scroc, aveva raggiunto il capezzale del degente. L'aveva confessato. Quello s'era pentito. Aveva pianto anche. E aveva detto che la sua vita precedente era finita, sepolta nel buio di quelle ultime ore, dimenticata. Ormai era un altro, aveva fatto voto di silenzio su tutto ciò che era passato e non si sarebbe dedicato che a opere di bene.

E forse… alluse suor Repranda.

«Forse?» si incuriosì il brigadiere.

«Forse si farà frate!»

149.

Il freddo si aggravò nel primo pomeriggio grazie a un tivanaccio che tirava sbilenco e sembrava aver preso di mira piazza Verdi, dove Beppe Canizza stava ripassando, col suo manipolo di camicie nere, la lezione per la Giornata del Ringraziamento.

Tutti presenti, tranne il capomanipolo Lidio Cerevelli, assente giustificato per ragioni di ordine superiore, pubblica sicurezza.

Tra uno sbuffo di vento e una nuvola di polvere il Canizza impiegò un paio d'ore nella vana ricerca di un poco di armonia tra le varie altezze dei presenti, predicando che in chiesa avrebbero dovuto tenere un atteggiamento dignitoso ma non eccessivamente partecipe, secondo le direttive del Partito che voleva avocare a sé l'educazione della gioventù. Viceversa, nella sala del consiglio avrebbero dovuto esibire tutta la marzialità di cui erano capaci: sguardo fisso, schiene diritte, gambe divaricate.

«E le pance», sbottò a un certo punto, «le pance, mi raccomando!»

Ce n'erano tre o quattro infatti che, benché giovani, avevano di già una discreta bogia.

Dopo un'ulteriore oretta di avanti marsc e dietrofront, quando, verso le quattro, una mano di grigiore stava cominciando a calare sul paese, il Canizza decise di mandare tutti a casa con un'ultima raccomandazione: che la sera della vigilia andassero a letto presto e non in giro per osterie come la maggior parte di loro era abituata a fare il sabato; le facce del dopo ciocca, sbattute, pallide, risaltavano sinistramente sopra la camicia nera.

Quindi li inquadrò e pretese che, lui in testa, risalissero a passo di marcia il lungolago.

Fu vedendoli passare, mentre guardava sconsolato il lago grigioferro, che il brigadiere se ne ricordò.

«Signori beneittu!» esclamò.

Era pronto a scommettere che al maresciallo, come a lui d'altronde, quell'impegno fosse passato completamente di testa.

150.

Gli avrebbe fatto meno male.

Se uno di quei colpi di mazza o di piccone che gli operai su al cantiere di Ombriaco picchiavano senza sosta sotto l'occhio irrequieto del Cerevelli e quello impassibile dell'Os de Mort gli fosse arrivato su un callo, il maresciallo Maccadò avrebbe provato meno dolore di quello che invece percepì quando il brigadiere gli ricordò che domenica c'era la Giornata del Ringraziamento. E il podestà aveva invitato tutte le autorità del paese, compreso lui.

Il piccolo stava frignando, ma era in cucina in braccio alla signora Maccadò che tentava di calmarlo, così il maresciallo se lo permise.

«Ma porca puttana!»

Possibile che un destino infame avesse scelto proprio quella settimana per prenderlo di mira?

D'altronde, aveva alternative?

La domanda cominciò a gemere dagli occhi del maresciallo. Non la tradusse in parole. Ma il suo silenzio fu eloquente.

Il brigadiere gliel'avrebbe fatta la cortesia di sostituirlo?

Pure la risposta del Mannu non ebbe bisogno di parole, rispose con un inarcarsi di sopracciglia.

Ma se era andato lì apposta, per dargli l'opportunità di chiederglielo!

Il maresciallo aggrottò la fronte, il brigadiere la spianò.

«Il podestà se ne avrà a male per la vostra assenza», osservò quest'ultimo sorridendo.

«Sarà mia cura raccontargli la bugia giusta, poi», rispose il Maccadò, strizzando l'occhio.

151.

Pure il professor Cerretti ci sarebbe rimasto male se Lidio non fosse stato dei loro, osservò Lirica sabato sera.

Quale direttore sanitario dell'ospedale dove il salvato era subito stato ricoverato e da lui magistralmente curato, il professore sarebbe stato presente alla cerimonia. Ma un altro evento, più intimo ma non meno importante, si celebrava quel giorno: l'anniversario di laurea del professore. Per la ricorrenza il Cerretti aveva dato disposizioni per organizzare un pranzo a casa sua invitando amici, Lirica e figlio, e parte del personale ospedaliero, comprese un paio di suore e don Tremecoli.

«D'altronde non è proprio possibile», ribatté il giovanotto.

Il termine ultimo di consegna dei lavori era lunedì, lui e l'impresa stavano camminando sul filo del rasoio, non c'era un minuto da perdere. Per arrivare al traguardo finale ed evitare guai, era necessario, assolutamente necessario lavorare anche la domenica. Con tutto ciò che questo comportava in termini di spesa per l'impresa Cerevelli.

«Vale a dire?» chiese Lirica.

Valeva a dire che per convincere i muratori a lavorare anche la domenica aveva promesso loro un premio speciale il cui ammontare, anziché dalle casse del comune, sarebbe uscito da quelle dell'impresa Cerevelli.

Non c'era altro da fare, assicurò Lidio.

E Lirica tacque, ben ricordando che, in fin dei conti, quel lavoro l'aveva accettato lei.

152.

In grande uniforme e con l'opprimente lucerna in testa, il brigadiere Efisio Mannu, accompagnato dal carabiniere Cassamagna pure lui tirato a pomice, si presentò al signor prevosto alle dieci meno un quarto di domenica mattina per chiedere lumi circa la posizione da tenere durante la cerimonia religiosa.

Il sacerdote spiegò.

Le autorità civili e militari si sarebbero schierate alla destra dell'altare, a sinistra invece quelle religiose, fabbriceri, i bambini di San Luigi, i catechisti, le suore dell'asilo, dell'ospedale e dell'orfanotrofio di San Rocco.

Verso le dieci i primi fedeli cominciarono ad affluire. Alle dieci e un quarto giunse l'eroe, poco dopo il salvato. Alla spicciolata quindi, e in un ordine che al brigadiere sembrava quasi segreto, le autorità: il podestà, il segretario comunale, il direttore didattico, il dottore, il notaio, il direttore del cotonificio e via di seguito, tutti, tranne il dottore scapolo, con le rispettive consorti appese al braccio. Spettacolo di varia umanità, notò il Mannu, quasi un avanspettacolo di rughe, gorgiere, sederi a fatica occultati e mossette, mezzi sorrisi, saluti discreti e cenni di intesa.

Entrarono la madrina degli alpini, rossa in viso come se avesse già bevuto, e il direttore della Banca del Mandamento. Quando mancavano cinque minuti alle dieci e trenta, ora di inizio della funzione, giunse Beppe Canizza col suo codazzo nerovestito. Il prevosto, dall'altare, fece loro un cenno, a destra! a destra! Infine, a tre minuti dall'inizio, il professor Cerretti si materializzò sulla soglia: a destra, al braccio, l'Olghina, a sinistra la nipote Eufemia che dava invece il braccio a Lirica Cerevelli che faceva le veci del figlio sacrificato per il bene pubblico.

Fermo, il professore diede un'occhiata in profondità, come volesse verificare se, nonostante fosse arrivato all'ultimo momento, il posto che preferiva lo aspettasse comunque, in attesa.

C'era. Discreto, come piaceva a lui, secondo banco.

Allora si avviò, nel silenzio assoluto che attendeva di riempirsi della voce del signor prevosto.

Fatti due passi, però, un rumoretto, un tintinnio fece girare più di una testa.

Tra i primi a comprendere da dove provenisse quel suono, e prima che la maggior parte del popolo entrasse e si disponesse sul fondo, ci fu il brigadiere Mannu: un collier, insieme con un paio di altre collane, ondeggiava al collo di perla della bella Olghina.

153.

Al torneo dei saluti, fuori, dopo la messa, la grande uniforme del brigadiere Mannu ottenne un successo perlomeno uguale a quello dell'Olghina, che non aveva smesso un attimo di solfeggiare, il collier tra le dita: «È un pezzo unico!».

Quando si trovò davanti il carabiniere, che in obbedienza alla raccomandazione del Maccadò stava passando in rassegna le autorità e consorti varie presenti per salutare, non resistette alla stupidità, e gli chiese quanto pesasse il cappellone che portava.

E lì successe il patatrac.

Il fotografo Gaetano Impiastri, che per niente al mondo si sarebbe persa l'occasione di immortalare su lastra una giornata così memorabile, si mise di mezzo: aveva già fatto numerosi scatti, compreso uno a tutta la squadra del Canizza e uno all'eroe e al salvato, quest'ultimo simbolicamente in braccio al suo salvatore.

«Una bella foto!» berciò all'indirizzo del brigadiere.

«Sì sì, che bello!» fu la risposta dell'Olghina, che impedì al Mannu di dire ciò che pensava riguardo a fotografi e fotografie.

E in men che non si dica si appese al braccio del brigadiere.

Il professor Cerretti stava scambiando quattro chiacchiere col signor prevosto. Il cinguettio della moglie attirò la sua attenzione. Lanciò verso di lei uno sguardo in tralice. Nemmeno lui sopportava fotografi e fotografie ma sapeva che, per venirne fuori in fretta e zittire la mogliettina, non c'era altra strada che acconsentire alla sua volontà.

«Tu mettiti qui, a sinistra», gli ingiunse lei.

L'Impiastri salivava per la contentezza. Aveva sotto gli occhi un quadro, una metafora: legge, bellezza e scienza. Eccola lì l'Italia che camminava a fronte alta tra le potenze mondiali! Poteva anche venderla al giornale, quella foto!

«Pronti!» avvisò.

Il volto del brigadiere era accigliato, serio quello del professore. L'Olghina sorrideva.

«Uno!» iniziò a contare l'Impiastri.

Ma: «No!» fece l'Olghina.

E si sistemò il collier.

«Vorrei che si vedesse bene», spiegò rivolta al brigadiere. «Sapete, è un pezzo unico.»

Al Mannu venne il pensiero che la donna aveva al collo la bicicletta del figlio del Campesi.

«Raro, piuttosto», osservò. «Unico, proprio, non direi.»

Ci fu qualche risolino che salì dalla folla che guardava aspettando lo scatto: riso di stampo femminile, un poco di invidia che trovava sfogo. Un'ombra appena appena smorzò il sorriso dell'Olghina.

«Ma cosa dite, maresciallo!?»

«Non sono maresciallo», puntualizzò il Mannu.

La gaffe della donna provocò qualche altra risatina, più gutturale delle precedenti, erano più i maschi a divertirsi adesso: l'Olghina era proprio scema come si diceva in giro.

«È solo un brigadiere, cara», intervenne il professore. «Ma forse la sa lunga in tema di numismatica.»

Poi, ruotando solo la testa verso di lui: «Eh, giovanotto?» chiese.

Efisio Mannu socchiuse gli occhi: l'ultimo che l'aveva chiamato giovanotto con quel tono era finito in una siepe di fichi d'India e probabilmente non aveva ancora finito di togliersi di dosso gli invisibili aghi.

«Numismatica?» rispose. «No. Mi occupo di altre cose. Reati, appropriazioni indebite...»

Nessuno più rideva.

«Intendereste dire?» chiese, la lingua un bisturi, il Cerretti.

«Niente», rispose, a bassa voce, nera di rabbia, il brigadiere.

Dopodiché sembrò che tutto si oscurasse.

Non venne scattata alcuna fotografia.

154.

Stanco.

Stufo.

Insomma, era in ballo dalle dieci della mattina.

Inquadrare i suoi, la messa, la predica, luuunga!, del signor prevosto, la cerimonia in municipio, il discorso, noioooso!, del podestà, quello del Crispini di cui non s'era capito un cazzo, pieno di citazioni latine e di frasi lunghe che solo ad ascoltarle toglievano il fiato; poi i saluti, i complimenti, il pranzo al Cavallino, aperitivo, antipasto, primo, secondo, dolce, caffè, ammazzacaffè e chiacchiere senza fine.

«Ho tutti i diritti», si sfogò Beppe Canizza con la Dorina verso le cinque del pomeriggio di domenica, «di averne pieni i coglioni.»

D'altronde, sospirò dal divano occhieggiando le caviglie della moglie e paragonandole a quelle dell'Anita Campesi, il dovere era dovere. Ma, se non fosse stato segretario, col piffero che sarebbe rimasto fino alla fine. Avrebbe fatto piuttosto come il professor Cerretti, furbo lui!, che a un certo punto, con l'inossidabile giustificazione dell'anniversario di laurea e festa conseguente, aveva salutato la compagnia danzante e se n'era andato con la bella mogliettina.

Vista l'impossibilità di avere Lidio alla sua tavola, il Cerretti aveva disposto di destinare la nipote Eufemia al pranzo presso Il Cavallino, quale rappresentante della famiglia, e al fine di non lasciarla sola soletta aveva chiesto a Lirica di farle compagnia.

Lirica aveva accettato con finto entusiasmo ma, per tutta la durata del pranzo, anziché gustare le prelibatezze del ristorante si era nutrita della bruttezza dell'Eufemia. Così che alla sera la sua colite si risvegliò, obbligandola a coricarsi presto, la boule dell'acqua calda sull'addome e la reliquia di san Leone sotto il cuscino.

«Mi spiace tanto», disse al figlio, «ti dirò domani com'è andata.»

«Riposa bene», le augurò Lidio, una mano in tasca a palpare una cartina.

Quella dove, segnato in rosso, c'era il sentiero che da Colonno portava all'alpe omonima.

«E poi, sai dove, mamma?» mormorò tra sé quando fu pure lui a letto.

Ma è ovvio, in Svizzera!

155.

Domenica sera il maresciallo Maccadò aveva riaperto con un sospiro l'armadio dove aveva riposto la divisa per quella settimana di tribolata licenza.

Lunedì mattina uscì immergendosi in un panorama di luci e linee ancora incerte dopo aver guardato il piccolo che dormiva accanto a sua moglie e con una certezza nell'animo: quella che, essendo finita la sua licenza, erano finiti anche i guai e gli imprevisti e d'ora in avanti avrebbe avuto settimane sonnolente come il piccolo mondo che gli stava intorno, avviato verso il letargo dell'inverno.

A riceverlo in caserma trovò il solo Cassamagna cui, tanto per dire qualcosa, chiese come fosse andata la Giornata del Ringraziamento.

Per il Cassamagna, giovane e rispettoso, la domanda del maresciallo suonò come ordine.

Partì con una relazione puntigliosa, tornando indietro quando si accorgeva di aver dimenticato qualcosa, elencando i presenti e le fasi salienti della cerimonia. Tentò anche un riassunto dei discorsi uditi. Il maresciallo si pentì quasi subito di avergli fatto quella domanda, iniziava già ad annoiarsi come se ci fosse stato anche lui, ma cambiò atteggiamento quando il Cassamagna disse che, poi, dopo, fuori dalla chiesa, sul sagrato, mentre tutti si salutavano e alcuni sbaciucchiavano, c'era stato uno scambio di battute un po'...

«Velenose», le definì, tra il signor brigadiere e il professor Cerretti.

«Sarebbe a dire?»

Quello sì che era un tono d'ordine!

Il Cassamagna si impappinò.

D'altronde era lì, vicino al terzetto che l'Impiastri voleva fotografare, aveva sentito, forse proprio non tutto, ma il tono...

«Che tono? Di chi?»

«Di tutti e due», rispose il Cassamagna.

Del brigadiere Mannu e del professor Cerretti. Secco, non certo quello di due che si stavano scambiando complimenti. E gli era sembrato che tutto fosse cominciato da quel gioiello...

«Quale gioiello?»

«Quello della signora Cerretti», rispose il Cassamagna.

«Il collier?» specificò il maresciallo.

Proprio, da quel collier che la moglie del professore portava al collo.

«Maledizione!» esclamò il Maccadò picchiando una gran manata sul tavolo.

Testa di sardo! Cocciuto come un mulo!

L'avesse avuto sotto mano: ma il Mannu aveva approfittato di una giornata di ben meritato permesso per recarsi a Lecco da un suo amico, sarto siciliano, per farsi prendere le misure di un vestito.

Il maresciallo rivisitò la certezza di poco prima, quella sui guai che sarebbero finiti insieme con la sua licenza.

Guardò il Cassamagna.

Risentì le parole del brigadiere, la promessa che gli aveva fatto, lasciar perdere, dimenticare, basta!

Era così che teneva in conto i suoi consigli?

Proprio con quello giusto era andato a pestarsi i calli!

«E appunto», proseguì il Cassamagna visto che il maresciallo continuava a guardarlo senza parlare, «a partire dal collier c'è stato il velenoso scambio...»

«Macché velenoso scambio», lo interruppe il Maccadò.

Scazzo!

«Scazzo vero e proprio. Chiamiamo le cose col loro nome.»

«Agli ordini», fece il carabiniere.

Sperando che fosse finita lì.

156.

«Mio figlio? Non c'è!» disse la signora Lirica.

Era ancora in vestaglia, spettinata, il viso bolso, spiritato. La colite l'aveva tormentata tutta notte. Bastava chiudere gli occhi e gli attacchi partivano. Perché se chiudeva gli occhi rivedeva la nipote del professore che le era stata al fianco per tutta la durata del pranzo, mangiando silenziosamente tutto quello che le avevano messo nel piatto. Le uniche parole che aveva detto erano state i «Sì» in risposta alle sue domande, «Ti piace?». Le piaceva tutto. Per non vederla aveva dovuto tenere gli occhi aperti tutta la notte. Ma così non era riuscita a dormire e adesso era un po' nervosa.

«Ah no?» fece il postino, come stupito.

Ma era il caso di stupirsi?, disse Lirica.

Come si poteva pretendere di trovare in casa a quell'ora, le nove occhio e croce, un uomo che lavorava?

Un direttore dei lavori che, anzi, proprio quella mattina aveva la consegna dell'ultimo lavoro eseguito, finito al pelo il giorno prima, anche se era domenica!

Quindi, concluse la donna, se lo voleva doveva andare su, in cantiere, a Ombriaco.

Sul viso del postino calò una smorfia di malumore.

«Per un telegramma...» borbottò.

«Telegramma?» chiese Lirica.

«Sì, dalla Svizzera», puntualizzò il postino.

A quell'uscita Lirica si sentì gelare.

«Svizzera?» ripeté.
«Ma sì», fece il postino.
Doveva essere, aggiunse, per via di quei lavori che avevano in ballo con gli svizzeri.
«Quali lavori?»
«Se non lo sapete voi...» ribatté il postino.
Lui sapeva solo quello che gli aveva detto l'impiegato Menarelli che, a sua volta, sapeva appunto quello che Lidio in persona gli aveva detto: che aveva in ballo dei lavori con la Svizzera.
«Ah!» fece la donna.
Adesso ricordava.
«Sì, certo...»
Be', propose, se voleva evitarsi la scarpinata, il telegramma poteva consegnarlo a lei.
«Magnifico», fece il postino. «Tra l'altro stamattina mi fanno giusto male i calli.»
Dieci minuti più tardi Lirica l'aveva letto già tre volte.

157.

Grazie tesoro piselone stop Grazie anche tuo amico vecchio coione profesore stop Tesoro serfe a me e a mio nuovo amore eterno stop Perdona Helga perdona sua figa d'amore stop Tante fortune stop.

A parte gli errori.

A parte la volgarità.

A parte tutto.

Rilesse il testo del telegramma una quarta volta ma a voce alta, in camera da letto, davanti alla fotografia del suo povero marito, come se potesse sentirla.

«Lidio», mormorò.

Suo figlio aveva cercato di ingannarla, aveva tramato alle sue spalle con quella...

Prima di proseguire Lirica si guardò intorno. Ma era sola in casa e, in fin dei conti, stava solamente pensando.

Abbassò, comunque, il volume del pensiero.

... quella puttana di una svizzerotta!

E poi...

Oddio, il mondo le stava crollando addosso.

Cosa c'entrava il professor Cerretti?

Perché non aveva dubbi che il vecchio coione fosse lui.

Che avesse potuto allearsi con Lidio, aiutarlo nel suo progetto?

Pensare di farla su, con tutte quelle balle della beata gioventù che si infiamma e poi si sfiamma subito?

Farla a lei?

Che aveva dimostrato già di sapersela cavare, che s'era presa in mano un'impresa edile senza sapere di che colore fosse un mattone o che forma avesse un chiodo! E l'aveva tenuta in piedi, ampliata, resa una delle più ricercate del territorio?

Forse pensavano che fosse rimbambita.

Ah sì?

Allora avrebbe dimostrato a tutti, e al professore in primis, vecchio coione!, che si sbagliavano.

Senza perdere tempo.

Lirica rilesse il telegramma per la quinta volta.

«Vecchio coione!» mormorò.

Dieci colpi di spazzola, cipria, il vestito buono, quello che aveva indossato il giorno prima, cappotto e collo di volpe.

Si guardò allo specchio.

Pronta.

Partì.

158.

Il vecchio coione stava parlando da oltre mezz'ora con don Tremecoli, chiuso nel suo studio. Allo scopo di vigilare sulla privatezza del colloquio aveva messo a guardia della porta suor Arginia, ingiungendole che non voleva essere disturbato per nessun motivo al mondo tranne, naturalmente, eventuali urgenze operatorie: la faccenda in discussione infatti era delicata e complessa e non priva di risvolti etici e morali che andavano sviscerati e soppesati da persone colte e di buon senso. Perché il Nero era ormai fuori pericolo e il professore aveva deciso, tempo uno o due giorni, di dimetterlo, liberando il letto.

Alla notizia il degente s'era dapprima chiesto che fare della sua vita e subito dopo aveva mandato a chiamare il sacerdote che s'era fatto carico del problema.

Dubbi circa il pentimento del giovanotto non ne aveva: lo conosceva bene l'animo umano, da cinquant'anni navigava tra miserie e nobiltà!

«Ci scommetterei», aveva detto al Cerretti, «se l'abito che indosso non me lo vietasse!»

Toccava a loro due, un guaritore di anime e uno di corpi, aiutarlo. Sennò sarebbe stata la rovina.

«Capisco», aveva ribattuto il professore.

Ma non poteva dimenticare di essere anche responsabile del buon andamento dell'ospedale. E occupare un letto sottraendolo magari a chi ne aveva necessità non gli sembrava un'azione eticamente corretta.

«Concordo», stava dicendo don Tremecoli nel preciso momento in cui Lirica giunse davanti allo studio dove i due stavano dibattendo.

Suor Arginia, vedendo la donna fermarsi proprio davanti alla porta e notando il suo atteggiamento bellicoso, intervenne immediatamente.

«Sciò!» ingiunse. Era nota per essere piuttosto brusca di modi.

«Non sono una gallina», rispose Lirica.

La religiosa fece per controbattere. Lirica la anticipò.

«E se non mi annunciate subito al professore giuro che mi metto a bestemmiare», annunciò. «E poi dico che siete stata voi!»

«Io avrei pensato…» stava annunciando don Tremecoli, quando le nocche di suor Arginia, che essendo nata in campagna aveva la mano pesante, calarono sulla porta dello studio.

159.

Al toc che sentì nascere dal legno della porta, il professor Cerretti alzò la mano, troncando la parola al sacerdote.

«Sì?» fece.

Ma breve, secco. Aveva dato un ordine ben preciso.

Suor Arginia aprì la porta di quel tanto che bastava per infilare la testa nello studio. Tentò di dire qualcosa ma, dietro di lei, Lirica, allungò una gomitata alla suora che la spostò di lato, diede una botta anche alla porta e la spalancò. Quindi entrò e, una volta al centro dello studio, diede dapprima un rapido sguardo d'insieme: scrivania, libri, uno scheletro che, in un angolo, pendeva da un gancio, quadri e diplomi alle pareti, un divanetto. Poi annusò, colse odore d'incenso. Posò gli occhi su don Tremecoli che non s'era girato per vedere cosa capitava perché quei movimenti di torsione gli erano impediti dall'artrosi.

«Lasciateci soli», ordinò Lirica. «Io e il professore.»

Suor Arginia, desolata, era tornata sulla soglia dello studio in attesa che un fulmine del cielo colpisse l'invasata o, in alternativa, di un'occhiata del Cerretti alla quale avrebbe risposto avanzando su Lirica, prendendola per il coppino e portandola di peso fuori dallo studio.

Dalla bocca del Cerretti non uscì una parola. Chiuse gli occhi invece, per reprimere il desiderio di sistemare da sé l'invasata: non fosse stata la madre di Lidio, a quell'ora Lirica si sarebbe già amaramente pentita del suo agire, sdraiata in un letto d'ospedale e ivi tenuta grazie a cinghie di cuoio sino a che un paio di iniezioni, dolorosissime, di bromuro di potassio non l'avessero portata nel mondo dei sogni. Quando li riaprì bastò un'occhiata, una folgore grigia e fredda. Rivolta al sacerdote però.

Scric, scroc, suonò nell'aria. Don Tremecoli si alzò e si avviò. La suora stava ancora aspettando il fulmine quando Lirica, senza girarsi, gridò: «La porta!».

E, cloc!, all'ordine seguì il rumore.

Adesso erano soli, il professore e lei. Estrasse dalla tasca il telegramma e lo lanciò sulla scrivania, sotto gli occhi del Cerretti.

«Cos'è 'sta roba, cosa significa?» chiese.

E stava per aggiungere vecchio coione, ma si trattenne.

160.

Quando, un quarto d'ora dopo, senza che avesse detto una parola, il professor Cerretti sollevò lo sguardo dal telegramma, a Lirica stava ricominciando un attacco di colite. E la luce grigia dello sguardo che l'uomo le piantò in faccia non fece che peggiorarla.

Il professore non s'era nemmeno mosso, pinzava tra le dita il telegramma. Dapprima strinse la bocca a culo di gallina poi corrugò la fronte quindi spianò del tutto i muscoli del viso ed emise la sentenza.

«Di questa faccenda me ne occupo io.»

Comodo, pensò Lirica. Ma lei voleva sapere.

«Io...»

Le palpebre del Cerretti batterono velocemente.

«Voi questo telegramma non l'avete mai visto», disse.

«Io però vorrei capire...» obiettò la donna.

«Eviterete di parlarne con vostro figlio», proseguì imperterrito il professore.

La soluzione migliore sarebbe stata darsi malata. Inventarsi un attacco di colite, di quelli coi fiocchi, che l'obbligasse a letto, al buio e che nessuno la disturbasse!

«Veramente un po' di colite ce l'ho già», osservò Lirica.

«Bene», approvò il Cerretti. Così avrebbe evitato il peccato veniale della bugia.

«Però...» tentò ancora Lirica.

Ma il professore sollevò l'indice destro.

«Fate come vi dico.»

E fino a nuovo ordine.

161.

«Mi serve il vostro convertito.»

Il povero don Tremecoli, passin passetto, non era nemmeno arrivato a metà strada tra lo studio del professore e le sue stanze quando suor Arginia lo avvisò che il Cerretti aveva urgentemente bisogno di lui. E, scric e scroc, ritornò sui suoi passi.

«Do per avere», disse il Cerretti. «E che non faccia storie!»

Dare.

Dava una bella tubercolosi al Nero, che gli avrebbe consentito di essere esentato dal servizio. Cartelle, referti medici, esami e radiogrammi. Tutto perfetto. Falso, ma perfetto.

Avere.

Per una volta, l'ultima, facesse mente locale e tornasse alla sua vita precedente. Tornasse in campo usando tutto ciò che gli serviva, contatti, amici, delatori, spie e li mettesse sulle tracce di...

Il professore rilesse il nome.

«Tal Helga Ritter, Zurigo.»

«Perché mai?» chiese don Tremecoli.

Perché, rispose il professore, se non veniva a capo di una certa faccenda, e in fretta, avrebbe dimesso il convertito quel giorno stesso, restituendolo ai suoi pari: che andasse da loro a raccontare della conversione, del pentimento e della volontà di redenzione. Mentre, se l'aiutava, aveva in animo un mezzo progetto per sistemarlo che gli avrebbe dato il comodo di pensare con calma a tutto il male che aveva fatto e tutto il tempo che gli necessitava per purgarsi dai suoi peccati.

«Affare fatto?» chiese il professore.

«Mi sembra che ci sia poco da scegliere», osservò il sacerdote.

«Appunto», confermò il Cerretti.

Che poi, di nuovo solo nello studio, mormorò: «Vecchio coione eh?».

Vedesse adesso il Cerevelli quant'era vecchio.

E pure quanto coione.

162.

«Cosa c'è?» chiese il Canizza guardando verso la porta della sede del Partito sulla cui soglia era comparso il Pitarìs. «Vuoi iscriverti al Partito?»

«No», rispose quello.

E nemmeno voleva entrare in una sede del Partito. Siccome, però, doveva consegnargli un biglietto era lì. Facesse il piacere di andare a prenderlo o altrimenti lo appoggiava sul pavimento. Il Canizza squadrò la figura mingherlina dell'ometto.

«Di chi è?»

Il Pitarìs scrollò le spalle. Gli davano la mancia per fare le commissioni, mica per contare di chi e di che. E se era arrivato a ottant'anni, era perché s'era sempre e solo impicciato di campare la vita.

«Va be'», disse il Canizza alzandosi, «arrivo.»

Lo lesse lì sulla soglia, in piedi.

«O cazzo!» mormorò subito dopo.

O cazzo cazzo cazzo!

Si guardò intorno come se potesse trovare la risposta alla domanda che gli era nata nella mente: cosa poteva aver mai fatto, dove poteva aver mai sbagliato per guadagnarsi quell'invito?

Invito a cena, a casa del professor Cerretti, per quella stessa sera!

Ma se per non incrociare la via del professore aveva cestinato anche la terza lettera di quel Bombetti... Bombacci o come cazzo si chiamava, quello che *Caro camerata* voleva avere a tutti i costi notizie del Degiurati!

Eppure, eccolo lì l'invito.

Presenza indispensabile.

Richiesta puntualità, otto di sera.

E sotto, sigillo e firma, professor Cerretti.

Ma ce l'aveva un nome oppure l'avevano battezzato così, da sempre professore?

163.

Fu l'Olghina, diobono che tette!, a riceverlo. Erano le otto spaccate, le stava battendo anche il campanile. Beppe Canizza s'era messo elegante, profumato e pettinato. Ma si sentiva freddo dentro, come se l'avessero già giustiziato. Tanto che nemmeno la vista delle straordinarie tette della padrona di casa riuscì a infondergli un po' di calore.

Da quando aveva ricevuto il biglietto di invito, il Canizza non aveva fatto altro che tormentarsi sul motivo dello stesso. Mentre si preparava per uscire ne aveva parlato anche con la Dorina usando un tono come se si giustificasse e nel contempo volesse convincersi che l'unica ragione per invitarlo a cena era assicurarsi che lui non avrebbe mai e poi mai risposto alle lettere di quel Bombacci di merda, che non si impicciasse insomma dell'«affare Degiurati».

Perché?

Non lo sapeva e nemmeno lo voleva sapere.

Ma la Dorina aveva la berretta in piedi, le rodeva di non essere stata invitata e non aveva voluto dare alcuna soddisfazione al marito, rispondendo alle sue domande con sommessi boh... mah... chissà...

Fu l'Olghina in persona a servire a tavola, mentre il Cerretti prese immediatamente il pallino della conversazione passando in rassegna ogni possibile argomento.

Politica locale...

«Mi sembra un buon podestà quello che abbiamo.»
Domanda trabocchetto?

«Sì», disse il Canizza, che avrebbe confermato in ogni caso.

... e nazionale.

«Speriamo che l'Etiopia possa avviarsi senza ostacoli lungo la via della civilizzazione adesso che ha il suo imperatore.»

Il segretario contrasse la fronte.

«Sarà al corrente, immagino, che ras Tafari è diventato Hailé Selassié, imperatore d'Etiopia», aggiunse il professore.

Anzi, la voleva sapere una cosa? Un suo buon amico, che pochi mesi prima si era seduto alla sua tavola...

«Proprio nel posto che lei occupa adesso.»

... aveva fatto parte della delegazione italiana, capeggiata dal principe ereditario Umberto, che aveva assistito alla cerimonia di incoronazione.

Costume e spettacolo. Secondo il professore, bene aveva fatto il regime a fondare l'istituto LUCE, dando una spinta al cinema («Arte nascente grazie alla quale si potrà educare il popolo»), mentre non comprendeva come lo stesso regime potesse permettere a uno sciocco come quel Petrolini di rincretinire la gente con le sue insensate battute.

«Vero è che il popolo è un po' bue», disse.

«E sì», confermò il Canizza.

«Ragione di più per non farlo diventare anche somaro.»

«Certamente.»

Quando il secondo era già in tavola, stufato con la polenta, il Cerretti passò allo sport: Nuvolari, quello sì che era un vero uomo, un esempio di coraggio e arditezza da additare alle nuove generazioni.

Aveva presente il Canizza con che piglio aveva vinto la Mille Miglia?

Su quell'argomento il segretario avrebbe potuto tenere una conferenza, visto che pure lui era un tifoso del pilota, ma il Cerretti non gli permise di emettere alcun parere.

«Non lo conosco personalmente», disse.

Ma un suo conoscente, intimo di Tazio, gli aveva fatto avere una copia della rassegna mensile «Lo sport fascista», con tanto di saluti e firma di Nuvolari sulla copertina.

A quel punto, fu il pensiero del Canizza, mancava che il Cerretti gli dicesse che ogni tanto saliva nell'alto dei cieli per scambiare due chiacchiere col Padreterno!

Nonostante tutte quelle chiacchiere da salotto, il dubbio non aveva mai mollato il segretario.

Per cosa diavolo l'aveva invitato a cena? Per parlare di sport, politica, cinema e quant'altro?

Che poi non era stato parlare, un monologo piuttosto del professore, e lui a fare da pubblico attento e silenzioso.

No, rifletté il Canizza mentre il professore stava dicendo che un altro dei suoi buoni amici, comasco, stava pensando di organizzare una serie di «Giornate dell'ala» in vari paesi del lago: tutto quel chiacchierare aveva solo uno scopo, prepararlo alla botta finale dopo avergli fatto intendere di quanto potere potesse disporre.

Insomma, il professore stava solo affilando la lama.

E il momento giusto per usarla gli sembrò arrivato quando l'Olghina servì il caffè. Per porgerlo al segretario si chinò esageratamente, offrendo al suo sguardo l'immensa valle che correva tra le due colline sulle quali il Degiurati s'era arrampicato: l'ultimo desiderio del condannato a morte.

Dopo il caffè il professore guardò la moglie.

«A nanna», disse.

Beppe Canizza augurò la buonanotte, l'ora della sentenza era arrivata.

Mentre l'Olghina, il rumore dei cui passi echeggiava sino in sala da pranzo, andava verso la camera da letto, il professore espose al Canizza la sua richiesta.

Il segretario restò di stucco, non riuscì a dissimulare la sorpresa. Si sarebbe aspettato di tutto, tranne…

«Ho le mie buone ragioni», tagliò corto il Cerretti.

Il che significava che il Canizza non doveva chiedere né perché né per come ma accontentarsi di poter rendere un favore al Cerretti.

Tutto sommato, ragionò, dopo aver immaginato chissà che disgrazie per sé, gli era andata di lusso: se il Cerevelli era entrato in conflitto col professore, cazzi suoi!

Per il sollievo di aver scampato un guaio, avvertì nascere una potentissima erezione.

«Fino a nuovo ordine», ordinò il professore prima di congedarlo.

«Non dubitate», lo rassicurò il Canizza.

E si avviò verso casa con la vivace speranza che sua moglie l'avesse atteso sveglia.

164.

Sveglissima.

Figurarsi! Rosa com'era dalla curiosità di sapere come fosse arredata la casa del professore e che vestito indossasse l'Olghina e se era vero che cenassero con posate d'argento e ci fossero ben tre cessi eccetera eccetera, alla Dorina non era venuta nemmeno l'idea di dormire.

Quando suo marito rientrò in casa fischiettando, gli corse incontro e notò subito il rigonfio. Nemmeno il freddo della sera aveva potuto niente. Il segretario, tornando verso casa, non aveva fatto altro che pensare alle tette dell'Olghina e a come questa gli avesse offerto vista e caffè. E hai voglia!

Però, pensò Dorina tornando a letto e mentre suo marito si spogliava, se quella sera la voleva il Beppe doveva pagare pegno prima ed evadere le sue curiosità.

Ci volle una mezz'ora buona, nel corso della quale il Canizza dovette ricorrere a balle belle e buone perché il professore mica gli aveva fatto visitare tutta la casa, prima che la lingua della Dorina si acquietasse.

Prima che uscisse dalle sue labbra quell'ultima domanda: perché mai l'aveva invitato a cena?

«Politica», rispose telegrafico il Canizza.

Mai le avrebbe detto che il professore gli aveva chiesto, a lui e ai suoi, una sorveglianza continua e discreta su Lidio Cerevelli. E di informarlo in caso di movimenti sospetti. Fino a nuovo ordine.

«E adesso?» chiese la donna.
Al segretario la fantasia si incendiò.
«Abbiamo del bicarbonato in casa?» chiese.
«Ti brucia lo stomaco?»
Per niente. Ma gli piaceva l'idea che la Dorina andasse a prendergliene un dito e glielo porgesse poi, chinandosi su di lui, come l'Olghina un paio d'ore prima, quando gli aveva servito il caffè.

165.

Fu l'Os de Mort lunedì sera, al crepuscolo, ad ammettere con profondo dispiacere che il lavoro, nonostante gli incidenti di percorso, era stato eseguito a regola d'arte.

Non lo fece usando parole.

Alla domanda del podestà se avesse obiezioni da fare, rispose chiudendo gli occhi e scuotendo brevemente la testa.

«Bene allora», concluse il podestà rivolto al Cerevelli che in quell'ultima mezz'ora, tanto era durata l'ispezione dell'Os de Mort, non aveva fatto altro che saltellare e fregarsi le mani: un po' la paura che quel gratta balle dell'Esangui se ne venisse fuori con qualche novità e un po', anzi, soprattutto la tensione dell'attesa per il telegramma col quale Helga, secondo un codice criptico, gli avrebbe comunicato di aver ricevuto la merce, averla depositata in una cassetta di sicurezza a Locarno, dopodiché non gli restava che fuggire dal paese e andare incontro alla sua nuova vita.

Ci si vedeva già nei panni del giovin signore sfaccendato, con l'unico pensiero di come e dove spendere il denaro, baciato, oltre che da Helga, dalla fortuna.

Dea cieca?

Forse. Certamente non in quel frangente perché, oltre ad aver fatto filare tutto liscio nonostante ostacoli e imprevisti, gli aveva anche schiantato a letto sua madre con un memorabile attacco di colite per far passare il quale, secondo gli ordini perentori del professor Cerretti, doveva stare a letto, digiuna, al buio e senza disturbo alcuno per almeno giorni tre, così che lui avrebbe avuto, anche in casa, piena libertà d'azione. Non aveva che da aspettare il segnale di partenza, il telegramma.

Avrebbe desiderato averlo tra le mani già quello stesso lunedì ma era impossibile, troppo presto. Molto più facile, quasi sicuro, che arrivasse il giorno seguente, martedì.

166.

Non mancava molto, martedì, all'una quando Anzio Codega, uno dei camerati del manipolo, si scusò con lui al telefono, aveva sbagliato numero.

Allo squillo Lidio s'era precipitato sulla cornetta, certo che all'altro capo ci fosse un impiegato delle Regie Poste che lo avvisava di avere un telegramma per lui, andasse a ritirarlo. Il postino infatti non era ancora passato quella mattina.

Chissà, forse era ammalato, in giro c'era l'influenza.

Deluso: «Fa niente», rispose Lidio al Codega.

Poi salutò e restò mezzo minuto con la cornetta in mano.

Contò.

Il Codega era il quarto camerata che gli capitava tra i piedi quella mattina.

Alle sette e mezzo infatti, non sopportando più la lentezza con la quale passavano i minuti sull'orologio della cucina, era uscito di casa per bere un caffè all'Imbarcadero e fare poi due passi sul lungolago quando, appena uscito dal portone, era quasi andato a sbattere contro il Canizza, che era fuori orario, perché non apriva mai prima delle nove del mattino, e pure contromano, visto che la sua barberia era nella direzione diametralmente opposta. Tanto per dire qualcosa, dopo essersi salutati, il Canizza, pur non richiesto, aveva spiegato che stava andando dalla pescivendola Cancrena per vedere se nel corso della notte suo figlio fosse riuscito a catturare pesci persici.

Caffè, dopo il Canizza, poi lungolago, come da programma. Poi, zufolando, s'era avviato alla volta delle Regie Poste, come se potesse intercettare in qualche modo il telegramma, ed era incappato in Astenio Panateo che, cannetta in mano, tentava di pescare latitanti pesci nelle acque del molo. Veemente, il Panateo gli aveva tirato due coglioni così circa l'insensatezza di certe leggi sulla pesca da diporto che, a suo dire, erano fatte apposta per favorire i pescatori professionisti a danno di quelli dilettanti, come se i pesci non fossero un bene comune che il buon Dio aveva creato e messo nelle acque anche per sfamare coloro che non potevano permettersi di acquistarli in pescheria.

Toltosi dalle balle il Panateo, anziché verso le Regie Poste Lidio era andato nel suo ufficio di via Manzoni. Aveva bisogno di corroborarsi e l'aveva fatto guardando per un po' la cassaforte vuota, fantasticando su quell'altra, la cassetta di sicurezza che, a Locarno, lo aspettava bella piena. Non mancava che quel benedetto telegramma affinché tutte le sue fantasie diventassero realtà. Vista l'ora, era uscito con la precisa intenzione di andare davvero all'ufficio postale e s'era imbattuto in Primo Zucchetti che, gioviale per via di qualche bianchino già scolato, l'aveva preso sottobraccio e obbligato a bersi un aperitivo con lui. Lidio non era riuscito a dire no. Lo Zucchetti, nel tempo che lui aveva impiegato a bersi il suo, ne aveva consumati tre, giusto il tempo per tirare mezzogiorno. Poi, visto che era di strada, aveva voluto accompagnarlo fin sotto casa. A Lidio non era rimasto altro da fare che salire: tra l'altro non era ancora andato a dare un'occhiata a sua madre per vedere come stesse.

Lirica era sempre a letto, il viso contratto in una maschera di dolori colici fittizi.

«Come va?» aveva chiesto lui.

«Boh», aveva risposto lei. «E tu?»

Lui non era mica malato.

«Perché?» aveva chiesto.

Lirica era stata lì lì per venir meno alla promessa fatta al professore.

Ma era squillato il telefono, Lidio s'era precipitato convinto che fosse in arrivo la notizia tanto attesa e invece era quell'Anzio Codega che, chissà come, aveva sbagliato numero. Aveva riappeso la cornetta e, pur non rinunciando alla speranza, aveva ragionato che, per quel giorno, non ci sarebbero state novità.

Tornato in cucina la vista della tavola orfana di stoviglie gli tolse quel filo di appetito che avvertiva. Si recò nella sua stanza, senza fare niente, solo cercando di spingere il tempo a passare il più rapidamente possibile affinché arrivasse l'indomani. Perché ormai era questione di ore.

Verso metà pomeriggio, Pinetto Settici detto Pianola perché suonava l'organo in chiesa, venne a chiedergli se volesse bere un caffè con lui. Prima di rispondere il Cerevelli cercò di afferrare un pensiero vagabondo: il Pianola era il quinto camerata della giornata, ma che cazzo volevano?

«Bevitelo te», rispose allora malamente dalla finestra di cucina.

Il Pianola non sembrò offendersi per la malagrazia del Cerevelli.

Solo grazie al buio della sera, il buio terapeutico che calma le ansie e, ingannatore, sussurra promesse di felicità per l'immediato futuro del giorno dopo, Lidio Cerevelli riuscì a ritrovare la calma dello spirito.

Perché a mercoledì non mancavano che poche ore e il telegramma non poteva più tardare.

«Domani», sussurrò a buio fatto, guardando dalla finestra il cielo limpido, le stelle luminose: chissà se anche la Helga guardava quello stesso cielo…

Domani, mercoledì…

Si addormentò con quelle due parole stampate sulle labbra.

Dormì profondamente. Il postino passava da loro alle undici, undici e trenta, a volte mezzogiorno.

Per un telegramma però avrebbe potuto fare un'eccezione, le nove, massimo nove e mezzo.

Certo non alle sei, ora alla quale, mercoledì mattina, il Cerevelli si svegliò, guardò dalla finestra la giornata ancora limpida, la montagna colorata d'autunno che gli stava di fronte oltre la quale c'era la Svizzera. In una parola, Helga.

167.

«Un altro?»

L'impiegato postale Menarelli si pentì subito del tono di voce, troppo alto, che aveva usato.

Ma aveva da poco liquidato tal Piacenti Rosa che, mercoledì mattina, aveva preceduto di pochissimo il Cerevelli al bancone e aveva attaccato una solfa di protesta che era durata quasi venti minuti: perché lei si rendeva conto che il paese ospitava una sua omonima e che, occasionalmente, la corrispondenza destinata a lei potesse invece essere consegnata a quell'altra, benché avesse indirizzo diverso.

Su una prima consegna errata aveva fatto finta di niente. Ma dopo tre volte e con le lettere che suo figlio, emigrato in Argentina, le scriveva ogni due mesi, aveva deciso che era arrivata l'ora di agire. Perché l'altra Piacenti Rosa le lettere: «Mie di me!» gliele faceva avere. Ma aperte, scusandosi e dicendo di non aver fatto caso all'indirizzo.

Balle!

Quella le apriva apposta per ficcare il naso nei suoi affari, perché era impossibile non riconoscere una lettera proveniente dal Sudamerica, non fosse che per i francobolli così diversi da quelli nostrani. E a proposito di francobolli, una volta sulla busta nemmeno c'era, qualcuno se l'era fregato.

Il Cerevelli, in attesa che la Piacenti Rosa chiedesse al

Menarelli se lui poteva mettere fine a quella vergogna o se dovesse rivolgersi al direttore o addirittura informare i carabinieri, s'era mangiato tutta l'unghia del pollice e aveva attaccato quella dell'indice sino a quando s'era sentito intorno l'inconfondibile odore di colla del camerata ciabattino Vinci Profumo.

«Anche tu qui?» aveva detto a mo' di saluto il Profumo.

«No», aveva risposto Lidio ed era tornato a interessarsi della questione Piacenti Rosa giunta ormai a uno snodo cruciale: il Menarelli infatti stava assicurando che sarebbe stata sua cura vagliare per bene la corrispondenza e avvisare il postino di non commettere più errori nella consegna. Sul fatto che la sua omonima aprisse le lettere destinate a lei, invece, non poteva fare niente. Ma se le apriva, aveva ribattuto la Piacenti Rosa, era perché le venivano consegnate, quindi si capiva bene che l'errore era in partenza, cioè lì, nell'ufficio postale. Il Menarelli a quel punto aveva ribattuto che altro non poteva fare se non svolgere con scrupolo il lavoro per il quale veniva pagato. La Piacenti Rosa aveva rimbeccato che probabilmente doveva mettercene di più. Il Menarelli aveva risposto nervosamente che non doveva azzardarsi a mettere in dubbio la sua serietà. La Piacenti Rosa aveva chiuso la discussione dicendo che in caso di nuovo errore l'avrebbe ritenuto personalmente responsabile e inviato un esposto scritto al direttore. Dopodiché, finalmente, se n'era andata naso all'aria mentre al Menarelli tremavano le mani. Così quando Lidio gli fece la domanda rispose con un tono di voce un po' troppo alto.

Si scusò subito.

Poi disse: «No».

Un altro telegramma indirizzato a Lidio Cerevelli non era arrivato.

Il Cerevelli incassò la risposta, si chiese se avesse formulato male la domanda o l'impiegato avesse capito peggio, ma era impossibile…

«Come, un altro?» gli uscì dalle labbra.

Il Menarelli inalò un bel po' d'aria prima di rispondere: che anche il Lidio fosse lì per rognare e mettere in dubbio la sua serietà?

Calmo, spiegò che, dopo quello giunto lunedì, nessun altro telegramma che avesse lui quale destinatario era arrivato.

«Ma...» fece il Cerevelli.

«Momento», lo interruppe il Menarelli.

Si allontanò un istante per tornare con in mano il blocchetto delle ricevute.

«Consegnato!»

Facevano fede la firma, spiegò, picchiando con l'indice là dove Lirica aveva apposto nome e cognome, data e ora della consegna.

«Qualcosa non va?» chiese l'impiegato notando che il Cerevelli aveva sgranato gli occhi e lo fissava, ma come non lo vedesse.

Nemmeno lo sentì, il giovanotto.

Senza parlare liberò il posto e lentamente si avviò fuori dall'ufficio.

Sua madre!

E adesso?

Adesso era giunta l'ora di giocare a carte scoperte, gliene fregava un cazzo, madre o non madre.

Colite o non colite.

168.

Colite o no, lui li voleva lì.
Quella stessa sera, alle otto in punto.
Lei e suo figlio.
E senza discussioni.
«Sennò…»
«Se no?»
Ma il professor Cerretti non aveva più parlato e Lirica era rimasta lì, con la cornetta in mano, come una statuetta del presepe.
Gliela tolse di mano il figlio.
«Il telegramma dov'è?»
Lirica lo guardò.
«Cos'hai combinato?» chiese.

169.

Il professore a capotavola, giacca, gilet, cravatta.

L'Eufemia alla sua destra, alla sinistra Lidio, smorto quasi come la nipote.

All'altro capo della tavola Lirica, pure lei smorta ma con una sfumatura verde smeraldo e ventriloqua per via dei borborigmi intestinali, veri stavolta.

L'Olghina si occupò di servire in tavola.

Un antipasto di affettati, bresaola, salame, lardo nostrano. Lirica seguì con gli occhi acquosi la deliziosa mogliettina che si occupò di lei per prima.

«Niente salame», disse.

Per via della colite.

Il professore approvò. Un po' di lardo invece sì, puliva gli intestini.

Eufemia solo bresaola, perché faceva sangue.

Dopo di lei il Cerretti, goloso di salame.

Infine Lidio.

Invece...

Cos'era mai?

Davvero era tanto scema quell'Olghina come si mormorava in giro...

Oppure era villana, rozza? In fondo era nata come donna di servizio...

In ogni caso, perché aveva saltato pari pari Lidio, senza fermarsi a chiedere se gradisse una fetta di questo o di quest'altro?

Lirica si sentì in dovere di far notare il vergognoso sgarbo, aprì la bocca ma un cenno del Cerretti la fermò.

«Le spiegazioni dopo», disse il professore.

Lidio guardò sua madre che chiuse gli occhi: marcava male la serata, e in sovrappiù sentì una bolla d'aria che si stava facendo largo nel suo addome, indecisa se scendere o salire.

Il primo piatto, risotto col pesce persico, cucinato secondo tradizione: riso bollito, condito col burro della friggitura e sopra i filetti, dorati dall'impanatura, fritti all'istante. Per cui, disse l'Olghina sorridente, la si doveva scusare se non poteva servire tutti contemporaneamente ma, secondo il protocollo, prima la bella signora Lirica...

«Poi la nostra Eufemia.»

... e infine il maritino.

E Lidio?

Lirica sospirò, la bolla si confuse col sospiro. Lidio taceva. Lì c'era in ballo un gioco, un trucco, un trabocchetto.

Ma cosa s'era messo in testa il vecchio coione?

Nessuno s'era mai permesso di trattarla così, per cui...

«Ma...»

La mano del Cerretti la fermò. Aveva appena inforcato il primo di una montagna di filetti e con la bocca piena non era cortesia parlare: bastava il gesto.

Poi, subito dopo, l'Olghina risbucò dalla cucina portando su un vassoio una gavetta piena di brodaglia e un pane che, a una prima occhiata, poteva avere tre e forse anche quattro giorni.

Con grazia depose il tutto sotto il naso del Cerevelli.

In più, secondo gli ordini ricevuti: «Buon appetito», disse al giovanotto.

Be', quello era troppo.

Lirica si levò.

«Seduta!» scattò il Cerretti.

Seduta, vecchia melanzana!

Obbedì. Ma decise che non sarebbe uscita da quella casa senza avere delle spiegazioni.

Dopo il caffè.

Ma non ci fu caffè.

Il professore giudicò per tutti che l'atmosfera fosse fin troppo elettrica.

Il momento delle spiegazioni, le sue, non quelle che Lirica aveva in mente di chiedere, era arrivato.

Quindi: «A nanna», disse all'Olghina. E con un cenno congedò anche l'Eufemia.

E agli ospiti: «Veniamo a noi, adesso».

170.

«Vai che fai tardi», disse Maristella Maccadò al marito quando le sette del mattino erano passate da qualche minuto.

Era già tardi. Ed era già la terza volta che lei glielo diceva.

Ma cosa ci poteva fare lui se non gli riusciva di staccare gli occhi da quel quadro di mamma e figlioletto che succhiava come un'idrovora?

Il piccoletto tittava a occhi chiusi, gonfiando e sgonfiando le gote. Non si fermò nemmeno quando il campanello di casa suonò violentemente, manco lì dentro fossero tutti sordi: più volte il Maccadò s'era ripromesso di cambiarlo con uno che avesse un suono più discreto, ma se n'era sempre dimenticato.

«Vado io», disse.

«Vorrei ben vedere», sorrise la signora.

Chi diavolo potesse essere a quell'ora del mattino il maresciallo proprio non riusciva a immaginarlo. Fosse stato anche il demonio, il Maccadò se ne sarebbe sorpreso meno. Perché quello che si trovò davanti proprio non se l'aspettava.

«Voi...» riuscì a dire.

«No!» fece quello.

«Ma come no», ribatté il maresciallo.

«In effetti sì», disse il Nero, «ma anche no.»

Era lui, non lo poteva negare. Ma nello stesso tempo non era più lui.

Pentito e redento.

«Ma che minchiate dite?» sbottò il maresciallo.

Il Nero socchiuse gli occhi.

«So che può sembrarvi strano, ma è vero, posso spiegarvi.»

«Allora fatelo», disse il maresciallo.

Ma non sulla porta di casa.

«Non vorrei disturbare», umilmente, il Nero.

Il Maccadò non credeva alle sue orecchie. Lo stava prendendo per il culo?

«Entrate.»

Un ordine.

Il Nero obbedì ma rifiutò di accomodarsi.

«Ho fatto voto di rifuggire le comodità, quando possibile», si giustificò.

«Nemmeno un caffè?»

«Ho fatto anche voto di continenza, non potrei mai tradire la promessa fatta al mio padre spirituale.»

Cioè, don Tremecoli.

«E nemmeno quella fatta al mio benefattore terreno.»

Cioè il professor Cerretti al quale era riuscito a fornire i nomi di tutta la filiera, dal Gorelli al Resegacci, passando per un certo Jürgens detto l'Albino, svizzero del cantone di San Gallo e infine di un manovale al soldo dell'OVRA, Amerigo Modera, il quale s'era incaricato di fare una certa visita a tal Helga Ritter di Zurigo per convincerla a restituire senza troppe storie un «lumacone» onde ritornarlo al legittimo proprietario.

Dopodiché il terreno benefattore gli aveva concesso la possibilità di cambiare vita: basta con gli intrighi.

La prova era lì, disse il Nero, davanti al signor maresciallo, in carne e ossa.

Per incominciare aveva cominciato a mettere in ordine l'archivio delle cartelle cliniche, espletando nel contempo altri piccoli incarichi, come quello che l'aveva portato a casa Maccadò quella mattina.

«E sarebbe?» chiese il maresciallo.
«Fare consegne», spiegò il Nero.
«A me?»
«Esattamente», assentì il Nero, allungandogli un biglietto.
Biglietto di invito a cena, per quella stessa sera.

171.

Caro il mio giovanotto…

Aveva esordito così il Cerretti la sera prima una volta rimasto solo con Lirica e figlio.

Caro il mio giovanotto, aveva detto sorridendo, quello che aveva fatto preparare per lui quella sera era il menu classico delle galere: brodaglia e pane posso.

Era stato di suo gusto?

Voleva continuare a riempirsene la pancia per un po'?

Lidio aveva tentato una replica ma Lirica l'aveva battuto sul tempo.

«Sarebbe a dire?» era insorta.

Il Cerretti non aveva fatto una piega. Didattico aveva spiegato che in galera mangiavano più o meno così. E la galera, aveva sottolineato, era quel posto dove finivano coloro che commettevano reati di appropriazione indebita, contrabbando, trafugamento di preziosi, esportazione fraudolenta di valori, associazione per delinquere…

«Posso continuare, se volete.»

«Ma insomma!» aveva strillato Lirica, un occhio a Lidio e l'altro al professore.

«Buona!» l'aveva zittita il Cerretti, un indice levato in alto.

A spiegarle tutto ci avrebbe pensato il suo stesso figlio, dopo, con comodo: a lui l'onore.

Adesso, piuttosto, era il momento degli affari.

«Che affari?» era sbottato Lidio. Insomma, qualcosa doveva dirla anche lui.

Il professore gli aveva fissato in viso quegli occhi color topo.

«Felice di sentire la tua voce», aveva detto.

E, subito: «Da dove vengono?».

«Cosa?» aveva interloquito Lirica.

«Mamma, ti prego...»

Il Cerretti non aveva spostato lo sguardo dal giovanotto.

Poteva confessarlo a lui..., aveva detto.

Oppure, se preferiva, dirlo ai carabinieri.

Lirica non ne poteva più, né lei né il suo intestino, bolla su bolla. Una di queste le era salita in bocca. Per evitare di esporsi a qualche figuraccia, aveva tentato di ricacciarla e nello sforzo le si erano tappate un po' le orecchie proprio nel momento in cui suo figlio aveva soffiato la risposta.

A stappargliele aveva provveduto lo stesso professore che, picchiando una manata sul tavolo, era esploso in un vigoroso: «Bene!».

Galera garantita, aveva poi aggiunto.

Quando non addirittura il Tribunale Speciale, ove si sospettasse che quei capitali avrebbero potuto finanziare attività contro il regime. Testimoni ce n'erano fin troppi.

Lui in testa a tutti, aveva concluso il professore.

«Quindi?» aveva chiesto Lidio.

Il Cerretti aveva incrociato le braccia sul davanti.

Aveva una nipote da sistemare...

Lidio divenne verde quasi quanto la madre che, pur non capendo per intero i termini della questione, aveva avuto la certezza che l'aspettava almeno un mese filato di colite.

Ma il professore non aveva ancora finito. Nipote da sistemare, e in fretta.

Ci riflettessero bene, entrambi: tutta quella faccenda poteva finire in archivio e non se ne sarebbe più parlato.

In caso contrario in archivio ci sarebbe finito il geometra, che poi geometra non era, Cerevelli Lidio. E per un pezzo.

Lirica, a quel punto, non vedeva l'ora di lasciare la casa del vecchio coione per avere una spiegazione esauriente. Ma il figlio s'era trovato la lingua come fosse diventata di cartone. E dopo, in strada, infilando una mano nel cappotto, un foglio: il telegramma della svizzerotta che, in un momento in cui aveva chiesto licenza di lasciare la tavola, il Cerretti gli aveva infilato in una tasca.

172.

Nervoso e con una mezz'ora secca di ritardo, al Cassamagna che l'aveva salutato con uno squillante «Buongiorno maresciallo!» il Maccadò rispose: «Buongiorno un cazzo!».

Dopodiché si chiuse nel suo ufficio, si sedette, tirò fuori dalla tasca il biglietto e lo rilesse per l'ennesima volta.

Avrete la cortesia di portare con voi anche il signor brigadiere.

Purissima vaselina.

Se si era illuso che lo scazzo della domenica tra il Mannu e il professore fosse passato in cavalleria, quel biglietto di invito a cena lo sconfessava untuosamente.

Quali altri motivi aveva infatti il Cerretti per convocare lui e il suo collega?

Pretendere spiegazioni, magari scuse…

«Scuse…» mormorò tra sé.

Scuse per cosa?

In fin dei conti il Mannu non l'aveva mica offeso, né lui né la sua signora che tra l'altro, a quanto si diceva in giro, era intelligente quanto una gallina. Magari il brigadiere aveva usato quel tono un po' troppo secco che ogni tanto usava… e va bene! Ma anche il professore, poi, chi credeva di essere, il Dio in terra?

Scusarsi!

Mica gli andava tanto per la quale, al Maccadò, l'idea

di prostrarsi davanti al Cerretti e scusarsi. E nemmeno, per dirla tutta, gli andava che lo facesse il suo brigadiere.

Però…

C'era quella faccenda, quella di cui si mormorava negando subito dopo, che il professore fosse un po', forse del tutto, framassone, che avesse le mani lunghe, appigli, conoscenze, maniglie dappertutto.

Al pensiero il Maccadò chiuse gli occhi per cercare di chiarirsi le idee, ma non gli riuscì che di vedere un'isoletta lontana lontana, i suoi figli che, tra sassi e sterpi, crescevano come selvaggi, sua moglie apatica, scontenta, disordinata…

Sudò.

Si chiese addirittura con quali parole avrebbe potuto comunicarle di essere stato trasferito.

"Calma", si consigliò.

Bella parola.

Si alzò.

«Cassamagna!» gridò.

Forse un po' troppo.

"Calma", si ripeté.

«Comandi maresciallo», giunse dal basso.

«Di' al brigadiere di venire nel mio ufficio.»

Ma non ce ne fu bisogno. Aveva gridato con tanta foga che, anche se fosse stato in piazza della chiesa, il Mannu avrebbe sentito.

173.

Il maresciallo Maccadò, un gessato che gli tirava un po' sulle spalle, camicia bianca, cravatta nera. Poteva andare bene anche per un funerale.

Il brigadiere invece non aveva rinunciato alla divisa. Anzi, l'aveva fatta stirare e spazzolare per bene. Rivedendolo l'Olghina pensò che era proprio bello.

Era una sera di vento che non si decideva a sfogare: stava lì, come appostato dietro il profilo netto delle Prealpi. Avrebbe potuto essere, come disse il maresciallo un po' scherzando appena prima di entrare in casa del Cerretti, una delle ultime per entrambi sulle rive del lago di Como.

Pure il menu che il professore fece preparare, pesce di lago in tutte le possibili varianti, assunse agli occhi del Maccadò il valore di un addio: un gastronomico addio coi fiocchi.

Dei tre, l'unico che non aveva troppi pensieri, piuttosto fame, fu il brigadiere Mannu.

Tanto che il professore: «Beata gioventù!» commentò a un certo punto, notando che il Mannu mangiava come se dovesse fare scorta.

L'esclamazione fu un colpo di pugnale per il maresciallo. Giovane e scapolo il brigadiere non avrebbe patito più di tanto un trasferimento.

Lui, invece...

L'ultimo agone sparì dal piatto del brigadiere, che ne

avanzò solo una testa dall'occhio vacuo che sino al giorno prima aveva visto il fondo del lago.

«Caffè?» chiese allora il Cerretti.

«Ci vuole proprio», rispose il Mannu.

L'Olghina comparve.

«Caffè», ordinò il padrone di casa. «Poi porta quella cosa.»

Gli sguardi dei due carabinieri si incrociarono: era forse venuto il momento del violino?

No.

Sorbito un caffè così così, l'Olghina fece il suo ingresso spingendo un carrello sul quale troneggiava una grossa pentola coperchiata.

«Eccoci al dunque», disse il professore.

E rivolgendosi alla moglie: «A nanna».

Al «dunque» il brigadiere Mannu avrebbe preferito un po' di dolce, magari una fetta di crostata. Lo disse come battuta.

«Il dolce c'è, lì dentro», rispose il professore, andando verso la pentola.

Dopodiché chiese ai due di alzarsi e avvicinarsi al carrello. Quindi, con un gesto cerimonioso, serio come se fosse al tavolo operatorio, scoperchiò la pentola.

Al Maccadò scappò un'esclamazione e si portò una mano alla fronte come per proteggere gli occhi dalla vista di decine e decine di monete d'oro, lucide come se fossero appena uscite dalla zecca, che riempivano quasi per intero la pentola.

«Piuttosto inusuale come dolce», commentò il Mannu.

«Ma quante sono?» chiese il Maccadò.

«Trecentoquindici. Ed è per questo che vi ho voluto qui, in casa mia», rispose il professore.

«Ah sì?» chiese il maresciallo.

«Sì», confermò il Cerretti, «perché si tratterebbe di dare a Cesare quel che è di Cesare. In sostanza, restituire ai legittimi proprietari, che sono due, queste monete. E vorrei studiare insieme con voi il modo migliore per farlo senza che nessuno, io men che meno, appaia.»

«Capisco», mormorò mentendo il Maccadò. «Ma tutto questo bendiddio da dove arriva?»

«Diciamo che arriva dalla Svizzera, dov'era finito in mani non del tutto irreprensibili. Ma per fortuna, grazie all'aiuto di alcuni amici, siamo riusciti a riportarlo a casa.»

Il brigadiere Mannu tossicchiò.

«Scusate se mi intrometto, professore, ma da casa loro come sarebbero arrivate sino in Svizzera. Volando forse?»

Il maresciallo scoccò un'occhiata al brigadiere.

Piano, voleva dire, smorzare i toni. E bando all'ironia!

«Diciamo», rispose il professore, «che poco importa ormai. Ciò che conta è che siano qui e fra un po' nelle mani dei legittimi proprietari.»

«Che sarebbero?» chiese il Maccadò.

«Due enti, due istituti...»

«Cioè?» interloquì il maresciallo.

Un momento, fece segno il Cerretti.

«Due enti che, all'atto della sottrazione del tesoro non sapevano di possederlo, non ne erano a conoscenza.»

«Possibile?»

«Possibilissimo», confermò il professore. «Era nascosto. Dimenticato!»

«Be'», fece il Maccadò, «dimenticarsi una fortuna del genere...»

«Murato», puntualizzò il Cerretti.

«Murato!» esclamò il maresciallo. «E dove?»

«Forse nelle ex scuole di Santa Marta?» buttò lì il brigadiere.

Il Cerretti gli piantò gli occhi in viso.

«Non ha importanza», disse.

«Forse per voi», ribatté il Mannu.

«In ogni caso io non l'ho detto», il professore.

Al Mannu il grigio sguardo del chirurgo non dava poi tutti quei brividi.

«Nel caso però fosse così», proseguì, «diciamo che si potrebbe anche risalire a chi se ne è indebitamente appropriato per poi, magari, diciamo, accompagnarlo in Svizzera.»

«Diciamo che questo aspetto della cosa non mi interessa», sentenziò il professore.

«Diciamo che potrebbe interessare noi carabinieri», osservò il Mannu.

«Non ci sono prove, testimoni...» interloquì il Cerretti.

«Diciamo che si potrebbero trovare...»

«Diciamo che...»

«Scusate!» intervenne il maresciallo.

Un altro scazzo? E lì, in casa del Cerretti?

«Diciamo che si è fatto tardi?» propose.

Tutto sommato non era poi così sbagliato.

174.

«Qui c'è di mezzo il Cerevelli», sbottò il brigadiere, fatti due passi, rompendo il silenzio.

Il vento stava cominciando a soffiare. Raffiche alte per intanto. Solo di lì a un po', abbassandosi progressivamente, avrebbe cominciato a sollevare onde bianche di spuma.

Al maresciallo il vento, quello forte e freddo dell'inverno, non piaceva. Dicevano che portasse malattie e quando soffiava proibiva categoricamente a sua moglie di uscire di casa coi figli.

Si fermò, ricevendo in viso le prime raffiche. Guardò il brigadiere.

«No», ribatté, «c'è di mezzo il Cerretti.»

Uno che, con le maniglie che aveva a disposizione, avrebbe potuto farli trasferire su un isolotto. Invece, tutto sommato, era andata bene e loro potevano continuare a godersi le bellezze del lago, vento compreso.

«Però ci ha mollato la grana delle monete», obiettò il Mannu.

«Grana...»

«Insomma maresciallo, scusate se ve lo dico, ma noi siamo carabinieri. Mica ci possiamo inventare di aver trovato la pentola col tesoro sotto l'arcobaleno! Un minimo di giustificazione dovremo darla...»

«Tranquillo», fece il Maccadò ormai prossimo a casa sua.

Non si preoccupasse, dormisse bene.

La soluzione ce l'aveva lui.

175.

Chi infatti meglio dell'avvocato Stefanardi?

Che, ben volentieri, in cambio dell'assicurazione che i suoi patrocinati, i filantropi Pandolfi, nulla avevano da temere, si assunse l'incarico di ricevere l'anonima donazione di trecentoquattordici monete d'oro zecchino da ripartire tra le casse dell'amministrazione pubblica e quelle della parrocchia.

«Salomonica decisione favorita soprattutto dal numero pari delle monete», disse, ridacchiando, il vecchio libertino a missione compiuta.

Il maresciallo Maccadò si profuse in ringraziamenti per l'importante collaborazione ma, mentre lo Stefanardi parlava, gli era salita in gola una domanda.

Tacque, però.

Tacque perché gli sembrò indelicato nei confronti dell'anziano leguleio esternargli il dubbio, come se volesse insinuare...

No, si disse, meglio lasciar perdere.

Il dubbio però gli rimase. Se lo tenne per due, tre giorni. Infine decise di parlarne col brigadiere Mannu.

Si ricordava quello che il Cerretti aveva detto la sera della cena circa il numero delle monete?

Trecentoquindici, oppure lui ricordava male?

«No», confermò il Mannu, «trecentoquindici.»

«E allora...» mormorò il maresciallo.

Come aveva fatto l'avvocato Stefanardi a «salomonicamente dividerle», visto che erano dispari?

«Perché nel frattempo sono diventate pari», fu la risposta del brigadiere.

«Vuoi dire che l'avvocato...» fece il Maccadò mimando con la mano il gesto del voleur.

«No», rispose il brigadiere. «Io.»

«Vorresti dirmi che tu...»

«Che ho trasformato una moneta in una bicicletta», confessò il Mannu.

Nuova di pacca, acquistata dal Venini di Varenna titolare del negozio Cicli e bicicli.

L'aveva portata lui stesso in casa Campesi.

Omaggio dei regi carabinieri per l'aiuto che il figlio aveva fornito, seppur involontariamente, per un'indagine.

«Che indagine?» aveva chiesto il muratore.

«Forse è meglio non indagare oltre. Siete d'accordo?» aveva risposto il Mannu.

Il Campesi aveva taciuto. Il brigadiere aveva fatto la mossa di andarsene. Ma era solo una mossa perché aveva due altre cose da fare: una, lasciare sul tavolo di casa il denaro avanzato, dopo l'acquisto della bicicletta, dalla vendita della moneta. La seconda, suggerire al Campesi di darsi una calmata d'ora in avanti.

«I figli crescono e alla fine giudicano», aveva detto.

Il muratore s'era grattato la testa.

«Dite a quei carabinieri che terrò conto», aveva risposto.

Pure il Maccadò si grattò la testa.

«Bene così», disse, col tono del padre di famiglia.

Poi, ripreso quello del carabiniere, fece due conti.

Una moneta stava al collo della bella Olghina.

Un'altra nei cassetti dei Pandolfi.

La terza era diventata una bicicletta.

«Non solo», interloquì il Mannu.

Anche, coi soldi avanzati, certe gonne appena sotto il ginocchio e certe calze che aveva visto indosso all'Anita: roba che al Canizza, quando gli capitava di vederla, venivano le fantasie e correva a casa.

«Siamo sicuri», chiese il maresciallo, «che non ce ne sono più?»

«Tre altre», rispose il brigadiere.

«Ancora?»

«Maresciallo, so dove sono e se volete posso andare a sequestrarle.»

Il Maccadò comprese che l'avrebbe fatto: malvolentieri però. Insomma, non era cosa.

«Ma no», concluse, «era così per dire.»

Allora, se era così per dire, meglio lasciarle dove stavano.

Magari, grazie a quelle, il figlio del Campesi sarebbe riuscito a diventare geometra e a costruire case belle, come gli aveva detto quella sera, di almeno cento stanze.

176.

A una settimana dal Natale, presso l'ufficio del direttore didattico delle scuole elementari si riunì, presieduta dal maestro Fiorentino Crispini, la commissione che avrebbe dovuto decretare il vincitore del concorso per celebrare degnamente la mussoliniana battaglia del grano.

L'idea, patrocinata dall'amministrazione comunale ed estesa a tutta la popolazione minorenne, era stata del direttore Ambrosio Percalli il quale, a dispetto del cognome, era nato in quel di Santa Maria Rezzonico e, da anni, stava cercando di tradurre l'*Odissea* nel dialetto del lago, scontrandosi con pronunce e parole che variavano di paese in paese, cosa che lo aveva obbligato a una serie di infinite note a piè di pagina. Il premio per il vincitore del concorso era assai ambito: il primo classificato, infatti, insieme con altri pari suoi di altre scuole della provincia di Como, avrebbe partecipato alla trasmissione radiofonica *Il Cantuccio dei Bambini.*

A garanzia della massima serietà dell'agone, gli elaborati erano stati consegnati in busta sigillata e contrassegnata da un motto che solo dopo, a giudizio emesso, avrebbe consentito di risalire all'identità del vincitore, a sua volta chiusa in una seconda busta.

Della commissione giudicante facevano parte anche le maestre Pamela Stracci e Adelina Limonati. La discussione durò non più di un'ora al termine della quale vinse, strenuamente sostenuto dal maestro Crispini, il poemetto intitolato *Grano grano anche tu sei italiano* che risultò essere uscito dalla penna di Salvonio Cerretti, il figlio del professore.

Il Crispini ne lodò la sintesi, l'uso oculato delle rime e di certe immagini metaforiche: un verseggiare, dichiarò, in totale sintonia con l'austerità dei tempi correnti che chiamavano ciascuno a una missione da compiere. Di stendere la motivazione si prese l'incarico il direttore: ormai la sua personale fatica di traduttore era alla fine, i proci stavano per essere sterminati, dopodiché gli sarebbe servito un finanziatore per dare alle stampe la sua fatica. Il Cerretti, pensò, poteva essere il suo mecenate.

Sciolta la riunione i giurati si salutarono augurandosi un felice Natale. Il Crispini, finalmente solo, si fregò le mani soddisfatto, la sua personale missione l'aveva compiuta: quella che la sera della cena a casa del professore il Cerretti gli aveva affidato, chiedendogli di dare un'occhiata alle rime che il Salvonio gli aveva spedito da Treviglio corroborandole con qualche consiglio al figlioletto affinché potesse ben figurare nel concorso.

Lui infatti, aveva affermato, si intendeva solo di chirurgia che con la poesia faceva solo rima, niente di più!

Missione compiuta bellamente e bellamente condotta in porto perché, per dirla tutta, la poesia l'aveva scritta lui.

E, modestia a parte, gli sembrava proprio niente male.

177.

Per Natale gli espertoni del tempo davano nuvole e, forse, un poco di neve.

L'antivigilia Lidio Cerevelli si svegliò che era ancora buio, roso da un pensiero che lo tormentava da giorni. Guardò dalla finestra, il cielo era cupo, ne fu felice, il suo umore non era da meno. I cantieri erano fermi, aveva davanti a sé una giornata vuota, a meno di starsene in casa tutto il giorno con sua madre e sentirla sproloquiare attorno alla cena della sera seguente: cena di Natale, a casa del professor Cerretti.

Piuttosto una martellata sui piedi!, ragionò Lidio. E decise di dare corpo al pensiero.

Quindi: «Esco», comunicò dalla soglia della camera da letto a sua madre che, ancora sotto le lenzuola, stava dicendo le preghiere del mattino.

«Dove vai?» chiese la donna.

«Non lo so.»

Invece lo sapeva.

Pagando in anticipo tre ore di noleggio, si fece dare l'auto pubblica dal taxista Vesini poi partì, destinazione Cadenabbia, villa Sunferrelt: era quella l'idea che da giorni lo tormentava. Tornare lì, guardare ancora una volta, l'ultima, il luogo della sua beata felicità perduta, chiudere gli occhi e, come un eroe romantico, sfogliare l'album dei ricordi davanti al cancello chiuso della villa.

Che invece chiuso non era.

«O cazzo!» esclamò Lidio non appena spento il motore.

«T'el chì!» sbottò il custode che stava dando l'olio ai cardini.

Però era un po' in anticipo, aggiunse: «L'è prèst!».

Lidio si avvicinò all'uomo: «Presto per cosa?».

Il custode si soffiò sulle mani martoriate dai geloni.

«A me mi han detto che prima del pomeriggio rìven minga».

«Ma chi?»

«Quei là, no? I màt! Quelli di questa està!»

«Ma tutti?» chiese Lidio eccitato.

«So un'ostia mì», precisò il custode. «A me mi han detto apri la villa e mi la dervi.»

Lidio guardò le ore, le nove e trenta.

«Do noia se aspetto qui?» chiese al custode.

«Col frècc che fa?» ribatté quello.

Ma Lidio si era già chiuso in macchina, deciso fermamente ad aspettare.

Come il Vesini che alle undici, scadute le tre ore del noleggio, decise di aspettare un'altra ora: conosceva il pollo, un'ora di ritardo l'aveva messa in conto in tutti i sensi. A mezzogiorno però ruppe gli indugi. Uscì e a passi da incazzato si diresse a casa Cerevelli dove Lirica, al suono del campanello, tirò un sospiro di sollievo.

«Finalmente», ebbe solo il tempo di dire prima di trovarsi faccia a faccia col taxista.

Inverso, il Vesini tralasciò le buone maniere: ne aveva piene le balle di quel modo di fare di Lidio, se voleva farsi i cazzi suoi che si comprasse finalmente una macchina e lasciasse perdere la sua che era destinata al servizio pubblico.

Al sentir parlare di macchina, Lirica immaginò subito tragedie.

«E se avesse avuto un incidente?»

«Pure!» sbottò il Vesini.

Ci mancava anche che gli avesse sfasciato la vettura.

«Io vado dai carabinieri», disse.
«No», fece Lirica. «Ho detto così per dire.»
Peggio per lei, doveva stare zitta.
«Ci vado lo stesso», confermò il Vesini facendo la mossa di andarsene.
Lirica tirò fuori un'unghia.
«E come giustificherete il fatto di aver noleggiato la macchina a uno senza permesso di guida?»
Il Vesini impallidì.
«Non ce l'ha?»
«Mai avuto!» confermò Lirica quasi felice.
Un'orribile parolaccia destinata alla donna salì alla lingua del taxista, ma la trattenne.
«Io torno a casa», disse. «Spero che non sia successo niente, che tutto fili liscio, ma...»
«Ma?»
«Dimenticatevi di me d'ora in avanti. Per voi, io non esisto più!»
Per Lidio, invece, era il tempo che aveva smesso di esistere.
L'una, le due.
Nessun pensiero, se non quello di stare lì, attendere. Aveva anche smesso di sbirciare l'orologio di tanto in tanto. Che fossero le tre lo apprese dal tocco di un campanile la cui terza nota si confuse con il rumore di macchine in avvicinamento.
Comprese immediatamente. La strada non portava che alla villa. Non potevano che essere loro.
Infatti.
Le targhe, svizzere.
All'aprirsi delle portiere un frastuono di risate e frasi gridate in tedesco. Il custode si fece sulla soglia della villa, si avvicinò a una delle due macchine, mormorò qualcosa, indicando col braccio il cancello.
Helga scese, contemporaneamente a Lidio, ma, anziché seguire gli altri all'interno della villa, si avviò verso di lui.

«Ciao piselone», salutò.
Lidio era senza parole.
«Io spiace», disse ancora la svizzera.
Il Cerevelli ebbe un brivido di freddo.
Helga lo guardò con tenerezza. Allungò una mano.
«Vieni», disse.

178.

Verso le sei di sera qualche fiocchetto di neve cominciò a cadere dal cielo. Lidio stava attraversando il ponte del Passo: non solo un banale tratto di strada che lo riportava dalla riva occidentale del lago a quella orientale.

Metafora, piuttosto.

Per un paio d'ore aveva vissuto in un sogno, beatamente incosciente di quello che si era lasciato alle spalle la mattina e che, purtroppo, lo aspettava.

Quando Helga gli aveva detto: «Vieni», il tempo si era sospeso. Si era lasciato trascinare dentro la villa e poi in camera sua, l'aveva guardata ridere per il freddo che vi regnava, l'aveva ascoltata dire: «Adesso ti scaldo io», ripetendo le stesse parole che aveva pronunciato sulla riva del lago l'estate precedente. Per un'ora e mezzo non avevano parlato, dandoci dentro con atletica foga, tanto che alla fine Lidio si sentiva come se avessero fatto a botte.

Mentre si rivestiva, Lidio aveva sparato la domanda che gli premeva.

«Adesso sposerai quello brutto e ricco?»

Helga aveva alzato le spalle, non aveva alternative.

«E tu?» aveva poi chiesto lei.

Lidio aveva pensato all'Eufemia, in quanto a bruttezza stavano uno pari.

«Non so», aveva risposto.

Si erano baciati. Lui avrebbe voluto lasciarla con una frase memorabile ma non gli era venuto in mente niente.

«Addio», aveva sussurrato.

Poi s'era avviato, le gambe molli. Aveva acceso il motore, era partito e, una volta entrato nei confini del paese, la prosaica realtà s'era fatta avanti.

Il Vesini, prima di tutto.

Chissà com'era incazzato!

Lidio non fece nemmeno in tempo a suonare il campanello di casa che quello comparve.

«Le chiavi, i soldi e fuori dai coglioni!» mitragliò il taxista.

Lidio cercò di giustificarsi, non ci riuscì.

«Ho detto fuori dai coglioni!» ribadì il Vesini.

Poi sua madre che, temendo comunque disgrazie, aveva fatto voto di non toccare cibo sino al ritorno del figlio.

Lo disse non appena Lidio entrò in casa. Il giovanotto mostrò di non essere colpito dalla cosa.

«Si può almeno sapere dove sei stato?» indagò Lirica.

In paradiso, avrebbe voluto rispondere Lidio.

«No», disse invece.

E buonanotte.

179.

Proprio l'antivigilia di Natale a Beppe Canizza giunse l'ennesima lettera del Caro camerata.

«Cazzo!» esclamò trovandola infilata sotto la porta della sezione.

Ma non mollava mai quello?

Cos'era, una zecca?

Bisognava averne il cervello se, dopo tutte quelle lettere scritte senza ottenere risposta, ancora insisteva Bombacci o Bombetti di merda o Bombelli o quel che l'era!

Strappò la busta.

Caro camerata.

Mezza paginetta. Strano, ma meglio così.

Il Canizza non si sedette nemmeno per leggerla e alla fine l'appallottolò gettandola alle spalle.

«Ma vadavialcù», mormorò pensando a quanto avesse fatto bene a non rispondere mai. Perché secondo quanto il Bombacci o Bombelli aveva scritto il Degiurati con moglie e figlia era emigrato in Belgio, dimostrando così di avere in scarso conto le sorti della Patria e, per logica conseguenza, di essere inadatto all'incarico di ragioniere di una ditta che dell'italianità, pur producendo banali scatole, avrebbe fatto il suo punto d'onore.

Per cui caro camerata, chiudeva lo scrivente, si pregiava di ringraziarlo per l'attenzione che gli aveva riservato e si scusava per il disturbo arrecatogli nel corso di quelle settimane.

Infine, e prima dei prescritti saluti fascisti, assicurava di ritenerlo a sua disposizione per qualunque cosa potesse essere in grado di fare.

Il Canizza non poteva farci niente, sempre lì andava a finire il suo pensiero.

Qualunque cosa?

Anche prestargli la moglie?

E, poiché di fantasia ne aveva, mentre prendeva a calcetti la lettera, cominciò immediatamente a immaginare come potesse essere fatta la moglie del Bombacci, Bombetti o come diavolo si chiamava.

180.

Lo specchio non mentiva.

La faccia ce l'aveva proprio da picio, da tonto nato, dedusse per l'ennesima volta il Resegacci mentre nell'aria della notte risuonavano le note delle campane che chiamavano alla messa di Natale.

Maschera perfetta per ingannare i sedicenti furbi che, come lo specchio, si fermavano lì, alla superficie.

Dietro, però, c'era un cervello.

Che ragionava.

«Eh sì, signori miei», comunicò allo specchio il Resegacci. «Spiacente di non aver tempo e voglia di aspettarvi!»

Né i soci della catena di cui era stato, pur incolpevole, l'anello debole nel fallimentare esito del lumagòt, e nemmeno gli altri, i comparucci del fresco convertito che, c'era da scommetterci, non avrebbero tardato a farsi vivi per farlo cantare come un'allodola.

La barca quella notte serviva a lui. Non aveva più santi in paradiso. Ma aveva in mano un mestiere d'oro, sapeva cucinare. E in Svizzera, in Germania, in Francia, ovunque fosse planato, era sicuro di potersela cavare.

Prima di uscire dal retro del ristorante il Resegacci diede un'ultima occhiata alla sala da pranzo, perfettamente apparecchiata per il giorno seguente.

Tutto esaurito!

Gli scappò un gestaccio. Poi ritornò nelle vesti del finto tonto. Si inchinò.

«Felice Natale e buon appetito!» disse.

181.

La notizia filtrò.

Come, per quali vie, difficile saperlo.

Forse all'Olghina era scappata una parola di troppo.

Anche qualche suorina aveva la lingua un po' troppo lunga, possibile che ne avesse parlato con un degente o con un parente, e il gioco era fatto.

Il prevosto, no.

La perpetua, piuttosto, ecco, quella sì che avrebbe potuto venirlo a sapere, magari in via riservata dallo stesso sacerdote oppure origliando la sera in cui il professor Cerretti s'era trattenuto a colloquio col prete e poi darlo in pasto a chiunque incontrasse.

In ogni caso dai primi di dicembre, viste le pubblicazioni esposte all'albo pretorio del comune, non era più un segreto che la nipote del professore avrebbe sposato Lidio Cerevelli. Ma che l'avrebbe fatto il 5 gennaio 1931 sì. Cioè, avrebbe dovuto esserlo. Invece la mattina del 5, sin dalle dieci, alcuni come se passassero di lì per caso, altri invece con la precisa volontà di non perdersi l'arrivo di sposa e sposo, cominciarono a riempire la piazza san Giorgio, davanti alla chiesa grande, sopportando il freddo affilato della giornata, fumando, chiacchierando, facendo ipotesi via via sempre più catastrofiche mentre il tempo passava e non compariva nemmeno uno straccio di invitato.

I più sensibili, al freddo e alla delusione, mollarono l'appostamento verso le undici.

Gli eroici e i fancazzisti alzarono bandiera bianca sul fare di mezzogiorno, poiché la fame è fame e allo stomaco non si poteva comandare.

A mezzogiorno spaccato, sotto lo sguardo impassibile del professor Cerretti che aveva occupato le ore della mattina operando un'indaginosa ernia ischiatica, un lipoma del dorso e per finire un'unghia incarnita, Eufemia e Lidio si giurarono fedeltà eterna.

Ma presso la cappelletta dell'ospedale, per espressa, inderogabile volontà di Lirica che, una volta resa edotta delle malefatte di suo figlio aveva dovuto accettare, obtorto collo, l'alternativa offerta dal professore. Con un pensiero, però, alle occhiate dei curiosi che si sarebbero posate su quella sposa tanto brutta e alla sua colite che, per l'imbarazzo, ne avrebbe tratto nutrimento.

Al professore la proposta non era dispiaciuta. Non gliene fregava niente in fondo, purché l'Eufemia andasse fuori dai piedi. Il prevosto aveva concesso l'autorizzazione e adesso eccoli lì.

All'Olghina era toccato il ruolo di testimone della sposa: con la sua bellezza faceva sembrare ancora più brutta l'Eufemia, sempre che fosse possibile. Il geometra Piercarlo Vitali, sul viso un'espressione incredula, mentore del Cerevelli. E don Tremecoli a celebrare, assistito, in qualità di chierichetto, dal neoredento Nero.

Circa a metà cerimonia il celebrante, mentre si svolgeva il rito dello scambio degli anelli, mercé un brusco movimento, si bloccò, con una smorfia di dolore sul volto. Un colpo della strega.

Segno del cielo, giudicò Lirica, cattivo auspicio.

Forse, per il malessere dell'officiante, la cerimonia poteva essere interrotta, le nozze rinviate e poi chissà?

Macché!

Pur con evidente sofferenza don Tremecoli marciò sino alla meta e infine non mancò di tenere un predicozzo sui doveri reciproci degli sposi e sui valori della famiglia.

Chiuse con una mano sulla schiena dolorante, dando un braccio al Nero.

«Che festa sia!»

Festa, in verità, ce ne fu poca. Un piccolo rinfresco allestito nella sala mensa dell'ospedale, d'altronde di invitati non ce n'erano, tranne un paio di suore e qualche degente che aveva pensato a una messa fuori orario e non se l'era voluta perdere.

Solo l'Olghina, unica fra tutti, si avvicinò allo sposo con un bicchiere di spumantino dolce in mano e lo baciò.

«Ora che siamo un po' parenti possiamo darci anche del tu», disse ridendo. «Non ti pare?»

«Certo», rispose il Cerevelli, cupo, lo sguardo fisso al collier che la donna portava al collo.

Poi risalì a guardare quel viso garrulo.

Eccome se glielo avrebbe dato.

Da quella stessa sera, se gli fosse stato possibile.

Quando la sua fresca mogliettina gli chiese se non era tradizione, in quel paese, appendere una calza al camino.

Ma se non c'era neanche il camino, nel piano alto della palazzina. L'aveva ristrutturato lui stesso, e il Cerretti l'aveva donato agli sposi quale regalo di nozze!

Fu però grazie all'osservazione dell'Eufemia che il Cerevelli notò la coincidenza: come da calendario, la Befana gli era piombata in casa. A differenza dell'altra però, quella che aveva appena sposato non se ne sarebbe andata.

Si addormentò, dimenticandosi che avrebbe dovuto consumare, pensando che forse sarebbe stato meglio farsi un po' di galera.

Della qual cosa il brigadiere Mannu, che aveva fatto visita al suo maresciallo portando un po' di caramelle per il figlio più grande, era assolutamente certo.

Lo disse prima di augurare la buonanotte e andarsene.

Rispose ridendo, per conto del marito, la marescialla.

«Molto meglio!»

«E se lo dice lei», aggiunse il Maccadò.

182.

Il 5 febbraio 1931 ci fu una memorabile nevicata. A causa dei disagi provocati dalla neve, per Alessio Testa di Tremenico, ernia inguinale, e Crosio Bestelli di Dorio, vene varicose, fu impossibile raggiungere l'ospedale Umberto I di Bellano ove ricoverarsi e sottoporsi a intervento.

Avvisato delle defezioni, il professor Cerretti decise allora di anticipare l'operazione, che aveva programmato di lì a qualche giorno sulla nipote.

Unghia incarnita, di certo non il massimo per un chirurgo della sua abilità, ma tant'era.

Mandò la moglie ad avvisarla. L'Olghina salì così com'era, in vestaglietta: da qualche tempo aveva sempre caldo. Avrebbe dovuto immaginare che, con quella neve, i cantieri sarebbero stati fermi e quindi avrebbe potuto trovare anche Lidio.

In ogni caso, vedendolo, sbottò in un: «Oh!» mano alla bocca, la stessa che prima stringeva al collo la vestaglietta la quale, aprendosi, permise al Cerevelli di dare un'occhiata golosa al suo prosperoso seno.

L'Olghina resistette all'occhiata.

Anzi: «Sei preoccupato?» chiese.

In fondo era pur sempre un intervento, anche se d'unghia incarnita.

«Insomma...» bofonchiò Lidio mentendo.

«Vuoi che ti faccia compagnia?»

Il Cerevelli ragionò, decise di giocare la carta che sentiva di avere in mano: se l'Olghina era davvero cretina, non l'avrebbe capita e amen.

«A patto che te lo metta», spiccicò.

Cretina, decise il Cerevelli passato un quarto d'ora.

Tutt'altro, invece.

Mezz'ora dopo, mentre l'Eufemia stava per sottoporsi ai ferri dello zio, l'Olghina si ripresentò, vestaglietta e collier appeso al collo.

Senza nessuna fretta, Lidio la denudò poi se la rimirò con cura: un bendiddio!

«Lo tolgo?» chiese l'Olghina facendo il gesto di sfilarsi il gioiello.

«No», rispose Lidio, guardando la moneta che s'era incastrata nel solco tra le tette.

Pensando alle altre tette, quelle di Helga, e alle altre monete.

Di cui sarebbe stato legittimo possessore della metà, quale scopritore, secondo l'articolo 18 della legge 20 giugno 1909 n. 364 sulle antichità e belle arti.

L'avesse saputo!

Ma la legge è legge.

E, come diceva quel buontempone dell'avvocato Stefanardi, non ammette ignoranza.

Andrea Vitali

OLIVE COMPRESE

Quattro ragazzi di paese, una banda di «imbecilli», stanno mettendo a soqquadro l'intera Bellano. Naturalmente finiscono subito nel mirino del maresciallo Ernesto Maccadò, che avverte le famiglie gettandole nel panico. A far da controcanto, la sorella di uno di loro: la piccola, pallida, tenera Filzina, segretaria perfetta che nel tempo libero si dedica alle opere di carità: ma anche lei, come altre eroine di Vitali, finirà per stupirci. Tutto intorno si muove come un coro l'intera cittadina: il prevosto e i carabinieri, il podestà e la sua stranita consorte, la filanda con i suoi dirigenti e gli operai. E la Luigina Piovati, meglio nota come l'Uselànda (ovvero l'ornitologa...); Eufrasia Sofistrà, in grado di leggere il destino suo e quello degli altri; e una vecchina svanita come una nuvoletta, che suona al pianoforte l'*Internazionale* mentre il Duce conquista il suo Impero africano...

Andrea Vitali

ALMENO IL CAPPELLO

Ad accogliere i viaggiatori che d'estate sbarcano sul molo di Bellano dal traghetto *Savoia*, c'è solo la scalcagnata fanfara guidata dal maestro Zaccaria Vergottini, prima cornetta e direttore. Un organico di otto elementi che fa sfigurare l'intero paese, anche se nel gruppetto svetta il virtuoso del bombardino, Lindo Nasazzi, fresco vedovo alle prese con la giovane e robusta seconda moglie Noemi. Per dare alla città una banda come si deve ci vuole un uomo di polso, un visionario che sappia però districarsi nelle trame e nelle inerzie della politica e della burocrazia. Un insieme di imprevedibili circostanze può forse portare verso Bellano il ragionier Onorato Geminazzi, che vive sull'altra sponda del lago, a Menaggio, e con lui la speranza di fondare finalmente il Corpo Musicale Bellanese.

Andrea Vitali

DI ILDE CE N'È UNA SOLA

In luglio a Bellano fa un caldo della malora. Eppure l'acqua che scorre tra le rocce dell'Orrido è capace di tagliare in due il respiro, perché è fredda gelata, ma anche perché nelle viscere della roccia il fiume cattura i segreti, le passioni, gli imbrogli, le bugie e le verità che poi vorrebbe correre a disperdere nel lago, sempre che qualcuno non ne trovi prima gli indizi. Come per esempio una carta d'identità finita nell'acqua chissà come e chissà perché. Brutta faccenda. Questione da sbrigare negli uffici del comune o c'è sotto qualcosa che compete invece ai carabinieri? Alla fine, a sbrogliare la matassa ci pensa Oscar, operaio generico, che da sei mesi è in cassa integrazione. In quel luglio del 1970, offuscato dal caldo e dalle ombre tetre della crisi economica, Oscar fa luce sui movimenti un po' sospetti di Ilde, la giovane moglie dal caratterino per niente facile, che forse sta solo cercando il modo di tirare la fine del mese come può.

Dal catalogo

Garzanti

Andrea Vitali

QUATTRO SBERLE BENEDETTE

In quel fine ottobre del 1929, a Bellano non succede nulla di che. Ma se potessero, tra le contrade volerebbero sberle, eccome. Se le sventolerebbero a vicenda il brigadiere Efisio Mannu, sardo, e l'appuntato Misfatti, siciliano, che non si possono sopportare e studiano notte e giorno il modo di rovinarsi la vita l'un l'altro. E forse c'è chi, pur col dovuto rispetto, ne mollerebbe almeno una al giovane don Sisto Secchia, il malmostoso coadiutore del parroco arrivato in paese l'anno prima e che sembra un pesce di mare aperto costretto a boccheggiare nell'acqua ristretta e insipida del lago. E poi ci sono sberle più metaforiche, ma non meno sonore, che arrivano in caserma nero su bianco. Sono quelle che qualcuno ha deciso di mettere in rima e spedire in forma anonima ai carabinieri, forse per spingerli a indagare sul fatto che a frequentare ragazze di facili costumi, in quel di Lecco, è persona che a rigore non dovrebbe. D'accordo, ma quale sarebbe il reato? E chi è l'anonimo autore delle missive? Ma, soprattutto, con chi ce l'ha?

Finito di stampare nel mese di aprile 2014
da Grafica Veneta s.p.a., Trebaseleghe (PD)